क्या मुझे प्यार है?

पुस्तक की प्रशंसा

"भारत की पहली रोमानी रहस्य उपन्यास त्रयी, जो संबंधों के हर पहलू से रूबरू कराती है।"

—दि टेलीग्राफ

"व्यंग्य के छीटों के साथ···रोमांचक रोमांस का लक्ष्मण झूला।"

—दि टाइम्स ऑफ इंडिया

"···इसमें जीवन के हर पहलू से प्रेरणा ली गई है।"

—दि हिंदू

"···नए जमाने की दोस्ती और प्रेम संबंधों की विवेचना।"

—डेक्कन क्रोनिकल

क्या मुझे प्यार है?

अरविंद पाराशर

प्रभात प्रकाशन, दिल्ली
ISO 9001:2015 प्रकाशक

प्रकाशक • **प्रभात प्रकाशन**
4/19 आसफ अली रोड,
नई दिल्ली-110002
सर्वाधिकार • सुरक्षित
संस्करण • प्रथम, 2019
मूल्य • तीन सौ रुपए
अनुवाद • अंशुमन झा
मुद्रक • आर-टेक ऑफसेट प्रिंटर्स, दिल्ली

KYA MUJHE PYAR HAI? *novel by* Arvind Parashar ₹ 300.00
(Hindi translation of 'LOST IN LOVE')
Published by Prabhat Prakashan, 4/19 Asaf Ali Road, New Delhi-2
by arrangement with Srishti Publishers
e-mail: prabhatbooks@gmail.com ISBN 978-93-5322-431-8

माता-पिता को
समर्पित

खंडन

यह पुस्तक अनेक जगहों पर लिखी गई है। इसे बेंगलुरु, मुंबई, दिल्ली, देहरादून, मनाली में लिखा गया है। यह उपन्यास हवाई जहाज पर, लैपटॉप पर, कॉपियों में और आस-पास मौजूद लिखने योग्य कागज के हर टुकड़े पर लिखा गया है।

यदि आपको इसका कोई एक भाग किसी दूसरे भाग से ज्यादा पसंद आए तो इसके लिए लेखक को नहीं, बल्कि स्थिति को जिम्मेदार माना जाएगा।

कभी भी पीकर गाड़ी न चलाएँ। हाँ, आप पीकर पढ़ जरूर सकते हैं। चाय पिएँ, कॉफी पिएँ; मगर कभी शराब न पिएँ।

अंत में एक और महत्त्वपूर्ण बात करना चाहूँगा—यह उपन्यास मेरे जीवन पर आधारित नहीं है। यह पूर्ण रूप से मेरी कल्पना का परिणाम है। मैं अपने हर उपन्यास में ऐसा ही करता हूँ। हालाँकि यह वास्तविकता के काफी करीब है। अंततः कल्पना वास्तविकता का ही एक विस्तृत स्वरूप होता है।

शायद यह आपके जीवन पर आधारित है।

अभिस्वीकृति

'मेस्ड अप! बट ऑल फॉर लव' को भरपूर प्यार और अभूतपूर्व प्रतिक्रिया देने के लिए आप सब का बहुत-बहुत धन्यवाद। अब जबकि आपने उसे पढ़ लिया है तो आशा करता हूँ कि 'लॉस्ट इन लव' भी आपको उतना ही मजेदार लगेगा। यह मेस्ड अप तिकड़ी की दूसरी कड़ी है।

आशा करता हूँ कि आप यह जानते होंगे कि मैं आप सबसे कितना प्रेम करता हूँ। मैं ईश्वर से यह प्रार्थना करता हूँ कि आप सब को यह पुस्तक इतनी पसंद आए कि आप हर मिलने वाले से इसकी चर्चा करें।

नीचे उन प्रतिभाशाली महिलाओं के नाम लिखे हैं, जिन्होंने एक-एक कविता लिखकर अपना योगदान दिया है। मैं आपके इस कार्य के लिए शुक्रगुजार हूँ। ईश्वर आपकी हर मनोकामना पूर्ण करे।

आकृति कुंतल

धान्या नायर

जेबा पटनी

मेरी अधपकी कहानियों को हर बार एक बेहतरीन उपन्यास में बदलने के लिए स्तुति और उसकी मंडली का शुक्रिया।

मेरे मित्रों, मेरा परिवार और मेरे सभी चाहने वालों को हर वक्त मेरा हौसला बढ़ाने के लिए नमन। मैं जो भी हूँ, आपकी ही वजह से हूँ।

अब जबकि मैंने हरेक का धन्यवाद कर दिया है, आप अपनी चाय या कॉफी की चुस्की लीजिए और आराम से बैठ जाइए। यह उपन्यास आपको मुबारक हो!

विशेष उल्लेख

इस पुस्तक का प्रारंभिक शीर्षक 'दि गर्ल ऑन माई साइड' था। इस नाम के बदले जाने के पीछे एक छोटी सी कहानी है। एक दिन मैं एयर सप्लाई द्वारा लिखा गया अपना पसंदीदा गाना 'लॉस्ट इन लव' सुन रहा था और उसके बोल मेरी जबान पर चढ़ गए। फिर बातों–बातों में मैंने और मेरे प्रकाशकों ने यह फैसला किया कि इस पुस्तक के लिए यही नाम ठीक रहेगा। यह किताब सिर्फ प्यार के बारे में है। मैंने अभी जिस गाने का जिक्र किया है, उसके बोल नीचे लिखे हैं। यह किताब भी ऐसा ही करती है। इस पुस्तक को पढ़ने से पहले एक बार यह गाना जरूर सुनें।

I realize the best part of love is the thinnest slice
And it don't count for much
but I'm not letting go
I believe there's still much to believe in

So lift your eyes if you feel you can
Reach for a star and I'll show you a plan
I figured it out
What I needed was someone to show me

You know you can't fool me
I've been loving you too long
It started so easy
You want to carry on

Lost In Love and I don't know much
Was I thinking aloud and fell out of touch?
But I'm back on my feet and eager to be what you wanted

So lift your eyes if you feel you can
Reach for a star and I'll show you a plan
I figured it out
What I needed was someone to show me

You know you can't fool me
I've been loving you too long
It started so easy
You want to carry on

You know you can't fool me
I've been loving you too long
It started so easy
You want to carry on

Now I'm lost, lost in love, lost in love, lost in love
Now I'm lost, lost in love, lost in love, lost in love
Lost in love, lost in love, lost in love
Lost in love, lost in love, lost in love

अगर तुम्हारे ऊपर मेरा बस चलता तो मैं इस दिन को रात बना देता। मैं सूरज को चाँद के पीछे छुपा देता। मैं तारों में इतनी चमक भर देता, जितनी पहले कभी नहीं थी। मैं हवाओं की आवाज में एक मधुर संगीत भर देता।

अगर मेरा बस चलता तो मैं वास्तविकता को एक रोमानी उपन्यास में बदल देता। एक ऐसी कहानी, जो हर रात में अपने पोते-पोतियों को सुनाता। वह रात, जिसने हमें एक खूबसूरत कहानी गढ़ने का अवसर दिया।

—अरविंद पाराशर

वर्ष 2001

उन बस्तियों और झुग्गियों की तंग गलियों में तुम्हारे इंतजार में
मेरे दिल की हर धड़कन तुम्हारा ही नाम पुकार रही है
तुम ऐसे गायब हो गई मानो हमारे बीच कुछ था ही नहीं।
और मैं हर बार अपने मन को दिलासा देता रहा
हे ईश्वर, यदि मैंने उसे दुःखी किया है तो इस वक्त मेरी जान ले लो।

मेरी प्यारी गौरी, मैं हर पल तुम्हें पुकार रहा हूँ,
जवाब दो नहीं तो मैं पागल हो जाऊँगा।
तुम्हारी अनुपस्थिति, उसका आभास मुझे हर पल धरातल में ले जा रहा है।
लौट आओ तुम जहाँ कहीं भी हो, सुन लो मेरी आत्मा का रुदन।
मेरी पथराई आँखें तुम्हें देखने के लिए तरस रही हैं,
मेरी त्वचा तुम्हें छूने को तरस रही है।
क्या मैंने तुम्हें इतना प्यार नहीं किया कि तुम मेरे साथ रहो?
क्या इसीलिए तुम मुझे छोड़कर चली गई।

मुझे इस अनंत में डूबने से बचा लो मेरी जान
मेरे दिल की हर धड़कन तुम्हारे ही नाम पर रुक रही है।
मेरा प्यार अनंत काल तक तुम्हारी प्रतीक्षा करेगा
या फिर अब मैं इसके काबिल भी नहीं रहा

वह गुप्त प्रकटीकरण तो है पागलपन
तुम्हारी परछाईं मेरी पीड़ा भरी आँखों से होकर गुजर रही है।
मैं यहाँ लेटकर तुम्हारी प्रतीक्षा कर रहा हूँ, किसी भय और अवसाद से विभोर
मैं यहाँ लेटकर तुम्हारी प्रतीक्षा कर रहा हूँ और यह जानता हूँ,
बहुत जल्द मैं तुम्हें एक बार फिर ढूँढ़ लूँगा।

मैं सिर से लेकर पाँव तक सन्न था मानो पारा जमीन पर फिसल रहा हो, जैसे वह हर क्षण पिघलता और फिसलता है, ठीक वैसे ही मेरा दर्द भी हर क्षण मेरे अंदर बढ़ता जा रहा था। मैं इस परिस्थिति से बिल्कुल हिल गया था। एक छोटा कदम भी बढ़ाने के लिए मुझे बहुत जोर लगाना पड़ रहा था। मेरी दुनिया पूरी तरह से बदल चुकी थी। मेरे साथ ऐसा कुछ हो जाएगा, इसकी मैंने कभी कल्पना भी नहीं की थी।

वह पुणे की मानसून की सुबह थी और उस वक्त सुबह के सात बज रहे थे। मैं अपने कॉलेज से दो किलोमीटर दूर दूसरी मंजिल पर बने अपने घर में रहता था। गौरी मेरे साथ पढ़ती थी। वह मुझसे दो साल छोटी थी। मैं इंजीनिरिंग की पढ़ाई कर रहा था और वह माइक्रोबायोलॉजी की छात्रा थी। मगर पिछली शाम को अनहोनी हो गई। वह जिम से वापस नहीं लौटी।

अपनी नई नवेली जिप्सी में पुलिस आ चुकी थी।

"नमस्ते, मेरा नाम इंस्पेक्टर विश्वा है और यह मेरी साथी···।" परिचय तो महज औपचारिकता थी। वह देखने से ही उग्र लग रहा था।

"मैं वरिष्ठ इंस्पेक्टर धान्या नायर हूँ।"

"नमस्ते, कृपया अंदर आइए···।" नमस्ते के अलावा उन्हें संबोधित करने का कोई बेहतर तरीका मुझे नहीं सूझा। मेरी आवाज काँप रही थी। मैं पूरी रात नहीं सोया था। हालाँकि मैं पूरी तरह चौकन्ना था। मुझे मालूम था कि जाँच प्रक्रिया की शुरुआत मुझसे ही होगी। मुझसे सवाल पूछे जाएँगे। मैं बिल्कुल सामान्य था। मेरी कँपकँपाहट शायद इसीलिए थी, क्योंकि मेरा मन थक चुका था। मैं बिल्कुल भी घबरा नहीं रहा था, बस थोड़ा विचलित था।

मैंने उन पुलिसवालों को चाय के लिए पूछा। बारिश के मौसम में यह बिल्कुल सामान्य था। मैंने शिष्ट होने का पहला परिचय दे दिया था। सिर्फ 'नमस्ते' कह देना मुझे ठीक नहीं लगा। इस बार मैंने अपनी बातों में 'सर' और 'मैडम' का भी

प्रयोग किया था। इस बार मानसून जल्दी आ गया था। गौरी और मैंने लोनावला जाने का कार्यक्रम बनाया था। हमारी यात्रा में कुछ ही दिन बचे थे। हालाँकि यह मेरी योजना नहीं थी। यह कार्यक्रम उसी ने बनाया था। जब भी कहीं बाहर जाने का या खुशी मनाने का कार्यक्रम बनता था तो सारी योजना वही बनाती थी। मैं उससे प्रेम करता था। हालाँकि यह प्रेम अभी बहुत गहरा नहीं हुआ था और जब भी हम साथ होते थे, तब यह उभरकर सामने आता था। मगर फिर भी मैं उसके प्यार में गिरता जा रहा था या उस दिशा में बढ़ रहा था, जब अचानक मेरी दुनिया छिन्न-भिन्न हो गई। उसके लापता हो जाने के बाद मुझे यह एहसास हुआ कि उसके लिए मेरा प्रेम कितना प्रगाढ़ था। मुझे अब होश आ चुका था।

"तो तुम दोनों एक मुश्किल हालात से गुजर रहे थे?"

"कृपया जल्दबाजी में कोई निष्कर्ष न निकालें।" मैंने अपनी आँखें घुमाकर दोनों जाँच अधिकारियों पर एक-एक निगाह डाली। मैंने अपनी बात में उनसे अनुरोध किया।

इन सब के बीच मुझे कई फोन आए। मेरी माँ, मेरे पिता, दोस्त, कैंटीन वाला, यूनियन वाले, यहाँ तक कि पत्रकारों ने भी मुझे फोन किया। सच्चाई से अब सामना करना ही था। हर किसी ने यह तय किया कि मैं अपने मन में इस बात को बैठा लूँ कि मैं बुरी तरह फँस चुका था। इन परिस्थितियों में आप शांत रहने की लाख कोशिश कर लें, मगर कुछ लोग आप को इतना झकझोर देंगे कि शांत रहना नामुमकिन हो जाएगा। और ये कुछ लोग आपके करीबी ही होते हैं, जैसे माँ-बाप, दोस्त और कुछ और दोस्त। अब तो पुलिसवालों का बरताव मुझे ज्यादा दोस्ताना लगने लगा था। उन्होंने कहा कि मैं जिसका भी फोन लेना चाहूँ, ले सकता हूँ और यदि जरूरी हो तो अकेले में भी बात कर सकता हूँ। भगवान् जाने वे क्या चाह रहे थे?

"परेशान होने की कोई जरूरत नहीं है, नील। ऐसी कोई बात नहीं है। अभी तक हमने तुमसे कोई भी मुश्किल सवाल पूछा ही नहीं है।" धान्या ने अपनी बात मुसकराकर खत्म की। इंस्पेक्टर विश्वा लगातार इधर-उधर देख रहा था। हालाँकि वह एक के बाद एक सवाल भी पूछ रहा था।

"गौरी कैसी इनसान थी?"

"आपका मतलब, गौरी कैसी इनसान थी?"

"हाँ-हाँ, वही…"

"आकर्षक, जिंदादिल, सवाल करनेवाली, किसी भी चीज की पूरी जानकारी लेने वाली। उसे सिनेमा देखना पसंद था, उसके विचार बिल्कुल स्पष्ट होते थे··· और मैं तो उसे बस पिछले कुछ हफ्तों से जानता था।"

"क्या हम ये मान सकते हैं कि ये सब होने से पहले तुम्हारे और गौरी के बीच एक अंतरंग घनिष्ठ संबंध था?"

"हाँ···बस शुरुआत थी···"

"तुम और गौरी साथ रहते थे। है न?"

"हाँ, मगर हम दोनों एक-दूसरे को लेकर बहुत गंभीर नहीं थे। मेरा मतलब है, वह थी; मगर मुझे कुछ और समय चाहिए था। मैं उसे पसंद करता था, मगर अंतरंगता तो नहीं थी। हमारे बीच कोई शारीरिक संबंध नहीं था।" मुझे सच में मालूम नहीं था कि मुझे यह कहना चाहिए था या नहीं, मगर फिर भी मैंने कह दिया।

सवालों का सिलसिला थम गया। अचानक दरवाजे की घंटी बजी। दो लोग आए और उन्होंने विश्वा के हाथ में एक लिफाफा दिया, जिसे उसने रख लिया। फिर उसके हाथ उसकी जेब में चले गए। वह एक बेहद चौकन्ना पुलिसवाला था, जो हर क्षण अपनी गति बदल सकता था। उसे समझ पाना बहुत मुश्किल था। थोड़ा सहज होने के लिए मैंने धान्या की ओर देखा, मगर वह मेरी ओर नहीं देख रही थी। मैं समझ चुका था। वह इस बात का कोई निशान नहीं देना चाहती थी कि वह मेरे दोस्त की मंगेतर है। दरअसल, मैं और धान्या एक साथ ही बड़े हुए थे, हालाँकि वह मुझसे बड़ी थी और मैंने ही उसकी मुलाकात पॉल से करवाई थी। धान्या नायर बहुत जल्द धान्या पॉल बनने वाली थी। गौरी भी उसी राह पर थी। वह गौरी भार्गव बनना चाहती थी। मैं हर पल बस उसी के बारे में सोच रहा था।

"क्या उसने कभी तुमसे शादी करने के लिए कहा?"

"सीधे तौर पर तो नहीं, मगर वह अकसर साथ में बूढ़े होने की बात करती थी।"

"इसका मतलब वही होता है—दोस्त"

"जी, सर"

मैं लगातार बात करता रहा। मुझे बात करने को विवश किया जाता रहा। मेरी जानकारी में आनेवाली हर छोटी-बड़ी बात मुझसे पूछी गई। पिछले चौबीस घंटों में जो भी हुआ, मैंने क्रमवार दोहरा दिया, सुबह से लेकर जब तक हम

दोनों साथ थे। विश्वा अपनी आदत के अनुसार लगातार कमरे में चक्कर लगा रहा था और हर चीज को बड़े ध्यान से देख रहा था, जबकि धान्या एक जगह बैठी हुई थी और मुझे ही देख रही थी। वह अपने हाव-भाव से मुझे दिलासा देने की कोशिश कर रही थी। उसने यह मान लिया था कि मैं निर्दोष हूँ। उसके हाव-भाव से मुझे ऐसा लगा।

"सी.सी.टी.वी. फुटेज के अनुसार, वह बिल्कुल सामान्य तरीके से जिम से बाहर निकली थी। उसके हाथ में एक छाता था और कैमरे की निगाह से ओझल होने से पहले उसने सड़क को पार किया।"

"छाता? क्या आपको पूरा यकीन है?"

"हाँ, क्यों?"

"क्योंकि घर से तो वह छाता लेकर नहीं गई थी।"

"शायद उसे लगा हो कि बारिश आनेवाली है और उसने किसी से माँग लिया होगा।"

"नहीं, मुझे अच्छी तरह से याद है और इन मामलों में वह बिल्कुल भी ढिलाई नहीं करती थी। मैं आपसे कह रहा हूँ, वह घर से निकलने से पहले हमेशा मौसम की भविष्यवाणी देखती थी। उसे पता था कि बारिश नहीं होगी और इसीलिए वह छाता लेकर नहीं गई थी।"

"तो तुम्हारा मतलब है कि वह ऐसी जगह जा रही थी, जहाँ उसे पता था कि बारिश होनेवाली है और इसीलिए...हम्म...गौर करनेवाली बात है यह...उसके साथ उसका कॉलेज वाला बस्ता था, जिससे कि कोई अतिरिक्त सामान दिखाई न दे...तो यह तो तय है कि वह अकेले कहीं छुट्टी पर नहीं जा रही थी।"

एक अजीब सा सन्नाटा छा गया। इस बातचीत से यह तो तय हो चुका था कि यह गुत्थी इतनी आसानी से सुलझने वाली नहीं। कम-से-कम मुझे तो ऐसा ही लग रहा था।

विश्वा की नजर फ्रिज पर चिपके कागजों पर पड़ी।

अगाथा क्रिस्टी

कैच मी इफ यू कैन

कल बारिश होनेवाली है

28 डिग्री सेल्सियस

मैंने उन्हें समझाया कि उसे सिनेमा देखना बहुत पसंद था और वह अपराध

पर आधारित उपन्यास भी खूब पढ़ती थी। वे कागज मुझे यह याद दिलाने के लिए थे कि मुझे उसके लिए वे फिल्में डाउनलोड करनी थीं और वह किताब खरीदनी थी। आखिरी दो मौसम की भविष्यवाणी थी।

उन पुलिसवालों के चेहरे पर मुसकान आ गई। गरमागरम चाय पीने के बाद और जरूरी सबूत जुटाने के बाद वे पूरी तन्मयता से इस मामले को सुलझाने में लग गए।

लिखने का काम धान्या कर रही थी, इसीलिए विश्वा के दखल देने और कुछ कहने से पहले उसने मेरी ओर देखा, "वह अपनी मरजी से गायब हुई है। उसने जरूर अगाथा क्रिस्टी के किसी उपन्यास की तर्ज पर यह कहानी रची होगी। इसीलिए सिर्फ तुम, हाँ तुम नील...तुम्हीं इस गुत्थी को सुलझाने में हमारी मदद कर सकते हो।"

"उस सूची में 'कैच मी इफ यू कैन' भी है। इसका मतलब क्या अब वह ठगी का काम भी करने लगी है?"

"कहीं तुमने ही तो हमें गुमराह करने के लिए ये कागज के टुकड़े अपनी फ्रिज पर नहीं चिपकाए?" अचानक से विश्वा ने पूछा।

मैंने उन्हें बताया कि मैंने उसके लिए एक नया सेल फोन खरीदा था, जो मैं उसे लोनावला में देने वाला था। यदि मेरी ऐसी कोई मंशा होती तो मैं भला ऐसा क्यों करता। मैंने उन्हें वह खत भी दिखाया, जो मैंने लिखकर उस पॉकेट के अंदर डाला था।

रहस्य धीरे-धीरे और गहरा होता जा रहा था। मैं शक के घेरे में आ गया था। पुलिसवालों ने उन कागज के टुकड़ों के साथ मेरा लैपटॉप भी जब्त कर लिया। उसके बाद मेरे घर की तलाशी होने लगी। मैं हैरान था। मैंने उनसे स्पष्टीकरण माँगा। मैंने उनसे पूछा कि क्या उनके पास तलाशी का कोई वॉरंट था? परिस्थिति अचानक से बदल गई। धान्या ने परिस्थिति को सँभाला और विश्वा को घूर कर देखा। वह उसे एक कोने में ले गई और कुछ देर तक उससे बात की। जरूर पुलिसवालों की कोई गुप्त भाषा रही होगी। इसके बाद सिर्फ धान्या ने ही सारी बात की। वह विश्वा की वरिष्ठ अधिकारी थी, हालाँकि मुझे उनकी भूमिका ठीक से पता नहीं थी। उसने मुझे पुणे छोड़कर जाने को मना किया। "अगर जाना पड़े तो हमें बताकर जाना", विश्वा ने मुझसे कहा, "और तुमसे ऐसा बरताव करने के लिए मैं माफी चाहता हूँ।"

इन बातों ने मेरे अंदर के विश्वास को पुनर्स्थापित कर दिया। मैं फिर से खुद को निर्दोष मानने लगा था। मगर क्या मैं इससे ही खुश था? इसका जवाब था—नहीं, बिल्कुल भी नहीं।

वे लोग चले गए और मैं फिर से अकेला हो गया। मैं एक बार फिर उसकी यादों में खो गया।

जब कोई सूरज, चाँद-सितारों की बातें करता है तो उन सब में कौन सी बात आम होती है? एक कवि के लिए ये शब्द उसके औजार या हथियार होते हैं, जिसका प्रयोग वह किसी के अंदर प्रेम, जुनून, रस इत्यादि भरने के लिए निर्ममता से अपनी मरजी से करता है। किसी शिक्षक के लिए यह शोध का विषय होता है। किसी खगोलशास्त्री के लिए यह गहरे विज्ञान की समझ होता है, जिसके माध्यम से वह अपना जीवनयापन या फिर कुछ अतिरिक्त धन प्राप्त करता है। किसी प्रेमी के लिए इसका क्या मतलब होता है? लेखक और कलाकार इसका प्रयोग कवि के मुकाबले थोड़ा कम ही करते हैं, मगर दोनों का मकसद एक ही होता है। यह मनुष्य के संबंधों, परिस्थिति या प्रकृति की खूबसूरती से जुड़ा हुआ है। जहाँ तक एक प्रेमी का प्रश्न है, यह एक जानलेवा मिश्रण है। प्रेम में यह प्यार, जुनून और खुशी को जाहिर करता है, खासकर चाँद और सितारों की मौजूदगी में। सूरज को थोड़ा दूर ही रखा जाता है। बिछड़ जाने पर ये तथाकथित कवि प्रेमी को रुलाने के लिए पर्याप्त खाद प्रदान करते हैं। अकसर प्रेमी खुद ही लेखक बनकर चाँद-सितारों का भरपूर इस्तेमाल करते हैं। संबंध-विच्छेद किसी शल्य चिकित्सा के बाद के हालात की तरह होते हैं। प्रेमी एक मरीज की तरह होता है। मैं इस मुश्किल वक्त से पहले भी गुजर चुका हूँ, जब करीब दो महीने पहले मैं आर्या से अलग हुआ था। हालाँकि मुझे इस बाद का जरा भी अनुमान नहीं था कि इतनी जल्दी ही मुझे फिर से उसी चीज का सामना करना पड़ेगा। इस बार तो यह और भी बुरा है। मुझे गौरी की कमी महसूस हो रही थी और यह एहसास मेरे अनुमान से परे था। काश, मैंने यह तब महसूस किया होता, जब वह मेरे साथ थी? उसकी गैर-मौजूदगी ने मुझे इस बात का एहसास कराया कि मैं उससे प्यार करता था। सच्चा और अटल। इस बात को स्वीकार करने की जरूरत थी, मगर यही तो जिंदगी है।

कितनी कम उम्र में मैं कितना कुछ झेल रहा था? मुझे लगने लगा था कि मैं अब वाकई बड़ा होने लगा था। अभी तक मैं खुद को एक घटिया विद्यार्थी

ही मानता था, जो अपनी कॉलेज की डिग्री की पढ़ाई कर रहा था। मैं बचकाने मजाक करता रहता था और एक के बाद एक मुसीबतों और संबंध-विच्छेदों से गुजरता रहता था। हालाँकि मैं स्वाभाविक प्रगति की चाह भी रखता था। बालक से पुरुष बनने की स्वत: प्रक्रिया शादी के बाद शुरू होती है, मगर मैं तेजी से प्रगति की ओर बढ़ रहा था। मेरे विचार से ऐसी विकट परिस्थितियाँ किसी बालक के लिए असामान्य हैं। मैं पुरुष की परिभाषा नहीं जानता था, मगर मैं इतना जरूर जानता था कि एक कॉलेज के विद्यार्थी को पुरुष तो नहीं कहते हैं। मैं तो हर तरह से अपरिपक्व था, एक अल्हड़ अनुभवहीन इनसान। कम-से-कम मेरा मन तो यही मानता था। और जब आपके दिमाग में ऐसी कोई बात हो, तब यह तो तय है कि आप अपना अस्तित्व स्वयं ही साबित करने का प्रयास कर रहे हैं।

तो पुरुष या बड़े होने की बात पर वापस लौटते हैं। मेरे पिता अकसर मुझसे कहते थे कि एक पुरुष वह होता है, जो आगे बढ़कर परिस्थितियों को सँभालता है, वह जिम्मेदारियों को उठाता है। वे अकसर अपना उदाहरण देते थे, और उनके उदाहरणों में प्यार से ज्यादा व्यावहारिकता की भरमार होती थी। उनके मुताबिक, पुरुष व्यावहारिक होते थे, जबकि बालक मूर्ख होते थे, जो बस प्रेम में पड़ना जानते थे। उनके मापदंड के अनुसार मैं अभी तक बड़ा नहीं हुआ था, बिल्कुल भी नहीं। इसका एकमात्र कारण था कि मैं हर पल बस गौरी के बारे में सोच रहा था। मैंने कभी जान-बूझकर गौरी को चोट नहीं पहुँचाई थी। कभी नहीं। मैं अभी तक अलग होने के खयाल से कुढ़ रहा था। अभी तक मैं एक प्रेमी की तरह चाँद-सितारों में खोया था, हालाँकि यह मेरे साथ पहली बार हो रहा था। मैं इन मामलों में बिल्कुल कच्चा था। यही वह वक्त था, जब गौरी ने मेरे जीवन में कदम रखा। वह मुझसे बहुत प्यार करती थी। मुझे तो अंदाजा भी नहीं था कि वह मुझसे कितना प्यार करती थी। वह मुझे पाना चाहती थी, पूरी तरह से और बस अपने ही लिए। वह एक इक्कीस साल के लड़के के प्यार में पागल थी। मेरा पीछा करते-करते वह कॉलेज तक आ गई थी। स्कूल में भी वह मेरी कनिष्ठ थी। अब जब मैं इसके बारे में सोचता हूँ तो मुझे याद आता है कि मैंने कभी उस पर ध्यान ही नहीं दिया था। वह मुझे बचपन से ही पसंद करती थी, मगर उस वक्त मेरा सारा ध्यान पढ़ाई पर होता था। मेरे पिता ने मुझे लड़कियों के बारे में सोचने के लिए भी मना कर रखा था, क्योंकि ऐसा करने से मेरे बोर्ड के परिणाम पर असर पड़ सकता था। और फिर मुझे अच्छे कॉलेज में दाखिला नहीं मिलता और जिसके परिणामस्वरूप मैं किसी होटल या रेस्तराँ में

पिज्जा-बर्गर बनाने को मजबूर हो जाता। खाना बनाना एक ऐसी चीज है, जिससे मुझे हमेशा नफरत रही है। अत: मैंने लड़कियों से ज्यादा ध्यान पढ़ाई पर दिया।

मैं अभी तक गौरी को पूरी तरह समझ नहीं पाया था। उसने कभी मुझे मौका ही नहीं दिया। खैर, अगर वह जान-बूझकर गायब हुई है और वह वापस आकर सबको बताएगी कि वह बस मजाक कर रही थी तो मैं उसे माफ कर दूँगा। मगर अगर सच में उसका अपरहण हो गया हो तो? पुणे में महिलाओं के खिलाफ अपराध बहुत ज्यादा तो नहीं हैं और फिर वह जगह भीड़-भाड़ वाली थी और उसके मोबाइल का भी पता नहीं चल रहा था।

मैंने देखा कि मेरा मोबाइल पूरी तरह चार्ज हो चुका था। किसी भी क्षण मेरी माँ का फोन आ सकता था, और मैं उसी का इंतजार कर रहा था। उन्होंने एक बार फिर फोन किया, जो कि पिछले दो घंटों में उनका पाँचवाँ फोन था। उन्हें मेरी चिंता हो रही थी और वे बस यह तसल्ली करना चाहती थीं कि मैं ठीक हूँ या नहीं। उनकी आवाज से चिंता साफ झलक रही थी। क्योंकि टॉम ने मेरे सारे चिंता भरे एस.एम.एस. उनको भेज दिए थे, जो मैंने उसे भेजे थे। "हे भगवान्! ऐसा कौन करता है, माँ? वह ऐसा कैसे कर सकता है?"

"तो अब तू मुझसे बातें भी छुपाने लगा है? अपने दोस्तों को बताएगा, मगर अपनी माँ को नहीं, जिसने नौ महीने तुझे अपनी कोख में पाला। मुझे तो कुछ जानने का हक ही नहीं है कि मेरे बच्चे को क्या परेशानी है?"

"उफ्फ माँ, सब ठीक है। सुबह-सुबह भावुक होने की जरूरत नहीं है। पापा कहाँ हैं?"

"अच्छा सुन, पापा ने जेठमलानी के भतीजे से बात कर ली है। बहुत बड़ा वकील है वह।"

"जेठमलानी के परिवार में सब वकील हैं क्या? अगर वह तुम्हें बेवकूफ बना रहा हो तो? क्या पता वह उसका भतीजा है भी या नहीं?" मैंने सावधानी से अपनी बात कह दी, क्योंकि मेरे माता-पिता छोटे शहर में रहनेवाले भोले-भाले लोग थे।

"तुम्हें क्या लगता है, तुम्हारे पिता ने इन सब बातों की तहकीकात नहीं की होगी? और वैसे भी उसके कमरे में राम के चित्र हर तरफ टँगे हुए थे। इसीलिए तुम घबराओ नहीं। कभी-न-कभी तुम्हें वकील की जरूरत पड़ेगी। हम तुम्हारे साथ हैं, बेटा।"

"हा-हा-हा-हा...राम...हा-हा-हा-हा...और माँ, पापा से कहना कि पुणे आने की कोई जरूरत नहीं है।" हँसते-हँसते मेरा गला भर गया था।

"वे अकेले नहीं आएँगे। मैं भी उनके साथ आऊँगी।"

"माँ···तुम्हें ऐसा करने की कोई जरूरत नहीं है।"

"सुनो बेटा, तुम तो आज अपनी दोस्त धान्या से घबरा गए। इस मामले से अकेले कैसे निपटोगे?"

"टॉम ने तुम्हें वह एस.एम.एस. भी भेज दिया?"

"अब और कुछ कहने की जरूरत नहीं है। उस धान्या से तो मैं वहाँ आकर बात करूँगी। मेरी गोद में खेल कर बड़ी हुई है वह। जब वह तुमसे ऊँची आवाज में बात कर रही थी, तब तुमने उसे ये क्यों नहीं बताया?"

"नहीं माँ, उसने ऐसा कुछ नहीं किया। वह तो बस अपना काम कर रही थी। और वैसे भी वह अपने कनिष्ठ अधिकारी को यह नहीं जताना चाह रही थी कि वह पक्षपात कर रही है।"

"बड़े हो जाओ नील, मर्द बनो। आखिर कब तुम एक बड़े आदमी की तरह बात करोगे?" मेरे पिता ने माँ से फोन ले लिया था।

"जी, पापा"

"देखो, मैं अभी-अभी सुबह की सैर से वापस लौटा हूँ। यहाँ के फास्ट ट्रेक अदालत के न्यायाधीश मेरे बहुत अच्छे दोस्त हैं। उन्होंने ने ही मुझे उस जेठमलानी का नाम सुझाया है।"

"क्या बात है पापा? आपकी तो बहुत जान-पहचान है!"

"हमेशा से ही थी। और अब मैं उनका इस्तेमाल तुम्हारी मदद करने के लिए करूँगा। और उम्मीद है कि यह आखिरी बार होगा, जब मैं किसी का एहसान लूँगा। अब तुम भी बड़े बनो, ताकि बुढ़ापे में तुम हमारी देखभाल करो, न कि हम तुम्हारी।"

एक बार फिर माँ ने पापा से फोन छीन लिया। ये लोग ऐसे ही थे। जब कोई ज्यादा कड़क या व्यावहारिक होने लगता था, तब दूसरा कोमल और प्यारा बन जाता था, मुझे मनाने और समझाने के लिए।

"अपने पिता की बातों का बुरा मत मानना, बेटा। वे बस तेरे लिए परेशान हैं। खाना ध्यान से खा लेना और पानी पीते रहना।"

खैर, आखिर यह बातचीत खत्म हुई। मुझे नहीं मालूम कि दुनिया भर की सारी माँ ऐसी ही होती हैं या सिर्फ हिंदुस्तान की ही माँ में यह खासियत है? क्योंकि हॉलीवुड की जितनी फिल्में मैंने देखी हैं, उनमें ऐसी मुश्किल घड़ी में माँ कभी भी खाने-पीने की जानकारी नहीं लेती।

अंतत: मैं अपने सोफे पर लेट गया। मैं दो विकल्पों के साथ अपनी काल्पनिक दुनिया में खो गया, एक लड़के की भाँति सोचूँ या एक मर्द की तरह ? मैंने पहला विकल्प चुना। मैं गौरी के बारे में सोचने लगा।

हे भगवान्, कहाँ हो तुम ? कहाँ हो¨ ?

अब चुप भी करो। मैं तो यहीं थी। मैं तो बस तुम्हारे प्यार की परीक्षा ले रही थी।

तुम पागल हो गई हो ? क्या तुम्हारा दिमाग खराब हो गया है ?

नहीं, बिल्कुल भी नहीं। मैं तुमसे बार-बार पूछती रही कि क्या तुम मुझसे प्यार करते हो, पर तुम मुझे भ्रमित करते रहे।

हाँ, मैं तुमसे प्यार करता हूँ। अब कभी दोबारा ऐसा मत करना।

तो कभी मुझे शक करने का मौका मत देना।

सुबह के 9:00 बज चुके थे। सब लोग जा चुके थे। मैं सोने का भरसक प्रयास कर रहा था। मेरे लिए आज यह सबसे मुश्किल काम था। मेरी आँखें बंद हो गई थीं। ऐसा नहीं था कि मैं जान-बूझकर ऐसा कर रहा था, मगर अब मेरी आँखें और खुली नहीं रह पा रही थीं। पीड़ा और आघात के कई भयंकर घंटे गुजारने के बाद और कई लोगों से मिलने के बाद आखिरकार मैं अकेला था, पर मैं सच में अकेला नहीं था। मेरे साथ गौरी की यादें थीं, मेरे दिल में, मेरे मन में।

मैंने अपना फोन अपने हाथ में पकड़ा।
उसकी खूबसूरत मुसकान अभी भी मेरे फोन के वॉलपेपर के रूप में उसकी शोभा बढ़ा रही थी।
मैं मुसकरा उठा और अपने आस-पास उसे ढूँढ़ने लगा¨
आखिरकार मैं किताबों और उपहार के कागजों के बीच में बैठ गया।
मेरा फोन बस एक बार बज उठे, मैं ऐसी कामना कर रहा था।
झल्लाहट और घबराहट में मुझे मेरे दिल की धड़कन सुनाई दे रही थी।
कहाँ चली गई वह सारी खुशी, जो वह अपने साथ लेकर आई थी?
वह उन्हें अपने साथ ले गई; देखो, कितना घायल कर गई वह मुझे?
मेरे दिल के घाव समुद्र से भी गहरे थे।
इन सब सवालों के जवाब मैं अपने फोन से पूछ रहा था।
काश, वह बस एक बार मुझे अपने दिल की बात बता दे देती।
मैं वादा करता हूँ, मैं उसे रोने का कोई मौका नहीं दूँगा।
वापस आ जाओ मेरी जान?
क्योंकि मैं तुम्हारे बगैर साँस भी नहीं ले पा रहा हूँ, मेरी जान।

मेरे लिए सबकुछ वैसा ही था, जैसे कि आँख बंद करने पर कभी आपको छोटे छोटे कण आपके मस्तिष्क में घूमते नजर आते हों। मानो ये कण आपको चोट पहुँचाने के लिए अरबों की संख्या में आपके दिमाग में चक्कर काटते रहते हैं। मैं समझ गया था कि सिर्फ अपने दिल और दिमाग में गौरी के बारे में सोचने से बात नहीं बनेगी। उसे सच में मेरे पास आना होगा। जो लड़की आपकी जिंदगी में एक विशेष स्थान रखती हो, उसके अचानक गायब हो जाने से बुरा क्या होगा?

थोड़ी देर पहले पुलिसवालों के साथ हुई बातचीत के बारे में सोचने पर तो यही लगता है कि उसका अपहरण हो गया था। हालाँकि मुझे पिछले कुछ दिनों की गतिविधियों और उनकी विसंगतियों पर ध्यान देने की भी जरूरत थी। फिलहाल मेरा दिमाग काम नहीं कर रहा था। मेरे गालों पर आँसुओं की धारा बह रही थी। कहीं मैंने उसे इतना परेशान तो नहीं कर दिया था कि वह खुद ही मुझसे दूर चली गई हो, मुझे ऐसा कुछ याद नहीं आ रहा था। मगर मुझे इस पर और ध्यान से सोचने की जरूरत थी। हर विचार में असंख्य संभावनाएँ थीं। किसी भी चीज से इनकार नहीं किया जा सकता था।

जब मैंने अपना चेहरा पोंछने के लिए अपना हाथ उठाया, अचानक मेरे मन में यह खयाल आया कि काश, गौरी इस वक्त मेरी बगल में बैठकर मुझे शांत कर रही होती। उसके जाने के बाद उसका एहसास मेरे लिए और भी दृढ हो रहा था। अब जब वह मेरे पास नहीं थी, तब मुझे उसकी कमी खल रही थी। वह मेरे बारे में सबकुछ जानती थी। वह पूरा घर सँभाल कर रखती थी, सबसे बढ़िया। मैं उससे प्यार करने लगा था। मैं वाकई उसे अपने दिल के बेहद करीब महसूस करने लगा था। वह मेरे मन पर हावी हो चुकी थी।

मैं जितना ज्यादा उसके बारे में सोच रहा था, उतना ही ज्यादा उसे खोता जा रहा था। मुझे खुद में बुरा लग रहा था। मैं कमजोर होता जा रहा था, जबकि इस वक्त मुझे मजबूत होना चाहिए था और कुछ करना चाहिए था। मैं अपने अलावा किसी और के प्रति जवाबदेह नहीं था।

मुझे याद है कैसे, जब एक बार मैं बहुत दुःखी था, तब वह मेरे पास आई थी, जब मैं अपने पिछले विच्छेद के दर्द में कराह रहा था। यह वह वक्त था, जब मैं आर्या के बारे में सोचकर रोता और कुढ़ता रहता था। जब मैंने यह मान लिया था कि सबकुछ खत्म हो चुका है, मैं अकेलेपन के खयाल से ही काँप उठता था। उस दिन गौरी ने मेरा हाथ थामा था। उसने मुझे अपने पास बिठाया। मैं सोफे पर बैठा हुआ

था। उसने जो भी किया, वह अनमोल था। उस वक्त मुझे उसका मूल्य समझ नहीं आया था। मुझे वह सब बेहद सामान्य लगा। मुझे लगा कि मेरी साथी होने के नाते मुझे बेहतर महसूस कराना उसका काम था, मगर मैं गलत था। उसके पास चुनने के लिए विकल्प थे। वह केवल दूर से भी मुझसे बात कर सकती थी और मुझे बच्चों की तरह बरताव करने के लिए मना कर सकती थी। वह मुझे मुझसे ज्यादा जानती थी। वह भी बिल्कुल मेरी माँ की ही तरह संवेदनशील थी।

उसका चेहरा बार-बार मेरे दिमाग में घूम रहा था। उसकी मुसकान मुझे वास्तविकता का एहसास करा रही थी और चिढ़ा रही थी कि वह अब मेरे पास नहीं थी। उसका अंतर्विष्ट आकर्षण, उसका सुभाषित संतुलन, उसकी स्वर्ग सी खूबसूरती, ये सब मिलकर उसे एक ऐसी लड़की बनाते थे, जिसे मुझसे बेहतर लड़का मिलना चाहिए था। किसी भी दिन।

मैंने अपनी आँखें खोलकर दीवार घड़ी की ओर देखा, जो बारह बजे का अलार्म बजा रही थी। अब नहाने का समय हो चला था। अब भूतकाल की आगे की यात्रा गरम पानी के टब करने का समय हो चला था।

मैं कुछ देर आईने के सामने खड़ा रहा। मेरा चेहरा बुरी तरह सूज गया था मानो मैं नशा करता था। मेरी आँखें नजर नहीं आ रही थीं। मेरा ललाट झुर्रियों से भर गया था। मैं वहाँ जड़वत् खड़ा रहा। मैंने लिस्टेरिन से कुल्ला किया, कुछ बड़बड़ाया और टब में घुस गया, जो भाप से भरा हुआ था। किसी अन्य सामान्य दिन में मैंने उसमें थोड़ा ठंडा पानी मिलाया होता और उसे गुनगुना बनाया होता। मैंने उसे वैसे ही छोड़ दिया, मगर फिर भी मुझे उसका ताप या कोई जलन महसूस नहीं हो रही थी। मुझे तो बस अपनी छाती में हो रहे दर्द का एहसास हो रहा था। वह मुझे अंदर-ही-अंदर भेद रहा था। मेरे आँसू तो पानी में घुल गए, मगर मेरा दर्द वहीं ठहर गया। मुझे मालूम था कि वह इतनी जल्दी दूर होनेवाला नहीं। मैं वहीं लेट गया और वापस उसी अवस्था में पहुँच गया, जैसा कि इस दिन के शुरुआत में था। सन्न!

अचानक मुझे लगा कि मैं किसी नाले में बह रहा था।
सबकुछ मानो बारिश में भाप की भाँति गायब हो रहा था।
मेरे दिल, मेरी आत्मा में कोई शांति नहीं थी।
मेरे शरीर को मुझसे अलग होकर भी शांति नहीं थी।
आईने में खुद को देखकर मैंने सोचा कि मैं कितना कमजोर, कितना पीला हो गया हूँ।

इस कल्पनातीत भय की वजह से मानो मैं अचानक बड़ा हो गया हूँ।
मारी किस्मत दगा दे रही थी, मेरा दिमाग बंद होना चाह रहा था।
मैं किसी से बात करना चाहता था, मैं चिल्लाना चाह रहा था।
मुझे तुम्हारी चिंता हो रही है, तुमसे प्रेम हो रहा है, गौरी मेरी जान।
फिर एक बार मेरा हाथ थाम लो, फिर आकर मुझे सँभाल लो मेरी जान।
मुझे तुम्हारी इतनी कमी, इतनी जरूरत है, जितनी पहले कभी नहीं हुई।
वापस आ जाओ कि अब मैं तुम्हें कभी कहीं जाने नहीं दूँगा।
वापस आ जाओ कि अब मैं तुम्हें कभी कहीं जाने नहीं दूँगा।

मुझे अपनी विचार प्रक्रिया फिर से शुरू करनी पड़ी। उस गरम पानी ने मुझे थोड़ी राहत दी और मैं एक बार फिर खुद को समेटने में जुट गया।

मैं बड़े आराम से बाहर निकला और धीरे-धीरे अपने कमरे की तरफ बढ़ गया। वहाँ से मैं अपनी निकर में बाहर निकला और सोफे पर बैठ गया।

दरवाजे की घंटी बजी। मुझे कुछ समझ आता, उसके पहले वह घंटी कई बार बज गई। मैं दरवाजा खोलने के लिए दौड़ा नहीं। मैं बहुत ही धीरे-धीरे उसकी ओर बढ़ा मानो किसी ने मुझे चीर दिया हो। मैंने दरवाजा खोला और वापस मुड़कर अपनी जगह पर बैठ गया। मुझे यह जानने में कोई दिलचस्पी नहीं थी कि दरवाजे पर कौन है।

"नील, आखिर यह हो क्या रहा है?"

मैं चुपचाप बैठा रहा और टॉम मुझे घूर रहा था। मैं बिल्कुल जड़ हो चुका था और साँस अंदर-बाहर करने की कोशिश कर रहा था।

"नील, मैं तुम्हारे लिए खाना लाया हूँ। हम मिलकर सब ठीक कर लेंगे। तुम इसमें अकेले नहीं हो।"

मैंने अपने जीवन में सिर्फ लोगों को खोया था। मेरा खयाल करनेवाला या मेरी चिंता करनेवाला हर व्यक्ति एक-एक कर मुझे छोड़कर जा रहा था। इसीलिए मुझे समझ नहीं आया कि टॉम से मैं क्या कहूँ? वह मेरा सबसे अच्छा दोस्त था। मगर इस वक्त मैं बहुत कमजोर था और कोई भी मेरा फायदा उठा सकता था। उसने और भी कुछ कहा मुझसे, जो मैं सुन नहीं पाया। इस वक्त चिंता और देखभाल की जरूरत गौरी को मुझसे ज्यादा थी। मैं अब और किसी चीज के लिए अपराधबोध नहीं सह सकता था।

टॉम ने मुझे झकझोरा और मुझे कुछ झटका महसूस हुआ। अगले ही पल उसने मुझे कसकर गले से लगा लिया। मैं फूट-फूटकर रोने लगा। मैं उसके कंधे पर

सिर रखकर रो रहा था। मैं बस रोता ही जा रहा था। मुझे सांत्वना देने के लिए वह मेरे शरीर पर अपना हाथ फेर रहा था। आप कोई भी जंग अकेले नहीं जीत सकते। मेरे मित्र को गले लगाने से मेरा मन हलका लगने लगा था। अब मैं पहले से बेहतर महसूस कर रहा था।

"मैं तुमसे एक बार फिर कह रहा हूँ, तुम खुद को अकेला मत समझो। तुमने अपने अंदर जो भावनाएँ दबाकर रखी हुई थीं, शायद तुम्हें उसे बाहर निकालने की ही जरूरत थी।"

"टॉम, मेरे भाई। कभी मुझे छोड़कर मत जाना।"

"मैं तुम्हें इस हाल में नहीं देख सकता। तुम तो हमारे कॉलेज में सबकी जान हो। अगर तुम अपने आप को मजबूत नहीं रखोगे तो बाकी बच्चों का क्या होगा?"

"पुनर्जीवित होने का समय···"

"हाँ, बिल्कुल। अब तुम खाना खाओ और सो जाओ।"

"और गधे, माँ को सबकुछ बता दिया!"

"वह सब छोड़ो। मैं धान्या से मिला था और मैंने उसको इस मामले की पूरी पड़ताल करने को कहा है, ताकि हम गौरी को जल्द-से-जल्द ढूँढ़ सकें।"

"हाँ, वह बड़ा ही अजीब बरताव कर रही थी। मैं मानता हूँ कि वह अपने साथी के साथ थी, मगर फिर भी···"

"मुझे मालूम है···वह बचपन में आंटी की गोद में ही रहती थी और तुम दोनों एक-दूसरे को बचपन से जानते हो।"

"आशा करता हूँ, वह कुछ मदद करेगी। मैं तो बस इतना ही चाहता हूँ।"

"जरूर करेगी। उसने मुझे बताया कि वह तुम्हारे लिए बहुत परेशान है। पुणे में इस तरह की घटना एक बड़ी खबर है। दिल्ली में तो यह आम बात है और इस पर कोई ध्यान नहीं देता, मगर यहाँ उसे बहुत जल्द ही मीडिया और राजनैतिक दवाब महसूस होने लगेगा। इसीलिए बेहतर होगा कि अब तुम थोड़ा आराम कर लो, इसके पहले कि पुलिस फिर से दरवाजे पर दस्तक दे, उसके पहले हम उनसे जाकर मिल लें।"

"हाँ भाई, जरूर। मुझे उसकी बहुत याद आ रही है।"

"मुझे तो यह तब से पता था, जब से वह तुम्हारे साथ रहने आई थी। मैंने उसके अंदर वह बात देखी थी। बस, तुम्हीं मानने से इनकार रहे थे।"

"मैं कोई भी गड़बड़ नहीं चाह रहा था। बस यही बात थी, वरना तो मैं···"

टॉम ने मुझे खाना परोसकर दिया और फिर मेरा कमरा भी उसी ने साफ किया।

"साले, तेरे कमरे में कितनी तसवीरें हैं, जिसमें तुम और गौरी एक साथ हो? मैंने तो आज के पहले ये कभी देखी ही नहीं थीं।"

"जाहिर है, जब मैं घर लौटा तो मैंने भी यही देखा।"

"तुम कहना क्या चाहते हो? तुम दोनों ने ये सब मिलकर नहीं किया?"

मैं उन तसवीरों के बारे में सोचने लगा। इसके पहले कभी मैंने इस बात पर ऐसे नहीं सोचा था। उस दिन जब हम कॉलेज गए थे, तब ये तसवीरें वहाँ नहीं थीं। इसका मतलब, गौरी उस दिन कॉलेज से घर वापस आ गई थी और उसने कमरा ठीक किया था। यह तो अजीब था।

"नील, मैं तुम्हें बता रहा हूँ, किसी ने उसका अपहरण कर लिया है। हमें पुलिस को खबर करनी चाहिए। यह बहुत जरूरी है।"

"थोड़ी देर रुक जाओ। मुझे थोड़ा आराम कर लेने दो। हम इसके बारे में फिर बात करेंगे। हमें खुद भी कुछ सुराग ढूँढ़ने चाहिए।"

खाना खाने के बाद मैं लेट गया और टॉम को अपनी अनिद्रा की परेशानी के बारे में बताया। मैं बिल्कुल भी सोना नहीं चाह रहा था। मैं नींद को खुद से दूर रख रहा था। टॉम यह सुनकर आश्चर्यचकित भी हुआ और खुश भी। वह जानता था कि मौका मिलने पर मैं खड़े-खड़े भी सो सकता था!

"तू बदल गया है, भाई।"

"मुझे ऐसा नहीं लगता। मुझे लगता है कि इस वक्त मैं इतना परेशान हूँ कि सोने के बारे में सोच भी नहीं सकता।"

"अच्छा, और पिछली बार जब अंकल ने तुमसे कहा था कि बोर्ड परीक्षा से ज्यादा महत्त्वपूर्ण कुछ भी नहीं, तब तो तुम बिना अपनी पढ़ाई को दुहराए सो गए थे।"

"अरे नहीं! तुम्हें अभी तक वह प्रकरण याद है?"

हमारी बातचीत बाहर वाले कमरे में चलती रही। टॉम अपने फोन के संपर्क सूची को देखता रहा, जबकि मैं पिछले कुछ दिनों के घटनाक्रम को याद करने की कोशिश कर रहा था।

अचानक टॉम ने मुझसे पूछा, "क्या तुमने आर्या को इसके बारे में बताया है?" मुझे समझ नहीं आया कि टॉम अचानक आर्या के बारे में क्यों पूछ रहा है? वह तो शुरुआत से ही उसे नापसंद करता था। उसे लगता था कि आर्या में इस धरती के लिए कुछ ज्यादा ही तड़क-भड़क थी। खैर, उसने यह विषय तो छेड़ ही दिया था।

"नहीं, मैंने उसे कुछ भी नहीं बताया है। मुझे इसके लिए समय ही नहीं मिला, टॉम।"

"तुम्हें लगता है, हमें उससे बात करनी चाहिए?"

"अगर ऐसा है तो हमें उन विद्यार्थियों से बात करनी चाहिए, जो हम दोनों के दोस्त थे।"

हम दोनों को इस बात पर बेहद आश्चर्य हुआ कि कुछ लोगों को छोड़कर हमारे विद्यालय के बहुत ही कम दोस्तों ने सुबह से फोन किया था। मगर उनमें कोई भी शिक्षक या गौरी का सहपाठी नहीं था। गौरी के दो दोस्त थे। एक उसकी सबसे अच्छी दोस्त थी। उसके बारे में कोई भी नहीं जानता था, ऐसा हमारा मानना था। यह एक और विचित्र बात थी। खैर, पुलिस तो अपना काम करेगी ही। उच्च पद पर आसीन लोगों को इस प्रकरण की जानकारी मिल चुकी थी, मगर शायद यह जानकारी अभी निचले स्तर तक नहीं पहुँची थी।

आज कॉलेज बंद था और छात्रावास में रहनेवाले विद्यार्थी भी बाहर घूम रहे होंगे। इसीलिए पता नहीं पुलिस की काररवाई कैसे आगे बढ़ेगी? हम अपने ही विचारों से दाँव-पेंच कर रहे थे।

इससे पहले कि हम बाहर जाने के बारे में कुछ सोचते, आर्या ने मुझे फोन कर दिया। टॉम ने यह देखा और मुझे ऐसे भाव से देखा, जिसका कोई आधार नहीं था।

मैंने फोन उठाया। आर्या भी परेशान लग रही थी। मैंने उससे पूछा कि उसे इसके बारे में कैसे पता चला? उसने मुझे बताया कि यह तो बड़ी खबर बन चुकी है। सभी लोग इसके बारे में बात कर रहे हैं। मैंने उससे ठीक-ठीक बताने को कहा। पहले तो वह कुछ देर मौन रही, फिर उसने मुझे बताया कि यह खबर दिन के अखबार में भी आ चुकी है। उसने यह भी बताया कि शायद समाचार चैनलों पर भी यह खबर चल चुकी है।

आर्या से अलग होने और गौरी के साथ रहने के बाद से उसमें काफी परिवर्तन आ चुका था। अब वह ज्यादा संयमित, शांत और परवाह करनेवाली हो गई थी। अब वह वह आर्या नहीं थी, जिसे मैं जानता था। मैंने उससे इसके बारे में पूछा भी था तो वह अकसर मुझसे कहती कि वह मुझे अपना एक अच्छा दोस्त मानती थी। और चूँकि हम महान् प्रेमी नहीं हो सकते थे, इसीलिए हम अच्छे दोस्त बन सकते थे। टॉम को यह जान कर बहुत हैरानी हुई। उसने मुझे डाँटा।

"तुमने कभी मुझे यह नहीं बताया कि तुम और आर्या अभी भी एक-दूसरे के संपर्क में हो।"

"भाई, इसमें बताने वाली कोई बात नहीं थी। कोई खास बात नहीं है।"

"अच्छा, और मैं सोचता था कि जब तू अपने जीवन में किसी दोस्ती को बढ़ाएगा या घटाएगा तो सबसे पहले इसकी जानकारी मुझे होगी। मगर इस मामले में तो तुमने मुझे अनदेखा कर कर दिया।"

"टॉम···उत्तेजित मत हो। यह बहुत हाल की घटना है।"

"हाँ, पिछले दो-तीन महीनों में तुम्हारी जिंदगी काफी बदल गई है।"

टॉम का इशारा मेरे और आर्या के अल्पायु संबंध, उसका विच्छेद और फिर गौरी के साथ मेरे संबंध की ओर था।

टॉम वहीं नहीं रुका। वह लगातार मुझे आश्चर्यचकित और स्तब्ध होकर घूरता रहा। उसका चेहरा देखकर लग रहा था मानो उसने कोई भूत देख लिया हो और उसे समझ नहीं आ रहा था कि वह भूत मुझे क्यों नहीं दिख रहा था। मैंने उसे फिर समझाया और स्पष्टीकरण भी दिए। इतना तो मुझे करना ही था। दोस्तों को स्पष्टीकरण तो देना ही पड़ता है। सवाल उठने पर वे चुप तो नहीं रह सकते। मेरे काफी देर तक पूरे आत्मविश्वास के साथ बकवास करने के बाद वह माना। वह पल ठहर गया, क्योंकि आर्या ने दुबारा फोन कर दिया। वह मुझसे मिलने के लिए मेरे घर आना चाहती थी। ऐसा लग रहा था मानो वह बहुत चिंतित थी। उसकी आवाज से घबराहट झलक रही थी। मैंने टॉम की ओर देखा और उसकी स्वीकृति जाननी चाही। उसने 'हाँ' में अपना सिर हिलाया और बस सब तय हो गया।

टॉम घर की छानबीन में लगा रहा। वह सूँघने के अंदाज में था। उसे मालूम था कि मैं कुछ आगे भी समझने या सोचने के लिए बहुत थक चुका था। इसीलिए उसने फैसला किया कि वह कुछ भी ढूँढ़ेगा, जिससे कुछ मदद मिल सके, कुछ भी। उसने कुछ ऐसा ढूँढ़ा, जिसने हमें परेशानी में डाल दिया। वह आर्या के नाम की जिम के भुगतान की रसीद थी, जो फ्रिज के ऊपर रखी हुई थी और मुझे लगता था कि यदि कभी मैंने खजाना खोजने वाला खेल जीतने के लिए खेला होता तो मुझे वह बहुत पहले ही मिल चुका होता।

"देखो, अभी हम यह बात किसी और को नहीं बताएँगे।"

हाँ, मगर गौरी और आर्या जिम में साथी क्यों बनीं?"

"ऐसा भी तो हो सकता है कि वे हमेशा से जिम में साथ रही हों।"

"ऐसा नहीं हो सकता, गौरी ने मुझे इसके बारे में बताया होता।"

"मगर उसने नहीं बताया···"

"शायद वह बताना चाहती हो, मगर उसके पहले ही किसी ने उसका अपहरण कर लिया।"

"तुम्हें क्या लगता है और क्या हुआ होगा?"

"सोचो, आर्या से अलग होने के बाद मैं और गौरी एक-दूसरे से मिलने लगे। फिर आर्या मेरी पूर्व प्रेमिका से मेरी दोस्त बन गई और अब गौरी और आर्या भी आपस में दोस्त बन गईं।"

"तो इसका मतलब एक तरह से तुम्हारी जिंदगी बिल्कुल सही चल रही थी। कोई परेशानी नहीं। सबकुछ सामान्य था। यह दुनिया तुम्हारे रहने के लिए सर्वश्रेष्ठ बन गई थी…"

"हाँ, गधे…" अपनी आँखें मसलते हुए मैंने जवाब दिया, क्योंकि अब मैं बहुत थक चुका था।

"तो फिर हमें यह मान लेना चाहिए कि कुछ तो गड़बड़ है। कोई तो है, इस पूरे प्रकरण के पीछे। हम किसी भी संभावना से इनकार नहीं कर सकते। मगर इस वक्त, सबसे पहले, तुम्हें सोने की जरूरत है।"

यह एक सामान्य प्रक्रिया है। जब भी आपके साथ कोई बुरी घटना होती है, तब आप पहले तो अकेले होते हैं। फिर आपके आस-पास कई सारे लोग होते हैं और फिर जब वे चले जाते हैं, तब आप और पहले से भी ज्यादा अकेलापन महसूस करते हैं। यह एक प्रकार का शून्य है, जिसका निर्माण होता है। फिर एक समय आता है, जब आप खो जाते हैं। यही वह समय है, जब आपके अंदर पागलपन आने लगता है। आपके ऊपर नकारात्मक अतियथार्थवाद हावी हो जाता है। आप उन घटनाओं को बार-बार याद करने लगते हैं, जो आपके साथ घटी हैं। वे आपके ऊपर चोट करती हैं। मैं अब उस चीज को समझने लगा था, जो मेरे साथ हुई थी। पिछले चौबीस घंटों की निचोड़ देने वाली परीक्षा ने मेरी इंद्रियों को पूरी तरह से कफन पहना दिया था। मेरी आँखों में खून उतर आया था। मैं उनकी जलन महसूस कर रहा था। मैं थोड़ा शांत होना चाहता था। मैं थोड़ा आराम करना चाह रहा था। मैं तब तक आराम करना चाह रहा था, जब तक मुझे नींद न आ जाए। यह तब तक नहीं हो सकता था, जब तक मेरे विचार मेरे जाग्रत् मन को डराना बंद नहीं कर देते।

अभी लगभग एक महीना पहले ही मैं गौरी से कॉलेज के पुस्तकालय में टकराया था। यह कोई फिल्मी फंतासी नहीं थी, क्योंकि फिल्मों में किताबें हाथ से छूटकर नीचे गिर जाती हैं। अधिकांशत: वह लड़की ही होती है, जिसके हाथों में किताबें होती हैं। लड़का नीचे झुककर उन्हें उठाता है। ऐसा कुछ भी नहीं हुआ था। वह और मैं एक-दूसरे को पहले से जानते थे। उसके बारे में मेरी जानकारी बहुत कम और धुँधली थी, जबकि उसके लिए यह बिल्कुल अलग था। हमारे विद्यालय के दिनों से ही वह मुझे पसंद करती थी। तो जैसे ही मैं उससे टकराया, उसने मेरा हाथ थाम लिया। मैं अभी अपने अलगाव से उभर ही रहा था कि उसने अपनी पकड़

मजबूत कर दी। मैं मुसकराया। उसने मुझे गले लगाया और मेरे कानों में धीरे से कुछ कहा, जो मैं समझ नहीं पाया।

"माफ करना गौरी, मगर अभी तुमने जो मेरे कानों में कहा है, मुझे कुछ समझ नहीं आया।"

कुछ प्रेम कहानियाँ मोह से शुरू होती हैं। अकसर लड़के किसी लड़की की ओर मोहित हो जाते हैं, मगर कभी-कभी इसका उलटा भी होता है। वे भी प्रेम कहानियाँ ही होती हैं, तथाकथित एक तरफा प्रेम कहानियाँ, अकसर जिनका इजहार नहीं हो पाता। जहाँ तक प्रेम का सवाल है, वह तो भौतिक उपस्थिति में ही फलीभूत हो पाता है। यह एक जानलेवा आकर्षण भी हो सकता है या फिर इन सबके विपरीत यह एक दो तरफा प्यार भी हो सकता है। गौरी के मन में मेरे प्रति जो आकर्षण था, कॉलेज के अधिकांश कनिष्ठ उससे अवगत थे। यह आकर्षण इतना गहरा था कि गौरी ने विद्यालय से निकलने के बाद, अपने खूबसूरत शहर गुवाहाटी को मेरे लिए छोड़ दिया था। उसने मेरे कॉलेज में दाखिला लेने का निश्चय कर लिया था। जहाँ मैं बी.टेक की पढ़ाई कर रहा था, वह माइक्रोबायोलॉजी पढ़ रही थी। विषयों का विज्ञान अभी भी हम दोनों के बीच समान था। जब मैं उससे टकराया, तो मेरे लिए यह महज एक संयोग था। खैर, ईमानदारी से देखें तो हम दोनों की प्रतिक्रिया से तो ऐसा ही लगा या फिर मैंने ध्यान नहीं दिया था। शायद उसने मुझे इस पर ध्यान देने का मौका ही नहीं दिया। यह उस अति उत्साही आर्या से अलग होने के दस दिन बाद की बात थी।

गौरी ने सटीक शब्दों के प्रयोग का यह मौका हाथ से जाने नहीं दिया। वे शब्द, जिनके आगे मैं पिघल गया था।

"मैं समझ सकती हूँ, इस वक्त तुम्हारे ऊपर क्या बीत रही है?"

पहले तो मैं हैरान रह गया। उसे कैसे पता कि मेरे ऊपर क्या बीत रही है, और उससे भी ज्यादा उसने मुझे 'हैलो' तक नहीं कहा। आखिर क्यों वह सीधे मेरे दिल की गहराई में छुपे घाव को कुरेद रही थी? आखिर क्यों वह मुझे एक त्वरित मलहम देना चाह रही थी? हो सकता है, उसने मुझसे 'हैलो' कहा हो और मैं वह सुन नहीं पाया या फिर वह बहुत ऊँची आवाज में न बोल पाई हो और घबराहट में उसे इस चीज का एहसास न हुआ हो। थोड़ी देर बाद मैंने देखा कि उसके गाल गुलाबी हो रहे थे। बस, यही वह क्षण था। अब वह भी थोड़ी सतर्क हो गई और उसने मेरा अभिवादन किया। मैंने कोई खास प्रतिक्रिया नहीं दी, क्योंक वह मेरी कनिष्ठ थी, जिसके दिल में मेरे लिए एक खास स्थान था। हालाँकि वह बाकी लड़कियों की तरह

नहीं थी। शायद यह पहली बार था, जब मैंने उसे इतने नजदीक से देखा था। उसके साथ भी ऐसा ही था। यह पहली बार था, जब उसकी आवाज मुझे इतनी स्पष्ट सुनाई दे रही थी। विद्यालय में तो उसकी आवाज प्रार्थना के समूहगान में, परेड में या फिर मध्यावकाश में मचने वाले विद्यार्थियों के शोर-शराबे में ही सुनाई दी थी। पहले मुझे कभी भी उसकी आवाज अकेले सुनाई नहीं दी थी। अब यह आवाज बहुत दिलकश प्रतीत हो रही थी, बिल्कुल शहद की तरह मीठी। मुझे शक था कि इस आवाज को मैं कभी भूल पाऊँगा। जो आवाज सीधे किसी के दिल से निकल कर आपके दिल पर दस्तक देती हो, उसे भुलाया नहीं जा सकता।

पुस्तकालय में हुए उस पाँच मिनट के वार्त्तालाप में कोई संतुलन नहीं था, क्योंकि चार मिनट तक वह बोलती रही और मुझे जो कहना था, वह मैंने एक मिनट में निबटा दिया। ये कुछ इस तरह शुरू हुआ—

"हे भगवान्! नील, यह तुम ही हो?"

"हाँ, बिल्कुल। तुम मुझे पहचानती हो?"

"बिल्कुल, दो ही साल तो हुए हैं...तुमसे दूर रहकर...तुम हेड बॉय थे। एक आकर्षक हेड बॉय।"

मैं थोड़ा खुश हो गया। मेरी आँखों के सामने बारहवीं कक्षा का पूरा साल घूम गया। वह मुझे याद आ गई थी।

"मैं भी तुम्हें पहचान गया, गौरी। है न?"

"मुझे यकीन नहीं होता कि तुम्हें मेरा नाम याद है?"

"आखिर कक्षा दस की बेसबॉल टीम की खूबसूरत कप्तान को कौन भूल सकता है?"

हमारी बातचीत हमें कॉलेज की नाट्यशाला तक ले आई थी। पुस्तकालय में संयोगवश शुरू हुई छोटी सी भेंटवार्त्ता अब लंबी बातचीत का रूप ले चुकी थी। एक और आधा घंटा, जो हमने साथ में गुजारा। छब्बीस मिनट तक वह बोलती रही और मुझे सिर्फ चार मिनट मिले। मेरे लिए वह बर्फ के पिघलने का सुखद एहसास था। इसीलिए जब मैंने उससे पूछा कि मुझसे बात करके उसे कैसा लगा तो वह तैयार थी, मानो वह इस प्रश्न की प्रतीक्षा कर रही थी।

"तुम मेरे पहले आकस्मिक डेट हो।"

"अरे वाह! मेरा मतलब है, सचमुच?"

"हाँ, और इसके पहले कि तुम कुछ और कहो, तुम पहले लड़के हो, जिसके

साथ मैंने इतनी देर तक और इतनी सारी बातें की हैं।"

"और इसके बावजूद, तुम्हें लगता है कि तुम मेरी पीड़ा को समझ सकती हो।"

उसके बाद गौरी बोलती ही रही। वह रुकने का नाम ही नहीं ले रही थी। वह पंद्रह मिनट तक बोलती रही। ऐसा लग रहा था मानो वह अपनी इस मुलाकात की ही प्रतीक्षा कर रही थी।

"तो नील, कल्पना करो कि कोई है, जिससे मैं प्यार करती हूँ, इकतरफा और मैं उससे पिछले सात वर्षों से प्यार करती हूँ। सदा से इकतरफा और मैंने उसे आज तक नहीं बताया है।"

"तुम वाकई अद्‌भुत हो, है न?"

"और तुम कितने लोगों को जानते हो, जो किसी को सात वर्षों से चाहते हों और वह भी इकतरफा?"

"मेरे खयाल से यह इकतरफा प्यार है, इसीलिए सात वर्षों से चला आ रहा है। अगर यह दोनों तरफ से होता तो शायद इसकी भी नियति मेरी जैसी ही होती।"

"जब तक ऐसा कुछ होता नहीं, कोई नहीं जानता।"

"मगर तुमने उसे इसके बारे में बताया क्यों नहीं?"

"मेरी माँ ने कहा था, अगर मैं किसी से प्यार करती हूँ तो उसे बताने से पहले मुझे अट्‌ठारह वर्ष पूरे करने होंगे। उसने कहा, उस लड़के से मिलने से पहले मुझे बालिग होना चाहिए।"

"क्यों?"

"ताकि यदि मेरे माता-पिता उसे अस्वीकृत कर दें तो कम-से-कम उसके साथ भाग जाने के लिए मेरी उम्र ठीक हो।"

मैं अपनी हँसी को रोक नहीं पाया। गौरी के बात करने का अंदाज मुझे बहुत पसंद आ रहा था। वह सचमुच अलग थी, मगर मैं अभी तक उसको समझ नहीं पाया था। हालाँकि हम काफी हद तक निजी बातचीत के दौर में पहुँच चुके थे, मगर अभी तक मैंने उससे उस व्यक्ति का नाम नहीं पूछा, जिससे वह प्यार करती थी। मैंने सोचा, वह खुद ही बता देगी, मगर उसने ऐसा नहीं किया। इसीलिए मैंने बात को इस अंदाज में खत्म करने का निश्चय किया कि वह अंततः उसने मुझे बता ही दिया। मैंने सोचा कि यदि कोई लड़की मेरे साथ इतना अच्छा बरताव कर रही है तो मैं भी उसकी थोड़ी सी मदद तो कर ही सकता हूँ। शायद मैं उस लड़के से उसकी मुलाकात करवा सकूँ। खैर, मैं इतना भी भोला नहीं था। मुझे पता था, वह क्या कहना

चाह रही थी, मगर मुझे अपना मासूम आकर्षण बनाए रखना था।

"मैं समझ सकता हूँ, तुम्हारे ऊपर क्या बीत रही है?"

"आहा! तुम बहुत होशियार हो नील, खूबसूरत नील।"

"इसके लिए धन्यवाद, मगर मैं तुम्हारे जितना होशियार भी नहीं हूँ।"

"खैर, शुक्रिया। अगर मैं उतनी होशियार होती तो शायद उस व्यक्ति के सामने अपनी भावनाएँ व्यक्त करने की हिम्मत जुटा पाती। मैं थोड़ी शर्मीली ही रहना पसंद करती हूँ।"

"यह तो उस लड़के के साथ नाइनसाफी होगी न? शायद उस लड़के से तुम्हारे जैसी अद्‍भुत, खूबसूरत और होशियार लड़की का साथ छूट रहा हो।"

"हम्म''यह बात तो बिल्कुल सही है। मुझे लगता है कि अब हमें चलना चाहिए। मेरे लेक्चर का समय हो रहा है।"

"हाँ, जरूर। उम्मीद है, हम जल्द ही दोबारा मिलेंगे।"

"तो कल रात के खाने पर आ जाओ।"

"क्या खास है?"

"मैं अट्‍ठारह साल की हो रही हूँ। आखिरकार"

"वाह! जन्मदिन की पहले से ही बधाई।"

गौरी ने जिस प्रकार बातचीत के इस प्रकरण को आगे बढ़ाया था, उससे मैं बहुत प्रभावित था। वह बहुत गूढ़ थी। परिपक्व, संतुलित और प्यारी। उन पैंतालीस मिनटों में मैं इतना तो समझ चुका था। इन सबसे ज्यादा वह बहुत वाक्पटु और साफ लफ्जों में बात करनेवाली थी।

वह एक सुंदर और खुशनुमा दिन था। हवा में थोड़ी सी नमी थी, जो इस बात का संकेत दे रही थी कि शायद शाम में बारिश हो सकती है।

मैंने उसे वक्त के बारे में पता करने के लिए फोन किया। उसने मुझे 7 बजे आने को कहा। साथ ही, मुझे सावधान भी किया कि शाम में बारिश हो सकती है, इसीलिए ट्रैफिक जाम से बचने के लिए मैं थोड़ा जल्दी आ जाऊँ। मैंने उसकी बातों का मान रखा और ठीक 7 बजे उसके घर पहुँच गया। उसने और उसकी सहेली, इतिश्री ने मेरा गर्मजोशी से स्वागत किया। गौरी आई और आकर मेरे पास में बैठ गई। उसने मुझसे आर्या के बारे में सबकुछ पूछा। मैं भी उसके साथ खुलकर बात करने लगा। मैंने उससे आर्या के साथ मेरी जिंदगी के बारे में बात करना शुरू किया। हमारे बीच में जो अल्पकालीन संबंध था, उसके बारे में।

आर्या मेरे जीवन में आनेवाली पहली लड़की थी। हम लगभग तीन महीने साथ में रहे। यह समय इतना कम था कि इसे किसी प्रकार का संबंध कहना ठीक नहीं होगा। वह तीन महीने तो शायद किसी सपने की तरह थे। उसके लिए शायद 'फंतासी' शब्द ठीक रहेगा। कुछ एक ऐसे दिनों को यदि छोड़ दें, जो बहुत बढ़िया नहीं थे, बाकी तो बस जीवन था।

वह लड़की मुझसे पागलों की तरह प्यार करती थी। बड़ा ही मजा आ रहा था। ऐसा मजा, जो आपको कॉलेज में आता है। वैसे तो मुझे हॉस्टल में रहना था, मगर हमारे प्रेम ने मुझे एक घर किराए पर लेने के लिए विवश कर दिया, ताकि हम साथ में रह सकें। मुझे आर्या के साथ हुई हमारी बातचीत अच्छी तरह याद है।

"मुझे यह जगह बहुत पसंद है, नील।"

"मुझे यह बात पसंद है कि तुम्हें यह जगह पसंद है।"

"मुझे यह जगह इसलिए पसंद है, क्योंकि यहाँ तुम और मैं एक साथ रहेंगे।"

आर्या और मैं अत्यंत रोमानी हो चुके थे। मैंने घर लिया, आर्या ने सजावट की जिम्मेदारी ली। मैंने सामान खरीदे, उसने उनको इस्तेमाल में लगाया, बिल्कुल जीवन की तरह। हम ऐसा जीवन जी रहे थे, जिसकी कल्पना बड़े उत्साह से हम दोनों ही करते थे। उसने मेरे जीवन को एक मतलब दिया। कॉलेज में लोग हमें 'विस्फोटक जोड़ा' कहते थे। आर्या कोई सामान्य लड़की नहीं थी। वह हमेशा कहती थी कि एक साधारण स्टार से नीचे की जिंदगी जीने योग्य नहीं होती और वह हमेशा इसी का अनुसरण करती थी। एक-एक सर्वोत्तम शुरुआत थी, जिसका कि एक दोषपूर्ण झटके से अंत हुआ। जो शुरू तो कॉफी पर हुआ और खत्म वोड्का पर। यह 'कुछ भी तुम्हारे लिए मेरे प्यार को बादल नहीं सकता' से हुआ और खत्म 'शायद यही प्यार है' पर हुआ। वाकई बहुत नाटकीय था।

3 माह पूर्व

हम दोनों को एक साथ बारिश में भीगना बहुत पसंद था। एक बार हमारे कॉलेज के उत्सव के बाद हम दोनों ने ड्राइव पर लोनावला जाने का कार्यक्रम बनाया। शायद यह पहली बार था, जब मैंने अपने रोम-रोम में प्यार की अनुभूति की थी। हम दोनों मेरी बिल्कुल नई हुंडई सैंट्रो में रवाना हुए। 'हिस्टीरिया' उस मौके के लिए बिल्कुल सही गाना था। मैंने उस गाने का अपना ही संस्करण गाना शुरू कर दिया। मैंने ढलान पर गाड़ी रोक दी। हम बाहर निकले।

Come near too close, I want your over dose
Come here too near, I want to feel you dear
Hold me, wrap me, let the rain weave the magic around
Come near come close, come close, you are the soul that I have found
The rain is singing to me, this rain is driving me mad
The rain is doing me up, getting ht best of this lad
It is hysteria when you are near...

और उसने गाने के मेरे इस संस्करण पर कुछ भी नहीं कहा। उसने तो बस मुझे कसकर पकड़ लिया और उसकी पकड़ और मजबूत होती रही। बीस वर्ष की उम्र में यह आपको मर्द होने का एहसास दिलाती है। बीस वर्ष की उम्र में, सड़क के ऊपर, जब दिन के उजाले में, बारिश में भीगते हुए, कोई लड़की आपको कसकर गले लगा रही होती है तो यह आपको मर्द होने का एहसास दिला रही होती है।

"तुम मुझे पूर्ण बनाते हो।"

"मैं तुम्हें महसूस कर रहा हूँ।"

"तुम मुझे पागल कर देते हो।"

"मैं तुम्हारे दिल की धड़कन महसूस कर रहा हूँ।"

"काश! ये इसी तरह चलता रहे, नील।"

"बारिश में तुम जैसी दिखती हो, मुझे बहुत प्यारा लगता है।"

ये हमारे अपने ही वाक्य थे, हमारे अपने अंदाज में। हम क्या कह रहे थे, कुछ पता नहीं चल रहा था। यह बहुत ही केंद्रित था। हम दोनों का ध्यान एक-दूसरे पर ही था, पूरी तरह से। वह मुझ पर केंद्रित थी और मैं उस पर।

हमने वापस गाड़ी में जाने का फैसला किया। अब 'टू स्टेप्स बिहाइंड' बज रहा था। अब मेरा ध्यान गाने की बोलों पर बिल्कुल भी नहीं था। मगर मेरी धूमिल हो रही चेतना में मैं अभी भी उसके संगीत को महसूस कर रहा था, इतना कि वह मुझे और तरंगित कर रहा था।

फिर हमने एक-दूसरे की आँखों में प्यार और आकर्षण से देखा। उसने एक बार फिर मेरे होंठों को चूम लिया। यह प्रेम का एक बहुत खास लम्हा था। दिलकश। बिल्कुल सच्चा। हम इस लम्हें को जाने नहीं देना चाहते थे। फिर कुछ देर बाद हम बाहर निकले बारिश में भीगने के लिए। यह किसी बेहतरीन फंतासी से कम नहीं था। हमने इसे वास्तविकता में जिया था। यह जोखिम से भरा और साहसिक था। यह प्रेम था। संपूर्ण प्रेम।

जिस किसी ने भी सबसे पहले यह कल्पना की होगी या महसूस किया होगा कि जब आप सचमुच प्रेम में होते हैं, तब आप अपना होश खो देते हैं, वह वाकई सही था। आप वाकई अपना सबकुछ भूल जाते हैं। हम दोनों एक-दूसरे के लिए आसक्त हो चुके थे। अंततः उसने मुझसे कहा, "मैं तुम्हारे बिना जी नहीं सकती।"

अपने प्रेम संबंध में हम दोनों बहुत तेजी से आगे बढ़ रहे थे। बिना एक-दूसरे को ज्यादा समय दिए, हम अंतरंग हो चुके थे। ऐसा लग रहा था मानो हमारे विपरीत व्यक्तित्व का कोई औचित्य नहीं रह गया हो। मुझे आज भी याद है कि कैसे एक बार मैंने उससे कहा था कि यदि मैं मिस इंडिया को भी देख लूँ तो उसके बारे में सोच नहीं सकता। मुझे लगता है कि जब कोई लड़का, किसी लड़की के प्यार में पागल होता है तो यह सब कहना बहुत ही सामान्य है। वह किसी और के बारे में सोच ही नहीं सकता, सपने में भी नहीं। दुनिया भर की यही राय है। मैं इससे बिल्कुल

सहमत हूँ। मैंने कभी धोखा नहीं दिया और न ही दूँगा। यह सदा एक सत्य रहेगा।

यदि मैं आर्या के साथ बिताए अपने जीवन के बारे में संक्षेप में कहूँ तो मैं कभी भी उसे छोड़ना नहीं चाहता था। उसके अंदर कुछ तो बात थी, जो उसे निर्विरोध रखती थी। वह सर्वश्रेष्ठ थी। वह वाकई में सबसे गुणी लड़की थी। उसमें कुछ ज्यादा ही चमक थी। वह बहिर्मुखी थी, वह सनकी थी, उसमें ढेर सारा साहस था, उसमें वह सबकुछ था, जो मेरे अंदर नहीं था। वह पनीर में मलाई तलाशती थी। मैं तो एक कच्चा माल था।

मुझे कभी यह एहसास नहीं हुआ कि मुझमें कमियाँ थीं। उसने कभी मुझे नहीं बताया। इसका अंदाजा मुझे घटनाक्रम के बारे में मेरी समझ से हुआ था। उसने मुझे बगैर किसी चेतवानी के अचानक ही छोड़ दिया। उसने मुझे न सिर्फ छोड़ दिया, बल्कि उसने मुझे फेंक दिया। आखिर कौन ऐसे अपने साथी को छोड़ देता है, वह भी इतनी जल्दी ? यह अकल्पनीय था।

आखिर वह क्यों खफा हो गई ? क्या परेशानी थी उसे ? क्या वह सामान्य नहीं थी। आखिर विलक्षण की सही परिभाषा क्या होती है ? इन सवालों ने मुझे बाद में घेर लिया।

अगले दिन हम दोनों एक पब में मस्ती करने गए। वहाँ का संगीत बहुत ही पसंद आया। वहाँ एक उत्सव का माहौल था, जो बिल्कुल साफ झलक रहा था। मैं नशे में था और आर्या भी।

Come on now get me groovin'
Come on now get me pumpkin'
How about a twistin'
How about a spinnin'
Get me on get me on now
Let the beats, set you movin'
Let the music get you goin'
Tonight we groove, set us on fire
Tonight we move, fill my desire
Come on now, get me movin'
Come on now, get me groovin'
Come on come on lets det it on
Come on come on lets set it on
How about some shakin'

How about we makin'
Let's do it let's make some love
Let's shake it let's shake some more
Ooo' Ooo let's do it...
Come on come on let's do it...

मुझे मालूम था कि मेरे गीत हमेशा आर्या के भीतर छुपी अंतरंगता के गहरे पटल को छेड़ देते थे। वह संगीत और गीत के बोलों से इतनी वशीभूत हो गई थी कि वह मुझे खींचकर एक किनारे ले गई। उसके बाद हमने वहाँ बहुत ज्यादा समय नहीं बिताया।

हम वापस अपने घर में आ गए। अब बस मुझे सोने के लिए चादर में घुसना ही बाकी था। नाइट लैंप भी बंद कर दिया गया। तेज गति से चलने वाली जिंदगी भी एक दिन थम जाती है। मैं वास्तव में एक साहसिक सनकी नहीं था। मैं उनमें से नहीं था, जो बाहर ही घूमता-फिरता रहे। यह मेरी निर्माता निर्धारित सेटिंग नहीं थी। इसीलिए हमारा व्यक्तित्व बिल्कुल विपरीत था। मैं अभी ढोंग कर रहा था और करता ही जा रहा था। मैं अभी भी किसी लड़की से टकरा जाता और कोई प्रतिक्रिया नहीं देता। मैं ऐसा ही था। अतः आर्या के आने से मेरे अंदर जो भी साहस या जोखिम भरे थे, वे सब कमोबेश क्षणिक थे। वह भी इसे जानती थी। जैसा कि मैंने बताया सबकुछ बहुत तेजी से हो गया। अतः, जब भी मैं बाहर जाने से मना कर देता, उसे अच्छा नहीं लगता। अकसर यह उसके कोप को निमंत्रित कर देता। अब प्रेमी जोड़ों के साथ तो ऐसा होना सामान्य है, विशेषकर नए जोड़ों के साथ। जो अभी शुरुआती दौर में हैं, उनमें आकर्षण तो होता ही है। हालाँकि मैं शांत था। वह अपने अंदर बसे घने नकारात्मक भावनाओं का दर्शन करवाती रहती थी। वह एक पुरुष की तरह व्यवहार करती थी। मैं आज भी एक बालक ही था। हम पाटन की ओर अग्रसर थे। प्यार धीरे-धीरे गायब हो रहा था। यह बुलबुला अब फूटने वाला था।

सबसे बुरा तो तब हुआ, जब उसने मुझे आश्चर्यचकित करने के लिए एक योजना बनाई, सप्ताह के अंत में महाबलेश्वर जाने का कार्यक्रम। मुझे वाद-विवाद के लिए तैयारी करनी थी। यह एक अंतर कॉलेज वाद-विवाद और महाबलेश्वर के बीच एक द्वंद्व था। यह संस्थान बनाम प्रेम बन गया, प्रतिष्ठा बनाम प्यार। मगर इन सबसे ज्यादा यह मैं बनाम वह बन चुका था। इस विवाद की शुरुआत गुरुवार को शाम को 5 बजे हुई।

"नील, तुमने पिछले दो हफ्तों में कितनी बार सब गड़बड़ कर दिया है। न मेरी

पसंदीदा मूवी के लिए न रिया की पार्टी के लिए और अब जब मैंने तुम्हारे लिए यह योजना बनाई तब भी तुम…"

"हम्म…"

"यह हम्म क्या होता है…भगवान् के लिए कुछ बोलोगे भी?"

"ऐसा है…"

"अच्छा तो तुम्हें लगता है कि तुम कुछ कहने की स्थिति में हो भी?"

"देखो आर्या बाबू, जरा समझने की कोशिश करो…"

"वाह, नील…वाह…अब तुम इतने ढीठ हो चुके हो कि बोल भी रहे हो, और-तो-और तुम मुझे यह बता रहे हो कि समस्या मेरी समझ में है।"

"देखो, मुझे माफ कर दो।"

"इससे क्या होगा?"

"तुम चाहती क्या हो?"

"कुछ भी नहीं।"

वह पल जब व्यक्ति कोई विकल्प देता है, जा चुका था। यह अब एक मनोवैज्ञानिक परीक्षा थी। वह अंततः हाँ, और उसके साथ कुछ और कह सकती थी, मगर उसने ऐसा कुछ भी नहीं किया। वह पहले ही एक बार नकारी जा चुकी थी। वह फिर से ऐसा नहीं चाहती थी। इस परिस्थिति में यदि मैं 'न' कह देता जैसा कि उसे लग रहा था तो चीजें बिल्कुल भी ठीक नहीं रहतीं। खैर, मैंने 'हाँ', कह ही दिया, मगर वह 'न' कहती रही। परिस्थिति बदल चुकी थी। उसके बाद परिस्थितियाँ लगातार बदल रही थीं और यह सब बहुत तेजी से हो रहा था, बिल्कुल हमारे प्यार की शुरुआत की तरह। और अब, हम बिखर रहे थे। शायद मैं कुछ ज्यादा ही सोच रहा था। अभी नहीं, इस पड़ाव पर तो बिल्कुल नहीं। मुझे पूरा यकीन भी नहीं था। उस रात आर्या बहुत देर तक रोती रही। वह इस संबंध में एक जंगली पुरुष नहीं थी। शायद वह अभी भी एक बच्ची थी और वैसा ही बरताव कर रही थी। मामला बिल्कुल साफ था। एक बालक को एक किशोरी को सँभालना था। कोई भी किताब इसके लिए पथ-प्रदर्शित नहीं करती है। सबकुछ पुरुषों और महिलाओं के लिए बना होता है। किसी ने यह नहीं बताया कि लड़कियाँ शुक्र ग्रह से आती हैं। वे जब महिला बन जाती हैं, तब जाकर इस ग्रह के अनुकूल हो पाती हैं। जब तक वे एक लड़की होती हैं, तब तक तो वे कुछ और ही होती हैं। कुल मिलाकर मेरा जीवन अस्त-व्यस्त था। डरावना, क्योंकि अब यह बिखर रहा था। मैं सोच में डूबा रहा।

अगली सुबह आर्या ने सूचना दी कि उसे बुखार है। मैंने अपनी चिंता जाहिर की। उसके लिए सूप बनाया। फिर उसे चाय की पेशकश की। वह खामोश रही और जितनी बार मैंने उसके लिए कुछ किया, उसने मेरा शुक्रिया अदा किया। मेरी लाख कोशिशों के बावजूद वह डॉक्टर के पास जाने को तैयार नहीं हुई। तत्पश्चात् मैं डॉक्टर से समय लेने के लिए बाहर निकल गया। मैं एक घंटे के बाद वापस आया। वह घर पर नहीं थी। वह जा चुकी थी। उसने खाने की मेज पर एक चिट्ठी छोड़ी थी।

मेरे प्यारे नील,

मैं तुम्हें इस तरह छोड़कर जाना नहीं चाहती थी, मगर मेरे बुखार ने मेरे शरीर के साथ कुछ कर दिया है और मैं तुम्हें इस तरह छोड़कर जाने को मजबूर हूँ।

मेरी चिंता मत करना। मुझे नहीं लगता कि अब हम वापस एक-दूसरे के साथ रह सकेंगे। मैं आगे बढ़ना चाहती हूँ और आशा करती हूँ कि तुम्हारी आगे की जिंदगी बेहतरीन हो।

ढेर सारा प्यार,

आ

वाह ! उसने बड़े ही प्यार से मुझे छोड़ दिया, मैंने खुद से कहा। मैंने अपने मन में उससे ढेर सारी चीजें कहीं और अजीब सा महसूस करने लगा। माओभाव अभी भी पूरी तरह मेरे अंदर उतरा नहीं था। यह जो भी था, मैं बिल्कुल ठीक नहीं था। मैं उससे मिलना चाहता था, मगर वह खत बार-बार मेरी आँखों के आगे आ रहा था। मुझे चोट लगी थी, गहरी चोट। मैं दुःखी था। अत्यंत दुःखी, मैं प्यार में खो चुका था। मैं अकेला था। यह भावना किसी भी प्रकार से वर्णित नहीं की जा सकती। मैं उस समय को कोस रहा था, जब हम इस संबंध को खत्म करने की तैयारी कर रहे थे। यह बहुत ही कष्टकारी था। इससे निकालने और आगे बढ़ने का एक ही तरीका था कि मैं खुद से प्यार करने लगूँ। मैंने शायद ही पहले कभी ऐसा किया था। मुझे लगा, ऐसा करना ही सबसे अच्छी शुरुआत होगी।

वर्तमान काल में वापस आते हुए, गौरी ने अपना हाथ मेरे कंधे पर रखा और कहा, "जाने दो। तुमने बहुत कुछ सह लिया, अब और नहीं रोना। मैं आशा करती हूँ कि आगे तुम्हें बस खुशियाँ ही मिलेंगी।"

मैंने उसकी ओर देखा और सोचा, 'कैसे'?

अचानक बहुत शोर-शराबा होने लगा और सब लोग गौरी को खींचकर अंदर ले गए। केक भी काटना था। मैं अपनी जगह पर बैठा रहा। मैं कुछ सोच रहा था। मुझे गौरी की आवाज सुनाई दे रही थी। वह मुझे अपनी बगल में आकर खड़े होने के लिए कह रही थी। मैंने वैसा ही किया। जन्मदिन की मुबारकबाद के बाद जो हुआ, वह एक सुखद समर्पण था।

"मैं अठारह की हो चुकी हूँ। मैं तुमसे प्यार करती हूँ। और मैं चाहती हूँ कि तुम भी मुझसे प्यार करो।"

मैं एक पल में ही लाल हो गया। उसने मुझे गले लगा लिया। उसके बाद सारी बातें आँखों-आँखों में ही हुई। और फिर कुछ मुसकराहटें।

पाँच दिन गुजर गए। हमारी बातों और कैंटीन में मिलने का सिलसिला चलता रहा, अन्य कई प्रेमी जोड़ों के बीच। मगर मेरे लिए यह अभी तक कोई प्रेम कहानी नहीं थी, यह तो तय था। हालाँकि यह एक खूबसूरत रूप ले रहा था।

मेरी नई शुरुआत का छठा दिन

फोन की घंटी बजी। मैंने उसके लिए अलग रिंगटोन लगा रखी थी। वह 'एयर सप्लाई' का गाना 'लॉस्ट इन लव' था। वास्तव में, यह मेरी कॉलर ट्यून भी थी और उसके लिए लगाई गई रिंगटोन भी थी। इसका मतलब मैं और गौरी, दोनों एक ही गाना सुन रहे थे। मेरे नए साथी से संपर्क स्थापित करने का यह मेरा तरीका था। संगीत हमें जोड़ता था। जैसे कि यह आत्माओं को जोड़ता था। नाटकीय, कमोबेश। एक इक्कीस साल के लड़के से आप और क्या उम्मीद कर रहे थे? उदास और फिर से अपनाया गया।

"हैलो नील, शनिवार को तुम्हें जगाने के लिए माफ करना।"

"नहीं-नहीं, यह काम तो सूरज बहुत पहले कर चुका है। आजकल चमकदार वस्तुओं से जागना मेरे लिए सामान्य बात है।"

"तो तुम्हारा मतलब है कि मैं चमकदार हूँ?"

"तुम उससे भी ज्यादा चमकदार हो। मुझे बचाने के लिए ईश्वर का एक अद्‌भुत करिश्मा।"

"क्या मैंने तुम्हें अवसाद और संबंध-विच्छेद के पंजों से मुक्त करा दिया?"

"उससे भी बहुत ज्यादा।"

"सही कहा···हम्म···तो आज का कार्यक्रम है?"

"तुम यहाँ आना चाहोगी?"

"दरवाजा तो खोलो," उसने चहकते हुए कहा।

मैं उछल पड़ा और उड़ते हुए दरवाजे की कुंडी तक पहुँचा। वह वाकई सूरज से भी ज्यादा चमकदार लग रही थी, मुझे खुश करने के इंतजार में। अंदर आने के दो मिनट के बाद ही घर के अंदर की दुनिया बदल चुकी थी। बिखरे हुए कपड़े अलमारी के अंदर घुसेड़े जा चुके थे। जूतों की दिशा बदली और वे पलंग के किनारे रखी मेज के नीचे पहुँच गए। जूतों की मेज का इस्तेमाल शराब की खाली बोतलों और रिची-रिच दुकान से लाए गए आयातित बोतलों के लिए किया जाता था। उससे मुझे याद आया कि मेरी यात्रा सूची में मनाली गाँव जोड़ना था। कितना सुना था उसके बारे में। भारत का एम्स्टर्डम!

मुझे दरवाजे की घंटी की हल्की आवाज सुनाई दे रही थी। मैं अपनी कल्पना में था। अब मैं पूरी तरह अपनी दुनिया में वापस आ चुका था। मैंने खुद को झकझोरा और हड़बड़ाते हुए दरवाजे की ओर बढ़ा, मानो पहले ही बहुत देर कर चुका था।

"लगता है, मैं गलत वक्त पर आ गई।"

"हाँ, जैसे तुमने मुझे जगा दिया।" मैंने उसकी ओर देखा और वह बिल्कुल वैसी दिख रही थी, जैसा मैं सोच रहा था। वह बहुत चमक रही थी।

"आहा, तो आखिर सच तुम्हारे होंठों पर आ ही गया।"

"ताना···व्यंग्य···"

"यह तो बात रखने की कला है।"

"मैं तुम्हारा ही इंतजार कर रहा था।"

"इसीलिए दरवाजा खोलने के लिए तुम्हें आधा घंटा लगा, है न?"

"लानत है! सचमुच···"

"क्या मतलब? खैर, तुमने अपना घर तो बहुत अच्छे से सजाकर रखा हुआ है। एक अविवाहित व्यक्ति से ऐसी उम्मीद नहीं रहती, या कोई और भी रहती है तुम्हारे साथ?"

"क्या बकवास है यह?"

"ताना···व्यंग्य···श्रीमान···समझे?"

मुझे पता ही नहीं चला कि मैं कितनी जल्दी गौरी के साथ कितना सहज हो चुका था। मेरा मन, जो लगता था कि बिल्कुल ध्वस्त हो चुका है, एक बार फिर सामान्य होने लगा था।

"अच्छा तो मैं सोच रहा था···हमारे व्यंग्य और कटाक्ष के मिलान के आधार

पर, हमें हिमाचल की यात्रा का कार्यक्रम बनाना चाहिए।"

"साफ-साफ बताओ।"

"मनाली…उम्म…सुना है कि वह…"

"भारत का एम्स्टर्डम है।"

"तुम्हें पता है?"

"मेरी सबसे अच्छी दोस्त के मामा वहीं रहते हैं। मनाली में तो नहीं पर शिमला में।"

"इतिश्री?"

"हाँ, इति।"

जोरदार बारिश शुरू हो गई थी। इन मौकों पर बारिश होना बेहद जरूरी है, वरना हमारी छोटी-छोटी दुनिया का निर्माण कैसे होगा? इसके बाद मैं जिस चीज के बारे में सोच पा रहा था, वह था मेरी खिड़की के बाहर निकालने वाला इंद्रधनुष। हवा को सहलाने वाली बूँदें और खिड़की पर थपकी देने वाली बारिश आपको अपने पास बुला रही थी। पत्ते हवाओं से झगड़ रहे थे। टहनियाँ इंद्रधनुष और बारिश के बीच में गिर रही थीं। यह सब किसी चित्रमाला की तरह था। और जो चीज इसे और भी ज्यादा खूबसूरत बना रही थी, वह यह कि सूरज की किरणें काँच की तरह बारिश की बूँदों के बीच में से झाँक रही थीं। खैर, इन सबसे भी ज्यादा जो चीज इस खूबसूरत बना रही थी, वह था—साथ में खड़ा साथी।

"तुम्हें पता है, आज रात में तूफान के साथ तेज बारिश होनेवाली है?"

"तो हमारी योजना का क्या होगा?"

"सप्ताह तो कल खत्म हो रहा है और कल बहुत ही चमकीला दिन होनेवाला है। हम कल जा सकते हैं।"

"ठीक है, तो फिर मुझे शाम में टॉम से बात करने दो।"

"जरूर, मैं इति को भी साथ ले आऊँगी। छठे दिन हम एक साथ हैं और मैं इससे बहुत प्रेम कर रही हूँ।"

उसे सबकुछ याद था। और वह बिल्कुल सटीक भी थी। मेरे मन में खयाल आया।

"मैं भी इसे बहुत पसंद कर रहा हूँ, गौरी।" मैंने अपने नए होनेवाले प्यार को ध्यान से देखने के बाद कहा। बेहतरीन मित्रों के साथ यह खूबसूरत योजना हमारे शनिवार का पटाक्षेप करनेवाली थी। यह महीने का दूसरा शनिवार था और हमारे

कॉलेज में छुट्टी थी। यह अभी तक एक हफ्ते की ही बात थी, मगर गौरी इसे जीवन भर के लिए चाहती थी, जबकि मैं अभी भी उसके साथ कदम मिलाने की कोशिश कर रहा था।

"काश, यह सब उम्र भर ऐसा ही रहे," मैंने व्यंग्य किया।

"मैं तब तक ऐसे ही रहूँगी, जब तक तुम चाहो," वह मुसकराई।

मौसम लोगों को करीब ले आता है। मैंने आभास किया। ठीक उसी पल मुझे याद आया कि कैसे उस बारिश में आर्या के साथ भी सबकुछ बिल्कुल ठीक था, मगर उसने मुझे छोड़ दिया। मैं पिछली बातों के बोझ तले दबना नहीं चाहता था, मगर अभी यह सुविधा मेरे पास नहीं थी। उसे भुलाने में अभी मुझे कुछ वक्त और लगेगा। मुझे मालूम था कि गौरी अपना सर्वस्व देने को तैयार थी, मगर मैं अपने अंदर के बहुत सारे भय उसके साथ बाँटना नहीं चाहता था। खो देने का भय। इस्तेमाल किए जाने का भय। अनजान के साथ-साथ सबकुछ का भय। मेरी परिस्थिति में होना आसान नहीं था। मैं अपने लिए चिंतित था।

"नील, लगता है तुम कहीं खोए हुए हो। मैं दो बार तुम्हें कॉफी दे चुकी हूँ। तुम ठीक तो हो?"

"ओह, माफ करना। हाँ, मैं ठीक हूँ। बस, अपनी माँ के बारे में सोच रहा था।"

"मुझे तो उनकी याद विद्यालय के दिनों की है।"

"लगता है तुम मेरे बारे में सबकुछ जानती हो।"

"धीरे-धीरे तुम्हें सब पता चल जाएगा, मेरे नील।"

यह बहुत ही सुकून देने वाला वाक्य था, अपनेपन से भरा और किसी प्रेम पत्र जैसा। उसने मुझे अपना कहा था। मेरा दिल जोर-जोर से धड़कने लगा था। मैं बीच-बीच में उसके चेहरे के भाव पढ़ रहा था। यह मुझे हमेशा से ही पसंद था। इससे मुझे उसे निरंतर देखते रहने का मौका मिलता था। वह सोफे पर मेरी बगल में आकर बैठ गई। कॉफी एक बार ठंडी हो चुकी थी। मुझे तो पता नहीं चला, मगर गौरी को पता चल गया।

"गौरी, क्या तुम हमेशा ऐसे ही रहती हो? मेरा मतलब है विचारशील और रूमानी आत्मा?"

"हाँ, यदि कई बार कॉफी बनाना मुझे रोमानी बनाता है तो फिर मैं इसमें बहुत निपुण हूँ।"

"लानत है," मैं मन-ही-मन हँस रहा था।

मुझे लगा मानो, मैं समुद्र के किनारे पर बैठा हुआ था। वे काँच सी लहरें और उनकी कल-कल ध्वनि किसी सपने की तरह थी। चंद्रमा की शांति और चमकते हुए सितारे इस कल्पना में चार चाँद लगा रहे थे। यह बारिश का असर नहीं था, यह गौरी का असर था।

मैं इतना प्रेम और देख-रेख महसूस करने लगा था कि मैंने कुछ पंक्तियाँ लिखीं और फौरन ही उन्हें गौरी को सुना दिया।

गुलाब काँटों के बीच में रहता और उन्हें गले लगाता है
फिर भी उसके मान और चरित्र पर कोई दाग नहीं आता है
हम दोनों का वश, और तुम्हारे प्यार का वशीकरण
इसमें भी उतनी ही गरिमा मानो गुलाब और काँटों का आलिंगन।

उसकी प्रतिक्रिया अप्रत्याशित थी। मेरे खत्म करने से पहले ही उसके आँसू उसके गालों से बहने लगे थे। वह मेरे ऊपर कूद पड़ी और मुझे कसकर गले लगा लिया। इसके पहले कि मैं कुछ कहता, उसने अपनी उँगली मेरे होंठों पर रख दी और मुझे चुप रहने का इशारा किया।

"अगर मैं अभी इसी पल तुमसे कुछ माँगूँ तो तुम मना तो नहीं करोगे?" उसने पूछा।

"मुझसे कुछ भी माँग लो, मैं तुम्हारा आभारी रहूँगा।"

"मुझे बहुत खुशी होगी, अगर तुम अपने घर में मुझे थोड़ी सी जगह दे सको।" उसने झिझकते हुए मुझसे कहा।

"एक साथ रहना, तुम आश्वस्त तो हो?"

"हाँ, मैं सोचना चाहती हूँ कि मैं चाँद पर हूँ, इसलिए मान जाओ।"

"क्या अभी थोड़ी जल्दबाजी नहीं हो जाएगी?" मैं अभी तक दिल तोड़ देने वाली पिछली घटना से पूरी तरह उबर नहीं पाया था, और मुझे यह सब थोड़ा जल्दी लग रहा था, इसीलिए मैंने पुष्टि करने के लिए पूछा।

"सात वर्ष और छह दिन नील, मैं तुमसे अपने ग्यारहवें जन्मदिन से प्यार करती हूँ। अब बताओ, क्या यह बहुत जल्दी है।"

"ओह! यह तो बहुत ज्यादा वक्त होता है, मतलब तुमने सोच लिया है।"

"तुम सोच रहे हो या हामी भर रहे हो?" आँखों में चमक लिये उसने पूछा।

"मैं तुम्हारे प्यार में पागल हो गया हूँ और इस विषय को मैं अपने विश्वास के

सिवाय और कुछ नहीं देना चाहता।" एक अकल्पनीय भाव से मैंने कहा।

वह मेरे पास आई और अपने होंठों को लगभग मेरे कानों के अंदर ले जाकर मुझसे कहा, "शुक्रिया मेरे नील।"

यह किसी भी तरह योजनाबद्ध नहीं था। यह नियति थी। जितनी बार वह कुछ कहती मेरे दिल की धड़कन रुक सी जाती थी। बाहर हो रही बारिश की आवाज मुझे बिल्कुल भी सुनाई नहीं दे रही थी। अब समुद्र में खामोशी थी। इस पल में मैं असुरक्षित नहीं था, न ही मेरे मन में उसे खो देने का भय था, बल्कि प्यार में भरोसा और मजबूत हो गया था। इस पल में नियति में मेरा भरोसा पूरी तरह कायम हो चुका था।

गौरी को अपनी सहज ज्ञान पर किसी भी दूसरी चीज से ज्यादा भरोसा था। यही कारण था कि हम दोनों के विषय में वह पूरी तरह आश्वस्त थी। उसने अपना सामान पहले ही बाँध रखा था। वह उसकी गाड़ी में था। उसे तो बस मेरे हाथ में चाबी देने की देर थी। पहले मुझे कुछ समझ नहीं आया।

"ज्यादा कुछ नहीं है, बस दो बस्ते हैं और एक बड़ा सा सूटकेस है। बाकी सब इति सँभाल लेगी।"

"क्या! तुम मेरे साथ मजाक तो नहीं कर रही, तुम अपने निजी सामान के साथ यहाँ आई हो?"

"हाँ, मुझे पता है कि मेरी गाड़ी यहाँ खड़ी करने में समस्या है, क्योंकि तुम्हारे पास एक ही गाड़ी खड़ी करने की जगह है। मगर चिंता मत करो, इति मेरी गाड़ी ले जाएगी। खैर, तुम्हारे पास दो बेडरूम हैं तो मुझे यहाँ रहने में कोई समस्या नहीं होगी।" वह बिना रुके एक ही साँस में सब बोल गई। गौरी के साथ मेरी जिंदगी ऐसा ही स्वरूप ले रही थी। यह अजीब भी था और एक सकारात्मक जोखिम से भरा हुआ भी। मैं हर क्रिया-कलाप में उसका साथ दे रहा था। वह मुझसे कुछ भी करने को कह नहीं रही थी। यह सब मैं बड़ी सहजता से और अपनी मर्जी और खुशी से कर रहा था।

"सुनो, तुम कोई खेल खेलना पसंद करोगे?"

"तुम्हारा मतलब, शतरंज का खेल?"

"हा-हा। नहीं···साधारण चीजें। मैं तुम्हें समझाती हूँ। यह बहुत मजेदार है। जब तक मैं ऐसा करती हूँ, क्या हम थोड़ा सा संगीत बजा लें नील? पहले मुझे यह टी.वी. बंद करने दो।"

"जरूर, मैं कोई संगीत बजाता हूँ। और क्या?"

"फिर हम शाम में कोई मूवी देखने जाएँगे।"

मैं गौरी की बात सुन नहीं पाया, क्योंकि मैं उसका सामान लाने के लिए नीचे उतर चुका था। उसके सामान का अधिकांश हिस्सा किताबों और सिनेमा से भरा हुआ था, बल्कि सफेद चादर में लिपटे उसके सामान में इन्हीं चीजों की भरमार थी। मुझे देखकर चौकीदार भी मुसकरा रहे थे, जैसे कि वे हमेशा करते थे, जब उन्हें पता चलता कि किसी जवान लड़के को कोई नई प्रेमिका मिल गई है और वह उसके साथ रहने आ रही है। भगवान् का शुक्र है कि पुणे इन सब मामलों में खुले विचारों वाला शहर था। यदि यह सब गुवाहाटी में हो रहा होता तो सब लोग मिलकर शाही अंदाज में मेरी ठुकाई कर रहे होते। अपने दोस्तों और परिवार के सदस्यों में शायद मैं ही वह एकमात्र व्यक्ति था, जो यह काम दुबारा करने की हिम्मत करता। हालाँकि अपने परिवार जनों के बारे मुझे यकीन था कि बहुत सारे लोगों ने यह करने की कोशिश की होगी या छुप-छुपकर ऐसा कर भी रहे हों, मगर किसी ने अभी तक मुझे तो नहीं बताया था। मेरे बड़े भाई-बहनों ने भी नहीं। जो मुझसे छोटे थे, वे तो अभी तक विद्यालयों में ही पढ़ रहे थे। शायद वे अभी भी विमोहन के उस दौर से गुजर रहे थे जैसा कि गौरी एक लंबे समय तक थी। मेरे जीवन में कई कहानियाँ मूर्त हो रही थीं। पुणे में मेरे जीवन की कहानियाँ और बचपन से मुझ पर आसक्त व्यक्ति के साथ रहने की कहानियाँ। 'आसक्त' क्योंकि वह मुझ पर आसक्त थी। मैं सही जा रहा था।

अपने घर को व्यवस्थित देखकर मुझे आश्चर्यजनक खुशी हुई। यह पहले कभी भी ऐसा नहीं था। मैंने देखा कि मेरे जूते उतने पुराने नहीं थे, जितना कि वे दिखते थे। अब फ्रिज को भी बदलने की कोई जरूरत नहीं थी। और यह सबकुछ बस पंद्रह मिनट में हुआ था।

"क्या तुम कोई जादूगर हो?"

"हाँ, उस टी.वी. कार्यक्रम से बहुत ज्यादा ही प्रभावित'''तुम्हें याद है, क्या नाम था उसका? धत् तेरी कि'''कैसे भूल गई मैं। खैर, जाने दो! और वैसे भी मैं तो यह काम तब से रुक-रुककर कर रही थी, जब से मैं यहाँ आई हूँ। लगता है, तुम्हारा ध्यान अभी गया है।"

"बिल्कुल सही, क्योंकि मैं तो तुम्हें देखने में व्यस्त था।"

"सुनो, उम्मीद है, तुम मेरे साथ मजाक नहीं कर रहे हो।"

"अगर कर भी रहा हूँ, तब भी मैं हमेशा तुम्हारे साथ रहूँगा।"

"इसीलिए तो मैं तुमसे प्यार करती हूँ, नील। अच्छा सुनो, आज दोपहर में हम 'कासाब्लांका' मूवी देखें क्या?"

"यह एक बेहतरीन श्याम-श्वेत विचार है।"

"तुम बहुत ही प्यारे हो।"

बातों-ही-बातों में उसने घर में पड़ी हर चीज के लिए एक स्थान सुनिश्चित कर दिया। कौन सी चीज कहाँ जाएगी, सब उसके नियंत्रण में था। मेरा कमरा भी। उसने अपने कमरे के बाद मेरा कमरा ठीक किया, फिर छज्जे, स्नानागार और किचन के साथ भी वही हुआ। कुछ ही पलों में पूरा घर व्यवस्थित हो चुका था। मैं आश्चर्यचकित था। मैं अचंभित था। मैं यह सोचकर हैरान था कि उसके अंदर कितनी ऊर्जा भरी हुई है? वह कितनी शानदार इनसान थी, मैं तो सपने में भी इतना सब करने की नहीं सोच सकता था।

किसी भी व्यक्ति की पहचान उसके चर्म से नहीं, बल्कि उसके कर्म से होती है। आखिरकार यह लोगों का कर्म ही होता है, जो उन्हें एक-दूसरे से प्रेम करने के लिए प्रेरित करता है। प्यार को सिर्फ समझ लेने भर से किसी व्यक्ति को प्यार नहीं हो जाता है। आप जिससे प्यार करते हैं, उसके जीवन में आपका क्या महत्त्व होगा, इस बात का फैसला आपके कर्मों से होता है। आरंभ में ऐसा हो सकता है, उसे आपके चेहरे से, आँखों की मुसकराहट से या फिर आपके बात करने के अंदाज से प्यार हो जाए। ज्यादातर यह आपके शारीरिक पक्ष से संबंधित होता है। फिर धीरे-धीरे आपका सामना सच्चाई से होता है। कर्म अपना काम करने लगता है। प्यार तो बस उसका ही एक घटक है। यह तो विश्वास, चिंता, एक-दूसरे को समझने का और ऐसे ही कई अन्य चार वस्तुओं का एक मिश्रण होता है। अतः इस तर्क से कर्म अत्यंत विशाल है। यह प्यार से कई गुना बड़ा होता है। गौरी का कर्म बहुत ही महान् था, बहुत ही सुलझा हुआ। अतः वह मुझसे कई गुना श्रेष्ठतर थी। मैं जितनी कल्पना कर सकता था, वह उससे भी कई गुना बेहतर थी।

तो उसके साथ मेरी शुरुआत कुछ इसी तरह से हुई। विद्यालय की आसक्ति से कॉलेज की गपशप और "तुम्हें कासाब्लांका का कौन सा हिस्सा सबसे ज्यादा पसंद है?"

"सारा-का-सारा"

"आहा।"

"हाँ, यह कुछ वैसा ही है कि तुम मुझसे पूछो कि मुझे तुम्हारी किस चीज पर सबसे ज्यादा प्यार आता है?"

"और तुम मुझसे प्यार करते हो, मेरी हर चीज से ?" उसने मुसकराते हुए मुझसे पूछा।

"मुझे तो ऐसा ही लगता है।"

"कभी-कभी मुझे यकीन हो जाता है कि तुम्हारे शब्द इतने प्रभावशाली होते हैं कि मुझे यकीन नहीं होता है कि तुम शब्दों के साथ बिल्कुल संपन्न हो।"

"काश, मैं इसे बयान कर पाता। मगर मेरे और तुम्हारे प्यार के सभी घटक और चार तत्त्व सकारात्मक सिद्ध हो चुके हैं।"

"शुक्रिया, मेरे नील। मैं तुम्हारा आकलन हमेशा याद रखूँगी।"

"और मैं तुम्हारे कर्म और तुम्हारी शुद्धता को हमेशा याद रखूँगा।"

कासाब्लांका ने मुझ पर कुछ ऐसा ही जादुई प्रभाव डाल दिया था। मुझे यकीन था कि यह एक शापित प्रेम है, मगर फिर भी यह मेरे मस्तिष्क पर छा गया था।

"तुम जानते हो तुम्हारी आवाज कैसी लग रही है ? एक ऐसा आदमी, जो खुद को उस चीज के लिए मनाने की कोशिश कर रहा है, जिस पर उसका दिल भरोसा नहीं कर पा रहा है।"

"हे भगवान्, तुम्हें तो सारी पंक्तियाँ पूरी तरह से याद हैं।"

"जब बात औरतों की हो रही हो, तुम एक सच्चे लोकतांत्रिक हो।"

"गौरी, मुझे यकीन नहीं हो रहा है कि तुम्हें सबकुछ याद है। युद्ध में एक बार फिर तुम्हारा स्वागत है। इस बार मुझे यकीन है कि जीत हमारी ही होगी।"

"आहा, तुम्हें भी याद है, नील ? एक वास्तविक खेल के बारे में क्या विचार है ?"

मेरी पंक्तियों से प्रेरित होकर गौरी भी खेल खेलने के लिए लालायित हो गई थी। वह खेल, जिसके बारे में मैंने पहले कुछ भी नहीं सुना था। इसका नाम ओबफी का खेल था, मूल रूप से वस्तुओं और भावनाओं से उद्धारित। इस खेल में दस वस्तुएँ होती हैं। हम दोनों इनका चुनाव एक के बाद एक करते हैं। इसके बाद आपको अपने प्रतिद्वंद्वी को इशारों में यह समझाना होता है कि उस वस्तु का मतलब क्या है। उसका मतलब कुछ भी हो सकता है, यह आप पर निर्भर करता है, और यह तब तक करना है, जब तक आप अपने प्रतिद्वंद्वी को यह न समझा सकें कि आखिर उसका मतलब क्या है ? हाँ, आपके इशारे अर्थपूर्ण होने चाहिए और उन इशारों से आपको भावना जाग्रत् करनी होती है। यह भावना प्रेम हो सकता है, नफरत हो सकती है, भय, उदासी, हास्य या फिर कुछ भी।

शुरुआत में यह काफी मुश्किल लग रहा था। गौरी ने पहले अपने दस वस्तुओं का चुनाव करने का फैसला किया। मैंने यह मान लिया कि ये वस्तुएँ अनियमित होंगी। वह पहली वस्तु चुनना चाहती थी, ताकि मुझे खेल को समझने में मदद मिल सके। "देखो, जो भी मैं चुनूँगी वह मेरी वस्तु होगी। चुनते वक्त मैं इस टोकरी में नहीं देख सकती, इसीलिए मुझे मेरी आँखें बंद रखनी होंगी। मैं उस वस्तु को महसूस नहीं कर सकती। तुम इस टोकरी को घुमा दो और फिर जिस वस्तु पर मैं सबसे पहले हाथ रखूँगी, वह मेरी वस्तु हो जाएगी। और फिर मैं तुमसे कुछ भी करने को कह सकती हूँ और इससे धीरे-धीरे तुम्हें यह खेल समझ आ जाएगा। जो भी जीतेगा, वह अपने प्रतिद्वंद्वी से कुछ भी माँग सकता है। कुछ भी।"

"क्या! अब तुम मुझे डरा रही हो।"

"रुको न, यह मजेदार है।"

"अच्छा तो शुरू करते हैं, उम्म···तो तुमने घुमा लिया?"

"हाँ। गौरी, अब उठाओ।"

"क्या मिला मुझे? आहा···यह तो बहुत ज्यादा आसान है। चॉकलेट की एक पट्टी।"

उसने उसे बाहर खींचा। फिर वह रसोई में गई और उसे थोड़ा गरम किया। उसने एक टुकड़ा खाया। अपने होंठों पर फैलाया और एकदम पीछे हट गई। फिर वह नाचने लगी और मेरे लिए एक गाना गया। वह चॉकलेट वाला गाना—

कुछ खास है, हम सभी में,
कुछ बात है, हम सभी में,
बात है, खास, कुछ स्वाद है,
क्या स्वाद है जिंदगी में··

फिर वह मेरे नजदीक आई और मेरा हाथ अपने हाथ में ले लिया। मुझे प्रेम की अनुभूति हुई।

"तो मुझे बताओ, तुमने क्या महसूस किया?"

"मैंने प्यार महसूस किया।"

"देखा, मैंने कहा था न, यह बहुत आसान है? अब तुम्हारी बारी··"

हमने इस खेल का पूरा आनंद लिया। अभी तक तो गौरी जीत रही थी, क्योंकि मुझे तो पता ही नहीं था कि चिप्स के साथ खाने के अलावा और क्या करना चाहिए?

आखिरी वस्तु बिस्कुट का एक पैकेट था। वह खेल को वस्तुतः खेलने लगी थी। वह कहीं जाकर छुप गई। मैं उसे ढूँढ़ नहीं पा रहा था। वह तो पहले ही जीत चुकी थी। एक बहुत बड़े अंतर से। 5-2 से। मगर अब मैं भयभीत हो रहा था। पंद्रह मिनट से भी ज्यादा हो चुके थे, मैं गौरी को नहीं ढूँढ़ पाया।

"कहाँ हो तुम? मैं तुम्हें ढूँढ़ नहीं पा रहा हूँ। मुझे पता है, तुम यहीं-कहीं हो। बस करो गौरी...मुझे और मत डराओ।"

वह बिल्कुल मेरे पीछे से कूदकर मेरे सामने आ गई। मुझे यकीन नहीं हुआ कि वह मेरे इतने नजदीक थी और फिर भी मैं उसे ढूँढ़ नहीं पाया। पहले मुझे डर लग रहा था और अब मैं उससे कुछ नाराज हो गया। मैं खुद को रोकना चाह रहा था, मगर मैं ऐसा नहीं कर पाया।

"यह आखिरी बार है, गौरी। दोबारा कभी मेरे साथ ऐसा नहीं करना।"

"ओह, बस भी करो। तुम इतना गंभीर क्यों हो रहे हो? यह तो बस एक खेल है।"

"हाँ, तुम्हारे लिए, मगर मेरे लिए...नहीं..."

"क्या अनाप-शनाप बातें कर रहे हो? लुका-छुपी तो बहुत पुराना खेल है, जो बच्चे खेलते हैं। तुम इतना गुस्सा क्यों कर रहे हो?"

"शायद, मुझे ऐसा नहीं करना चाहिए...ठीक है...मुझे माफ कर दो।"

वह चुप हो गई। वह अब दूसरी ओर देख रही थी। मैं सोफे पर बैठा हुआ था। वहाँ एकदम सन्नाटा छा गया। ऐसा सन्नाटा, जो अगर थोड़ी देर और रुक जाए तो आपकी जान ले ले। इसीलिए मैंने पहला कदम उठाया और पीछे से आकर उसे अपनी बाँहों में भर लिया। मुझे ध्वनिहीन आँसू सुनाई दे रहे थे। मैंने उसे अपनी ओर घुमाया।

"ओह यार, तुम रो क्यों रही हो? यह इतनी बड़ी कोई बात तो नहीं थी।"

वह चुप ही रही। फिर एक पल रुककर उसने धीरे से कुछ कहा। मुझे वस्तुतः उसके चेहरे के नजदीक जाना पड़ा, ताकि मैं उसकी बात सुन सकूँ। बहुत नजदीक।

"मुझे माफ कर दो।" उसने हँसते और रोते हुए कहा।

एक जोड़े के तौर पर यह हमारे बीच की बर्फ पिघलने वाला पहला मौका था। यह खेल का हिस्सा नहीं था। मगर सभी भाव एक साथ फट पड़े।

"तो गौरी, क्या मैं यह मान लूँ कि अब हम बराबरी पर हैं? इस खेल में मैंने तुम्हें छुपाया, हँसाया, रुलाया, दुःखी किया और वे बाकी सब जरूरी चीजें, जिनके बारे में तुमने बताया था।"

"अब चुप हो जाओ, मैं तो बहुत पहले जीत चुकी थी।"

"ठीक है, तुम जीत गई।"

"शुक्रिया, अब मैं तुमसे अपनी इच्छा से कुछ भी माँग लूँगी, मगर वक्त आने पर।"

"तुम कुछ भी माँग सकती हो।"

मजेदार बात यह है कि मेरे अनुसार, अभी तक के मेरे जीवन के अनुभव से, प्रेम और किसी व्यक्ति के जीवन में प्रेम के दस पहलू होते हैं। इसको और भी आसानी से समझने के लिए हम इन्हें 'चरण' कहेंगे। हालाँकि ये किसी निर्धारित क्रम में तो नहीं हैं, मगर ये जरूरी स्थानों पर दरशाए गए हैं।

पहला चरण	पहली नजर का प्यार।
दूसरा चरण	किसी संबंध के लिए प्रस्ताव रखना (यहाँ हम अस्वीकृति की बात नहीं कर रहे हैं।)
तीसरा चरण	एक साथ जीवन का संयोजन करना।
चौथा चरण	सिनेमा, घूमना, खाना, बातें, देर रात बातें, सुबह-सुबह बातें, 24/7 बातें। यह सर्वश्रेष्ठ चरण होता है। हालाँकि यह परीक्षा भी हो सकता है। इस चरण में सभी भाव और मनोभाव सामने आ जाते हैं। आप इससे प्यार करने लगते हैं, और लोग चाहते हैं कि प्रेमी जोड़ों की दुनिया इसी चरण पर रुक जाए। बेवकूफी भरी चीजें तो इसके बाद आती हैं। प्रतिबद्धता, साथ रहने या शादी का प्रस्ताव।
पाँचवाँ चरण	अभिभावक वाले गुण।
छठा चरण	झगड़े, प्यार, झगड़े, प्यार, मूलतः नाटक।
सातवाँ चरण	संबंध-विच्छेद या शादी।
आठवाँ चरण	विवाह पश्चात् संबंध-विच्छेद या जीवन का खुशी या दुःख के साथ आगे बढ़ता रहता है। जीवन आगे बढ़ता रहता है।
नौवाँ चरण	बच्चे, और भी बच्चे। या फिर दोबारा शादी और पहले से सातवें चरण कि पुनरावृत्ति या फिर आठवाँ चरण।
दसवाँ चरण	यह पहले और दूसरे चरण के बीच में कुछ भी हो सकता है। या फिर पहले चरण से भी पहले जब आप एकल होते हैं। शायद ही कभी। क्योंकि इनसान सीखते नहीं हैं और जीवन उन्हें सिखाता

रहता है। इस चरण को अंत में रखने के पीछे मेरा कारण यह है कि आप इसे लचीला बना सकें और इसमें अपनी सुविधानुसार कुछ भी जोड़ या घटा सकें।

एक बात, जिसके लिए मैं आपको आश्वस्त कर सकता हूँ, वह यह है कि आपका जीवन एक से अधिक चरणों में आपके सामने प्रकट होगा। रोमांचक है न? बीस के उम्र में अगर ऐसे अनुमान लगा रहा हूँ तो आपको मेरी थोड़ी सी दाद तो देनी पड़ेगी। जब मैं चालीस का हो जाऊँगा तो हो सकता है कि मैं पीछे मुड़कर देखूँ और अपने इस आकलन पर खूब हँसूँ। किसे पता आगे क्या होनेवाला है। खैर, मैं अपने वर्तमान काल में जीवन का आनंद ले रहा था।

"हाँ, मैं इन सब के योग्य हूँ; क्योंकि तुम किसी और चीज से ज्यादा मेरे योग्य हो," उसने एक बड़ी सी मुसकान के साथ मुझसे कहा।

शाम हो चुकी थी। हम टॉम और इतिश्री का इंतजार कर रहे थे। सभी तैयारियाँ हो चुकी थीं। यह मकान अब घर अधिक लग रहा था। यह घर मुसकरा रहा था और उन इनसानों की खूबसूरती को महसूस कर रहा था, जो कि अब इसका हिस्सा थे। यह सब बहुत खूबसूरत था। उस छोटे से झगड़े और मान-मनौवल के बाद यह और भी खूबसूरत लग रहा था। जब मैंने उसे उस खेल में वापस पा लिया था, उसके बाद और भी ज्यादा खूबसूरत। उससे हार जाने के बाद और भी खूबसूरत। मुझे उससे किसी भी खेल में लाखों बार हार जाने का भी कोई गम नहीं था। वह प्राकृतिक था। यह मेरी विचारों की कड़ी से चल रहा था। नहीं, यह तो पूरी तरह मेरे हृदय से चल रहा था। इसीलिए तो यह स्वाभाविक था। मुझे क्षमा करें।

"नील तुम्हें याद हैं, मैंने कहा था कि मैं वहाँ तक चलूँगी, जहाँ तक तुम चलोगे?"

"हाँ, मुझे याद है, गौरी।"

"थोड़ा सा परिवर्तन है। मैं हमेशा तुम्हारे साथ चलूँगी।"

मैंने गौरी को गले लगा लिया। मैंने उसे अपने और नजदीक खींच लिया और धीरे से उसके कानों में फुसफुसाकर कहा, "मैं वहाँ तक चलूँगा गौरी, जहाँ तक तुम चलोगी।"

मुझे आभास हो गया था कि वह थोड़ा सा हिली, क्योंकि उसने फौरन लकड़ी पर अपना हाथ लगाया, सचमुच।

प्रेम का रिसाव शुरू हो चुका था। ऐसा नहीं था कि मैंने गौरी को गले लगाने

से आगे बढ़ने के बारे में नहीं सोचा था। ऐसा मैंने कुछ बार किया। हर बार जब गौरी के साथ अंतरंग होने का विचार मेरे मन में आता, मैंने उस विचार को अस्वीकार कर दिया। यह अजीब तो था, मगर मैंने हर बार ऐसा ही किया। मुझे लगा कि इस समय, जब हम अपने संबंध के इतने शुरुआती दौर में थे, यदि मैंने ऐसा कोई कदम उठाया तो यह हमारे रिश्ते को चोट पहुँचा सकता है। मैंने बस ऐसा ही सोचा। अब जब गौरी मुझ पर भरोसा करने लगी थी तो मेरे लिए यह और भी जरूरी हो गया था कि मैं इस रिश्ते को फलने और परिपक्व होने का समय दूँ। मैं इसी पथ पर आगे बढ़ रहा था। ऐसा करके मैं खुश था। मैंने यह बात गौरी को नहीं बताई। मैंने इसे अपने अंदर ही छुपाकर रख लिया।

सूरज की आखिरी किरण भी धुँधली हो चुकी थी। वैसे भी, उसमें पिछले आधे घंटे से उसमें वह तेज नहीं रह गया था। हवा में प्रणय के कुछ तत्त्व घोलने के बाद बारिश रुक गई थी। ताड़ के पेड़ों ने बारिश की बूँदों को अपने आलय में उसी तरह थाम रखा था जैसे बादल पानी को थाम कर रखता है। और फिर वे उसके हरे पत्तों से गिर भी रहे थे। यह अद्भुत दृश्य था। सामान्य लोगों के लिए बाहर का मौसम भी सामान्य हो गया था। यह एक सुखद सम्मोहन था। मैंने उस मंद बयार का आलिंगन किया, ठहरे हुए आसमान से गिर रही पानी की छोटी-छोटी बूँदों को चूमा। मैं ताड़ को और बारीकी से देखने लगा। मैं उससे बात कर रहा था। इस बार ताड़ के साथ चल रहे मेरे प्रणय कलाप को बाधित कर दिया। यह मेरे उस दिन के क्रिया-कलापों में संगीत घुल जाने जैसा था।

"देखो तो कौन आया है?"

"धत्! तुम लोग कब आए?"

"मैं तो कितनी देर से तुम्हें दरवाजा खोलने को कह रहा था, मगर लग रहा था कि तुम खोए हुए थे। मेरे विचार से मौसम में।"

"सचमुच! यह मौसम तो मेरी जान लेकर ही मानेगा।" मैंने टॉम और इतिश्री, दोनों का आलिंगन किया।

"नहीं-नहीं। अरे, मैं तो ऑटो में आई और टॉम अपनी मोटरसाइकिल लेकर आया है। हम दोनों तो बस ऊपर एक साथ आए, संयोगवश।"

"इतिश्री, तुम तो बिल्कुल गौरी की तरह बात करती हो।"

"अब तो हमारी दोस्ती को सोलह साल हो गए हैं और संगत का इतना असर तो होगा ही।"

"यह तो मेरे और नील की दोस्ती से भी लंबा समय है। हम दोनों की दोस्ती

को अब एक दशक हो गया है और हम दोनों तो एक प्रकार से बात नहीं करते।"

"और तुम दोनों का बरताव भी बिल्कुल भिन्न है।"

"या फिर यह बात सिर्फ लड़कियों के मामलों में ही सच होता है?"

"वैसे, मुझे यह मालूम है कि जब एक लड़का और लड़की एक साथ रहते हैं, तो उन दोनों में एक-दूसरे गुण आ जाते हैं।"

लड़कियों ने स्वत: ही बातचीत से खुद को अलग कर लिया। वे एक-दूसरे के कानों में बात कर रही थीं। मैं उन्हें सुन नहीं पा रहा था। मैं एक प्रकार से बिल्कुल आश्वस्त था कि इतिश्री गौरी से मेरे बारे में ही पूछ रही होगी। मुझे इस बात का जरा भी एहसास ही नहीं हुआ कि अनजाने में ही सही, मगर मैं उन दोनों की ओर देख रहा था, मानो मैं उनकी बातचीत का हिस्सा बनना चाह रहा था। फिर अचानक मुझे मेरी माँ ने एक बार मुझे क्या समझाया था—जब दो लड़कियाँ आपस में बात कर रही हों, तब उनकी बात छुपकर नहीं सुननी चाहिए। वे कौन हैं, इससे कोई फर्क नहीं पड़ता। खैर, माँ ने मुझसे यह बात इसलिए नहीं कही थी, क्योंकि वह मुझे अनुशासित या दूसरों का सम्मान करना सिखा रही थी। ऐसा बिल्कुल भी नहीं था। उनका मानना था कि आपस में बात कर रही दो औरतों की बातों को छिपकर सुनना एक ओछी हरकत होती है। क्योंकि यदि वह बात आपसे संबंधित हो या आपको मसालेदार प्रतीत हो रही हो तो अंतत: वह बात आपके कानों तक पहुँच जाएगी। फिर वह बात एक राज नहीं रह जाएगी। मुझे वह बात तो याद आ गई, मगर इसके बावजूद मैं उन दोनों की ओर देखता रहा, मानो मैं अपने ही बारे में सब भूल गया था। टॉम ने मुझे कोहनी से धक्का दिया और सावधान किया। मैं इस प्रकार पीछे मुड़ गया, मानो कुछ हुआ ही नहीं था। मैं और टॉम बालकनी में चले गए। यह एक बेहतर विचार था। लड़कियों को एकांत में रहने दो। हम बातचीत करते रहे और थोड़ी देर बाद दोनों लड़कियाँ भी हमारे पास आ गईं।

"अरे, तुम दोनों लड़के यहाँ अकेले क्या कर रहे हो? हम भी हैं यहाँ तुमने हमें बुलाया क्यों नहीं।"

"जाने भी दो, तुम दोनों आपस में ही व्यस्त थीं।"

"हाँ और हम तो कोई गुप्त रक्षा सौदे पर बात कर रहे थे कि तुम उसमें रुकावट नहीं डाल सकते थे।"

"हा-हा, आओ भी। यहाँ हमारे पास आकर बैठो।"

इतिश्री वहीं खड़ी रही, जबकि गौरी अंदर चली गई। टॉम उसकी मदद करने

उसके पीछे चला गया। इतिश्री और मैंने हलके-फुलके अंदाज में बातचीत शुरू की। उससे बात करना बड़ा ही अच्छा अनुभव लग रहा था। गौरी के जन्मदिन पर उससे बात करने का ज्यादा मौका नहीं मिला था।

"तो हम तुम्हारे बारे में बात कर रहे थे।"

"हे भगवान्!" मैंने मन-ही-मन कहा।

"मुझे लग रहा था।"

"तुम हम पर नजर रख रहे थे, हाँ?"

"नहीं, मैं तुम दोनों के चुप होने का इंतजार कर रहा था, ताकि मैं तुम्हें बालकनी में बुला सकूँ।"

"आहा! तो इसीलिए गौरी तुम्हारे बारे में इतनी अच्छी बातें करती है। वह कितने सालों से तुम्हारे प्यार में पागल है। मगर मैंने महसूस किया है कि अब वह बहुत संयमित हो गई है। जब से तुमने उसका प्रस्ताव स्वीकार किया है, वह इतनी संतुष्ट हो गई है। अब वह···"

"अच्छा सुनो, अब मेरे बारे में इतनी अच्छी बातें भी मत करो कि मैं पचा ही न पाऊँ। वह वाकई एक बहुत अच्छी लड़की है। वैसे यह बताओ कि आगे क्या कार्यक्रम है? हम कहाँ जा रहे हैं?"

"जहाँ तक मैं गौरी को जानती हूँ, वह कुछ निराला ही करना चाहेगी। शायद तुम यह अभी तक नहीं जान सके होगे, मगर वह बिल्कुल खिलाड़ी लड़कों जैसी है।"

मैंने उसे सुना। हालाँकि मैंने उसकी बातों पर ज्यादा ध्यान नहीं दिया। मैं तो गौरी के विचारों के भँवर में खिंचा चला जा रहा था। इससे पहले कि मैं उस भँवर में पूरी तरह घुस पाता, टॉम हाथ में कुरसी और मेज लेकर बाहर आने लगा। उसके पीछे गौरी मुसकराती हुई आ रही थी। उसके हाथों में मॉकटेल, काजू, चिप्स, कबाब और पकौड़े थे। गर्मागर्म गोभी, प्याज और मिर्ची के पकौड़ों की बात ही कुछ और थी। यह तय हो चुका था कि आज का दिन हम भरपूर तरीके से जीने वाले थे।

उस दिन मुझे एक और बात का एहसास हुआ कि दोस्ती एक बहुत ही जरूरी चीज है। और यही वह बात थी, जो मेरे और आर्या के बीच गलत हो गई थी। पूरे समय बस हम दोनों ही थे और कोई भी नहीं। हालाँकि मुझे दोनों की तुलना नहीं करनी चाहिए, मगर फिर भी मुझे महसूस हो रहा था कि दोनों में विशाल अंतर है। और आज यहाँ हम सब एक साथ थे। यह बस जुनून नहीं, बल्कि दोस्ती की वजह से था। यही वह कारण था कि टॉम आर्या को उन दिनों में कभी पसंद नहीं करता

था। और मैं यह समझ चुका था कि अब मुझे और अधिक सोचने का मौका नहीं मिलेगा, क्योंकि गौरी ने खुलासा करना शुरू कर दिया था कि वह क्या करना चाह रही थी। वह गाड़ियों की रेस लगाना चाहती थी, जोड़ियों में। असल में वह यह ऐसे दिन में करना चाहती थी, जिस दिन बारिश हुई हो। वह इसे लेकर बहुत ही उत्साहित थी, रेस और मौसम दोनों को लेकर।

"चलो भी, यही तो असली मजा देगा। कीचड़ से भरी सड़कें, पानी, वह तीखे मोड़ और वे भड़कती हुई भावनाएँ।"

"वाह! मैं तो अभी से अपनी भावनाओं में रोमांच महसूस कर रहा हूँ, बल्कि मैं तो रोमांचित हो भी चुका हूँ। मेरे अंदर तो अड्रेनलिन दौड़ रहा है, मगर मैंने अपने जीवन में कभी भी रेस नहीं लगाई है। तो मैं तुमसे अभी ही कह देना चाहता हूँ, तुम जीत गईं।" यह एक अनायास व्यंग्य था, क्योंकि मुझे पता था कि मेरी माशूका इन सब को लेकर कितनी गंभीर थी।

"हा-हा-हा-हा! समर्पण मत करो। बिना लड़े ही हार मत मानो।"

"हाँ, जैसे मैंने आज दोपहर के खेल में कर दिया था।"

"यह तो लड़कों का खेल है। तुम्हें तो इसके बारे में बहुत खुश होना चाहिए।"

"यह तो एक अप्रत्यक्ष ललकार है।"

"नहीं, यह खुली ललकार है।"

"चलो, चलते हैं। चलो भी टॉम, इतिश्री ऐसे डर कर चुपचाप मत बैठो। आओ, जोड़ियाँ तय करते हैं।"

कुछ ही समय में हम सड़क पर थे। पथ मार्ग तक की सड़क बिल्कुल खाली ही थी। यह सप्ताहांत की छुट्टी की वजह से था। हम जितना सोच रहे थे, उससे कम समय में ही वहाँ पहुँच गए थे। इसमें कुछ हाथ इस बात का भी था कि हम दौड़ के भाव में आ गए थे। हालाँकि यह बिल्कुल अलग बात थी कि गौरी और इतिश्री हमसे बहुत पहले ही वहाँ पहुँच गई थीं। जैसा कि अनुमान था, दिन खत्म हो रहा था। वह रेस, जिसमें मुझे हिस्सा लेना था, अपनी प्रेमिका के साथ। वह रेस, जिसके बारे में वह बहुत ही रोमांचित थी। वह रेस, जिसने शायद उसके आत्म विश्वास को इतना ऊँचा कर दिया था कि शायद वह अगले साल होनेवाली रैली में भी भाग ले लेती। वह रेस, जिसे मैं निश्चित रूप से हारने वाला था।

एक स्थानीय लड़के ने झंडी दिखाकर रेस को शुरू किया। मैं एकदम से घुट गया। मैंने जितनी चीजें सिनेमा देखकर सीखी थीं, मैं उसके हिसाब से सबकुछ करना

चाह रहा था। उस पल में पूरा-का-पूरा हॉलीवुड मेरी रगों में दौड़ रहा था। टॉम को झटका लगा और वह हिल गया। वह मेरे ऊपर बिल्कुल चढ़ गया। उसने मुझे कुछ गालियाँ दीं, मगर यह कोई बात नहीं थी। गौरी गायब हो चुकी थी। वह अदृश्य हो चुकी थी। एकदम से लुप्त।

वर्तमान दिन

"वह अदृश्य हो गई है।" मैंने टॉम से कहा। एक बार फिर वह अदृश्य हो गई है। कोई उकसावा नहीं। फिरौती के लिए कोई फोन नहीं। कोई सुराग नहीं। एक सोच थी कि वह मेरे साथ लुका-छुपी खेल रही है, बार-बार मन में आना-जाना कर रही थी। हालाँकि मैं कुछ भी और नहीं सोचना चाहता था। और इसकी तो संभावना ही नहीं थी कि मैं किसी अनहोनी घटना के विषय में सोचूँ। मैं यह उम्मीद लगाए बैठा था कि अभी वह मेरे दरवाजे से निकलकर सामने आ जाएगी। माफ कीजिएगा, हमारे दरवाजे से। मैं इस आशा में था कि वह आकर मुझसे कहेगी कि यह अदृश्य होनेवाला खेल कुछ लंबा खिंच गया। उम्मीद का इंतजार ही अब आखिरी उम्मीद थी। वह भी धुँधली होती जा रही थी। इससे मुझे असजता हो रही थी। हाय!

चिंता की मीनार अब और भी ऊँची होने लगी थी। यह मेरे खुद के पोषित विचारों से बन रही थी। और भी अधिक, अब तो और भी अधिक। मैं टूटकर बिखरने लगा था। मैं बिखरना नहीं चाहता था। मैं बहुत ज्यादा घबरा गया था। मैं अपनी चेतना भी खोने लगा था। वह जा चुकी थी। हर गुजरते हुए घंटे में, हर गुजरे हुए लम्हें में मैं और भी ज्यादा दु:खी होता जा रहा था। उस पल में मैंने तमाम नकारात्मक विचारों को अपने मन में आश्रय दे दिया।

घंटी की आवाज भी सुनाई नहीं दे रही थी। पिछले कुछ पंद्रह मिनट से वह सुनाई नहीं दे रही थी। मुझे शौचालय से टॉम का चिल्लाना सुनाई दे रहा था कि दरवाजे की घंटी बज रही है। मैं टॉम को सुन पा रहा था। शायद अब मैं इस विचार से और असहज नहीं हो पा रहा था कि अब कोई और मुझसे आकर मुलाकात करे, एक बार फिर। मैं तो यह सोच रहा था कि क्यों हर कोई मुझसे दूर होता जा रहा है?

मैं घिसटता हुआ दरवाजे तक पहुँचा। सामने आर्या खड़ी थी। मैं काँप रहा था। इसीलिए जब उसने मुझसे हाथ मिलाया तो वह बिल्कुल ठंडा था। मैं उसके आर-पार देख सकता था। मैं उसे ठीक प्रकार से नहीं देख पा रहा था, न ही मैं अपने मन में उसकी आकृति बना पा रहा था। मैं बात तो कर रहा था, मगर वह मैं अपने आप से

ही कर रहा था। मैं क्या कह रहा हूँ, वह समझ नहीं पा रही थी। मेरी बातों का कोई मतलब ही नहीं था, न तो मेरे लिए और न ही उसके लिए। मुझे यह पता था, मगर मैं खुद को नियंत्रित नहीं कर पा रहा था। मैं अपने अंदर एक खालीपन महसूस कर रहा था। एक ऐसा खालीपन, जो कि एक बंद हो चुके दिमाग में उपजता है और यह मेरे अस्तित्व के न होने के विचार को और हवा दे रहा था। मैं मर जाना चाहता था। मुझे लग रहा था कि शायद गौरी के पास पहुँचने का अब यही एकमात्र रास्ता है। अगर इस जीवन में नहीं तो शायद दूसरे जन्म में मैं उसके साथ अपने सपनों को जी सकूँगा।

अनिश्चितत्ता कुछ लम्हों में बहुत ज्यादा दर्द देती है, यह तो तय है। यदि आप दीवानेपन की सीमा को लाँघ गए तो यह आपको अपनी जान लेने के भी विवश कर सकती है।

"नील, मुझे उसके बारे में सुनकर बहुत दु:ख हुआ। मेरे खयाल से तुम्हें इस वक्त अकेले नहीं रहना चाहिए।"

"नहीं, मैं अकेला नहीं हूँ।"

"हाँ जरूर, मैं तुम्हारे साथ हूँ।"

"नहीं, मेरा मतलब है टॉम यहीं मेरे साथ है। इसीलिए मैं अकेला नहीं हूँ। तुम सुन रही हो।"

"और मेरा क्या? क्या अब तुम्हारी जिंदगी में मेरी कोई जगह नहीं बची है? मुझे लगा था कि हम दोस्त बन गए हैं।"

"हाँ, क्यों नहीं? अभी जो परिस्थिति है और जहाँ तक मुझे याद है, कुछ समय पहले ही तुम मुझे बिल्कुल अकेला छोड़ गई थी। अब क्या लेने आई हो यहाँ?"

"मैं फिर से कह रही हूँ, क्या हमने यह तय नहीं किया था कि हम दोस्त बनकर रहेंगे? और हम बाद में ई.एम.आई. में फिर मिले भी तो थे। आज तुम ऐसा अजीब बरताव क्यों कर रहे हो?"

"मैं फिर से कह रहा हूँ, शायद ऐसे तुम्हें यह बात समझने में आसानी हो, इसीलिए दूसरे शब्दों में समझाता हूँ। आज का दिन हर दिन से अलग है। आज मैं, मैं नहीं हूँ। आज तुम, तुम नहीं हो। आज सबकुछ अजीब है... हाँ आज है..."

"नील, तुम्हारी हालत तो सचमुच बहुत खराब है। तुम्हें मेरी जरूरत है, बाबू।"

आर्या मेरे और करीब आ गई। उसने मुझे गले लगाया, क्योंकि मैं मरणासन्न हुआ जा रहा था। मैं बिल्कुल टूट चुका था। मैं रो रहा था। मैं खुद को समेटने की कोशिश कर रहा था, जब उसने मेरा हाथ अपने हाथ में ले लिया। मेरी नाक बह रही

थी और उसने फौरन अपना रूमाल निकालकर उसे साफ किया। मुझे खुद पता नहीं चल रहा था कि मेरे साथ आखिर हो क्या रह रहा है, मगर यह बिल्कुल नरक जैसा था। मैं काँप उठा। मैंने आर्या को पीछे धकेल दिया। मैं उस पर चिल्लाने लगा। मैं थोड़ी गालियाँ भी देने लगा था। मेरी प्रतिक्रिया असामान्य थी। मुझे खुद को नियंत्रित करना पड़ा और फिर आत्म करुणा के भाव में जाने के लिए मुझे खुद से घृणा होने लगी थी। अत: साधारण शब्दों में गौरी के लापता होने के लिए मैं उसे जिम्मेदार ठहराने लगा था। मेरा यह नया रूप निस्संदेह आर्या को पसंद नहीं आया। मगर इन परिस्थितियों में उसने वह प्रतिक्रिया नहीं दी जैसी की उसे देनी चाहिए थी। और इसी प्रकार मैं भी आर्या के इस स्वरूप से परिचित नहीं था। वह एक बार फिर मेरी तरफ आई और मुझे गले लगा लिया। वह बार-बार अपने शब्द दुहराती रही कि मुझे अपना गुस्सा और अपनी भावनाएँ बाहर निकाल देनी चाहिए। मुझे अपना सारा गुस्सा, सारी झुँझलाहट उस पर व्यक्त कर देनी चाहिए। उसने अपनी दोनों बाँहें खोल दीं और भूत काल में मेरे साथ किए गए अपने व्यवहार के लिए माफी माँगती रही। मेरे लिए वह सच कह रही थी। टॉम के बारे में मैं नहीं जनता था। मेरे दिमाग में किसी के लिए भी कोई निर्णय लेने की क्षमता नहीं बची थी। मैं जो देख रहा था, उसी पर विश्वास कर रहा था। शायद टॉम इस परिस्थिति में था कि वह अपने पर्यवेक्षन और इनसानों की समझ की बदौलत कोई निर्णय ले सकता था।

इससे पहले कि वह इस नई व्यवस्था का हिस्सा बन पाता, जहाँ दो भूतपूर्व प्रेमी एक दूसरे के प्रति अच्छाई का प्रदर्शन कर रहे थे, आर्या ने अपने मुँह से कुछ ऐसे शब्द कहे, जिन्हें सुनकर मेरे पूरे शरीर को एक झटका लग गया था।

"देखो नील, मैं जानती हूँ कि तुम गौरी से प्यार करते हो। इससे मुझे कोई समस्या नहीं है। मैं तो यहाँ तुम्हें यह बताने आई हूँ कि मेरे बस में जो भी होगा, वह मैं करूँगी। तुम्हें तुम्हारी प्रेमिका से मिलाने के लिए मैं कोई भी कसर बाकी नहीं रहने दूँगी। तुम्हारे प्यार को ढूँढ़ने के लिए मैं किसी भी हद तक जाने को तैयार हूँ, अपनी दोस्त गौरी को ढूँढ़ने के लिए। वह मेरी बहुत अच्छी दोस्त बन गई थी। मुझे उसके लिए और तुम्हारे लिए बहुत बुरा लग रहा है। मैं भी इस जाँच का हिस्सा बनूँगी। जरूरत पड़ी तो यात्रा भी करूँगी, चाहे कोई भी समय हो दिन या रात, मैं तुम्हारे बुलाने पर आ जाऊँगी। तुम बस एक बार आवाज दे देना। मुझे इन सबसे बाहर मत फेंको, बस इसीलिए क्योंकि तुम्हें ऐसा लगता है कि मैंने तुम्हें छोड़ दिया था।"

"क्या तुमने ऐसा ही नहीं किया था?"

इस वक्त आर्या जो भी कह रही थी, मैं वह सब सुन रहा था। उसकी बातें मुझे बहुत ही शांतिदायक प्रतीत हो रही थीं। हालाँकि उसका आखिरी वाक्य एक प्रकार से मेरे मन में घर कर गया था। इसीलिए मैंने खुशी-खुशी सबकुछ भुला दिया और उसे सबसे आगे रख दिया। मुझे बस यह समझ नहीं आ रहा था कि जब उसने यह कहा कि उसने मुझे नहीं छोड़ा था, तब उसके कहने का मतलब क्या था? उसने बिल्कुल वही किया था। मुझे याद है कि उसका पेंच ढीला था।

"मैं नहीं चाहती थी कि मेरी वजह से तुम्हें चोट पहुँचे। मुझे मालूम था कि मैं तुम्हारे लायक नहीं थी। मुझे मालूम था कि मैं तुमसे हर वक्त बस कुछ-न-कुछ माँगती रहती थी। मैं यह भी जानती थी कि जीवन में कभी भी मैं खुद को या तुम्हें बदल नहीं पाऊँगी। इसीलिए अच्छा यही था कि तुम खुश रहो। प्यार में कभी-कभी ऐसे फैसले लेने पड़ते हैं, जो पसंद नहीं आते, मगर इरादा साफ होता है और मेरे विचार से यही प्यार है। शायद में डरकर पीछे हट गई थी। अगर ऐसा है तो ऐसा ही सही। कम-से-कम आज तुम अंदर से खुश तो हो। याद रखना, मैं हमेशा तुमसे प्यार करती रहूँगी, चाहे हमारा कोई रिश्ता हो या न हो।"

"अरे वाह आर्या, लगता है, तुम मेरे दोस्त को अपने प्रेम जाल में फँसाने की कोशिश कर रही हो, एक बार फिर से। उसके साथ ऐसा करने कोशिश मत करो।" टॉम ने कहा।

मुझे पता था कि टॉम की क्या प्रतिक्रिया होगी? मगर फिर भी, एक प्रकार से आर्या की बात मुझे समझ आने लगी थी। दोस्तों के बीच किसी बात पर मतभेद तो हो ही सकते हैं। मेरे हिसाब से वह सही थी। अगर वह चाहती तो मेरा भरपूर इस्तेमाल कर सकती थी। मैंने उसे कभी नहीं छोड़ा था और न ही छोड़ने की मंशा रखता था। यह तो जब से गौरी मेरे जीवन में आई थी, तब से मुझे ऐसा लगने लगा था कि जो भी होता है, वह अच्छे के लिए ही होता है। जो भी होता है, उसके पीछे कोई कारण जरूर होता है।

"टॉम, जाने दो। आर्या सही कह रही है। एक बात तो मैं अच्छी तरह जानता हूँ कि आर्या उन लड़कियों जैसी नहीं है, जो पैसे और ऐशो आराम के लिए लड़कों को फँसाती है। हाँ, हम दोनों एक-दूसरे से बिल्कुल विपरीत हैं और शायद उसे यह अनुमान हो गया था कि कुछ वर्षों के बाद हमारी जिंदगी कैसी होगी और इसीलिए वह मुझसे दूर चली गई।"

"तो तुम उसे माफ कर देना चाहते हो?"

"हाँ, क्यों नहीं? अगर वह जो भी कह रही है, वह सब सच है तो माफी का तो सवाल ही नहीं उठता। वैसे भी उसने मेरी नजरों में अपनी इज्जत बहुत बढ़ा ली है।"

टॉम खामोश रहा, मानो यह खामोशी मैं उसके ऊपर लाद रहा था। इस बार यह खामोशी कुछ ज्यादा देर तक ही कायम रही। उसके चेहरे के भाव को मैंने ध्यान से पढ़ा। एक लंबी आह निकली। इस बार जवाब आर्या की तरफ से आया।

"जाने भी दो यार, तुम्हारी समस्या क्या है? बताओ मुझे, आखिर मैंने ऐसा क्या किया है कि तुम मुझसे इतनी नफरत करते हो? क्या मैंने कभी तुम्हें चोट पहुँचाई है? क्या मैं तुम्हारा कोई नुकसान किया है? सिवाय इसके कि मैं नील की जिंदगी से चुपचाप बाहर चली गई, बगैर कोई हंगामा किए या बगैर किसी नखरे के। मेरे पास विकल्प था। मैं चाहती तो तुम दोनों को कभी परेशान नहीं करने का भी फैसला कर सकती थी। मेरे पास हमेशा विकल्प था। मैं भी नील की तरह कोई लड़का ढूँढ़ सकती थी और जीवन में आगे बढ़ सकती थी। मैंने कभी शिकायत नहीं की। नील ने हमारे अलग होने के कुछ दिन बाद ही दूसरी लड़की पसंद कर ली। क्या मैंने कभी अपनी आवाज ऊँची की या पागलपन से बाहर कोई काम किया? इससे तुम्हें मेरे बारे में क्या पता चलता है? अब, मुझसे बात करो, टॉम, इधर देखो…मेरी आँखों में देखो और जवाब दो मैं तुमसे जानना चाहती हूँ। क्या चेहरे पर यह निर्जीव भाव रखने के अलावा भी कोई जवाब है तुम्हारे पास? मैं भी नील से उसके प्रति मेरे प्यार पर कई सवाल पूछ सकती हूँ। मैं भी कह सकती हूँ कि वह मेरा इस्तेमाल कर रहा था। उसने कभी मुझसे प्यार नहीं किया, इसीलिए वह इतनी आसानी से आगे बढ़ गया। क्या एक बार भी मैंने ऐसा कहा? वह मैं थी, जिसने बड़ा दिल दिखाया और उससे दोस्त बने रहने के लिए कहा। और अब यह सब हो रहा है मेरे साथ। तुम उससे कह रहे हो, मुझे माफ कर देने के लिए। वाह…शर्म आनी चाहिए तुम्हें। तुम मुझे मार क्यों नहीं देते? क्योंकि मैं नशा करती हूँ और कभी-कभी शराब पीती हूँ, इसीलिए तुमने मुझ पर ठप्पा लगा दिया कि मैं किसी लड़के के साथ रहने के लायक नहीं हूँ। मार डालो मुझे…सुना तुमने…मुझे इसी क्षण मार डालो!"

आर्या अस्त-व्यस्त होती जा रही थी। वह चिल्ला रही थी और अनजाने में टॉम को मार रही थी। अगले ही पल वह रो रही थी। फिर उसने अपना सिर सोफे में छुपा लिया।

मैंने और टॉम ने बारी-बारी से उसे चुप कराया। उसने टॉम को दो बार अपनी कोहनी से कसकर मारा भी। वह उसे बिल्कुल नहीं सँभाल पा रहा था। असल में

हमें समझ ही नहीं आ रहा था कि आखिर यहाँ हो क्या रहा है? परिस्थिति ही कुछ ऐसी थी। मैंने टॉम के मन में उसके प्रति एक उदारता पनपते हुए देखी। आँसू किसी भी इनसान को उसके असल मनोभाव में ला सकते थे। उदाहरण मेरी आँखों के सामने था।

टॉम आर्या की बगल में सोफे पर बैठ गया। वे दोनों बहुत देर तक बात करते रहे। मैं उन दोनों को अकेला छोड़ एक अप्रत्याशित मेहमान के लिए दरवाजा खोलने चला गया। इतिश्री बहुत चिंतित लग रही थी। वह मुझे बालकनी में ले गई। घर अब दो हिस्सों में बँट गया था। मेरा दोस्त मेरी पूर्व प्रेमिका के साथ था और मैं अपनी प्रेमिका की दोस्त के साथ।

"मैं तुम्हें कल शाम से फोन कर रही हूँ, कहाँ थे तुम?" उसने मुझसे पूछा। "मगर उससे पहले मैं यह जानना चाहती हूँ कि आर्या यहाँ क्या कर रही है?" उसने धीमी आवाज में मुझसे पूछा।

"वह यहाँ मदद करने आई है।"

"तो फिर पुलिस क्या कर रही है?"

"तुम्हें कैसे पता कि हमने पुलिस को इसी चरण में शामिल कर लिया है?"

"इसमें कोई दिमाग लगाने वाली बात नहीं है, नील" उसने नीचे की ओर देखकर यह बात कही। मुझे तो वह थोड़ी घबराई हुई सी लग रही थी।

मैंने उसे थोड़ा और परेशान किया। मैं बार-बार उससे पूछता रहा कि आखिर यह बात उसनें इतने विश्वास के साथ कैसे कही? फिर मैंने उससे गौरी के गायब हो जाने के बाद उसके क्रिया-कलापों के बारे में पूछा। मैं अड़ गया।

"देखो इतिश्री, तुम उसकी सबसे अच्छी सहेली हो। तुम गौरी के बारे में सबकुछ जानती हो। मैं तुम पर शक नहीं कर रहा हूँ, मुझे गलत मत समझना। मगर फिर भी मुझे लगता है कि तुम कुछ जानती हो और मुझसे छुपा रही हो। पुलिस भी अब इसमें शामिल है। हाँ, वे भी तुमसे मुश्किल सवाल पूछेंगे। दरअसल, हम तुम्हें ढूँढ़ रहे थे। वे लोग आज सुबह यहाँ आए थे। अभी तक मामला दर्ज नहीं हुआ है। शिकायत के आधार पर जाँच शुरू हो चुकी है। इसीलिए पुलिस की परेशानी झेलने से बेहतर होगा कि तुम मुझे बता दो। मैं वादा करता हूँ कि तुम्हारी मदद करूँगा। अब सबकुछ सच-सच बता दो।"

इतिश्री चुपचाप खड़ी रही। वह पागलों की तरह मेरी आँखों में देखती रही। मैं उसे अपनी मुट्ठियाँ भींचते हुए देख सकता था। मुझे पक्का यकीन था कि उसके पास

बताने योग्य कुछ तो था। अचानक उसने बातचीत का रुख ही बदल दिया, जिसने मुझे अचंभित कर दिया और जिसके लिए मैं बिल्कुल तैयार नहीं था।

"सुनो नील, पहले तुम मुझे यह बताओ कि तुम्हारे और गौरी के बीच में क्या हुआ था? क्या तुम दोनों के बीच कोई बहस हुई थी? वह पिछले कुछ दिनों से थोड़ी परेशान लग रही थी, क्या तुमने ऐसा महसूस किया था? आजकल तुम ही उसके सबसे करीब थे और मुझे अब सबकुछ जानना है। यह मत भूलो कि वह तुम्हारे साथ रहती थी। इससे पहले कि पुलिस कुछ ढूँढ़ निकाले, मुझे सबकुछ सच-सच बता दो। नील, मैं वादा करती हूँ कि इसे एक राज रखूँगी और तुम्हारी हर संभव मदद करने की कोशिश करूँगी। मैं अभी भी मानती हूँ कि तुम एक अच्छे इनसान हो। मुझे सच बताओ, ताकि मेरा यह भरोसा कायम रहे। और सिर्फ इसलिए कि मैंने यह कह दिया कि पुलिस भी अब शामिल है, तुम्हें मुझ पर उँगली उठाने का कोई अधिकार नहीं मिल जाता है, जबकि तुम जानते हो कि मुझसे ज्यादा उँगलियाँ तुम्हारी ओर उठ सकती हैं। और यह भी याद रखो कि गौरी मेरी जान है। तुम जितना सोच सकते हो, उससे कहीं ज्यादा।"

"क्या बकवास कर रही हो?" अब मैं बहुत ज्यादा सावधान और सतर्क हो गया था।

"जो भी तुम समझना चाहो, नील।"

"ठीक है, अब जब तुमने मुझसे सवाल पूछा है तो मैं जवाब देता हूँ। मैं और गौरी एक खूबसूरत जीवन जी रहे थे। मैं हमेशा उसके लिए खड़ा रहता था। मैं उससे प्यार करने लगा था। हाँ, पिछले कुछ दिनों में मैंने भी उसके बरताव में परिवर्तन देखा था और मैंने उससे इस बारे में पूछा भी था। मगर इन विषयों पर वह चुप ही रहा करती थी और मुझे चिंता न करने को कह देती थी। एक बार उसने कहा था कि उसे परीक्षा की चिंता हो रही थी। दूसरी बार यों ही कुछ लड़कियों वाली बात थी। इसीलिए मुझे यह सब सामान्य ही लगा और यह भी कि फिर वह ठीक हो जाएगी। उसके ऐसा कुछ करने के पीछे मुझे तो कोई कारण नहीं दिखा। मेरा मतलब है, मैं यह सोचना भी नहीं चाहता कि उसने कोई कठोर कदम उठा या अपनी जीवन लीला समाप्त कर ली है। कोई प्रत्यक्ष कारण तो नहीं है। यदि होता भी तो वह हम दोनों में से किसी एक को जरूर बताती। और अब हम यहाँ कयास लगा रहे हैं।"

मैंने इतिश्री से बाहर वाले कमरे में बैठने के लिए कहा। आर्या जा चुकी थी। उसने और टॉम ने इस बातचीत को आगे बढ़ाया। मैं गहरी सोच में डूब गया। इतिश्री

की बात ने मुझे और भी अधिक सोचने को मजबूर कर दिया था। मुझे मालूम था कि मैं एक टाइम बम के ऊपर बैठा हुआ था। हम सिर्फ पुलिस पर भरोसा नहीं कर सकते थे। अगर वह सचमुच किसी मुसीबत में थी, तो हमें कुछ करने की जरूरत थी। मैं इन वाहियात कानूनों को गालियाँ दे रहा था। मैंने अपने आप को भी कुछ और गालियाँ दीं, क्योंकि मैंने घर पर बैठकर सारा दिन बरबाद कर दिया था। मैंने फौरन अपने पिता को फोन किया। उसके बाद कनिष्ठ जेठमलानी को फोन गया। उसने मुझे कुछ बेहद अहम सुझाव दिए। उसने मुझे पुलिसवालों पर भरोसा करने और उनसे कभी बदतमीजी से बातें नहीं करने को कहा। उसने मुझे यह भी बताया कि अकसर पुलिस चुपचाप पृष्ठभूमि में अपना काम करती रहती है और हमारे पास तभी आती है, जब उन्हें हमसे कोई सूचना लेनी होती है, क्योंकि वह सबकुछ बताकर किसी गलत दिशा या निष्कर्ष को निमंत्रण नहीं देना चाहती।

मैं अपने पिता के सुझाव के अनुसार काम करने लगा था, एक मर्द की तरह। अब गौरी के माता-पिता को बताने का समय आ गया था। कोई भी यह जोखिम नहीं लेना चाहता था। कॉलेज भी इस बात में न के बराबर दिलचस्पी ले रहा था। और इस बात को ध्यान में रखते हुए कि यह कांड सप्ताह के अंत में हुआ था, यदि कोई काररवाई हो भी सकती थी तो वह सोमवार को ही संभव थी। यह कोई गंभीर अपराध का मामला नहीं था, क्योंकि अभी तक यह साबित नहीं हो सका था।

"इतिश्री, क्या तुमने गौरी के माता-पिता को बताया है?"

"नहीं नहीं...बिल्कुल नहीं। चाची तो हृदयाघात से मर जाएँगी।"

"इसका क्या मतलब है?"

"यह तो बिल्कुल साफ है। वे फोन पर ऐसी कोई भी बात कैसे सुन सकती हैं और तुम उनसे सामान्य बने रहने की उम्मीद कर रहे हो?"

"तो फिर तुम्हारे विचार से सबसे अच्छा तरीका क्या होगा? सोच, यदि यह बात मीडिया में आ गई, फिर क्या होगा?"

"यह हो चुका है। यह दोपहर के समाचारों में आ चुकी है। आर्या सही कह रही थी।" टॉम इस पल के सनसनीखेज खबर के साथ अंदर दाखिल हुआ।

"हे भगवान्, यह तो मुख्य खबर है।" इतिश्री ने सोफे को कसकर पकड़ते हुए कहा।

टॉम ने मेरी ओर देखा। मैं जानता था कि वह क्या कहना चाह रहा था? वह अभी विश्वास कर पाने की स्थिति में नहीं था। यह बात जाहिर थी कि वह हम

सब के लिए चिंतित था। इन सबसे भी ज्यादा उसे गौरी के माता-पिता की चिंता थी। वह हममें से किसी के भी तर्क या किसी और बात के लिए प्रतीक्षा नहीं करना चाहता था। उसने परिपक्वता दिखाई और फोन की ओर बढ़ गया। मैंने देखा कि यह देखकर इतिश्री अपनी जगह से उठी और टॉम से इस बात पर दोबारा विचार करने को कहा कि आखिर वह कैसे यह खबर गौरी के माता-पिता को देना चाह रहा था। वह बार-बार यह दुहराती रही कि गौरी की माँ अत्यंत संवेदनशील है। खैर, मुझे उस पर कोई शक नहीं था, क्योंकि मैं खुद भी गौरी के संवेदनशील पक्ष का साक्षी था। शायद उसे यह अपनी माँ से ही विरासत में मिला हो। इससे पहले कि मैं टॉम से कुछ भी कह पाता, वह फोन कर चुका था।

"चाचीजी नमस्ते, कैसे हैं आप?"

"मैं ठीक हूँ बेटा, क्या तुम नील बोल रहे हो?"

"नहीं, चाचीजी। मैं टॉम बोल रहा हूँ, मगर आप नील को जानती हैं?"

"अरे, हमारे बिल्कुल पड़ोस में ही रहता है। जहाँ तक मुझे याद है, हाँ, गौरी ने जिस दिन मुझे फोन किया था, उससे एक दिन पहले ही उसने मुझे बताया था कि वह नील और कुछ दोस्तों के साथ सप्ताहांत में कहीं घूमने जा रही है, इसीलिए मैं उसे फोन कर परेशान न करूँ। मुझे पता है कि वह उसे बचपन से ही पसंद करती थी और वह मुझसे कुछ भी नहीं छुपाती। मैं भी पागल हूँ। कब से बस मैं ही बोले जा रही हूँ? आप बोलो बेटा, किसलिए फोन किया मुझे?"

"चाचीजी यही बात बतानी थी आपको कि ये लोग जा चुके हैं और शायद आपसे संपर्क न कर सकें, इसीलिए आप चिंता न करें। मेरी तबीयत ठीक नहीं थी, इसीलिए मैं रुक गया।"

"तुम बहुत अच्छे हो। मगर एक बात बताओ, मुझे उम्मीद है कि वह लड़की, इति भी उसके साथ गई है।"

"अरे हाँ चाचीजी, वे दोनों तो दो जिस्म और एक जान हैं।" टॉम ने झिझकते हुए कहा। मुझे उसके चेहरे पर भय साफ दिख रहा था। मैंने फौरन इतिश्री को अपनी ओर खींच लिया। वह बिल्कुल निःशब्द थी। बड़ी मुश्किल से अपनी बात खत्म करने के बाद टॉम भी मेरे पास आ गया।

"क्या तुम्हें सचमुच यह लगता है कि मैंने तुमसे बहुत ज्यादा माँग लिया है? उम्मीद है, तुम्हारे पास इसका स्पष्टीकरण होगा।"

"आखिर तुम मेरे पास क्यों आई हो? इस वक्त मैं बिल्कुल ही अलग अवस्था

में हूँ। एक बात कहूँ दोस्तो, हमें उसे खुद ही ढूँढ़ना चाहिए। पुलिस किसी काम की नहीं है।"

"सच में! मैं तुमसे कोई सवाल क्यों नहीं पूछूँ? मुझे अभी भी यकीन नहीं हो रहा है कि गौरी ने तुम्हें कुछ भी नहीं बताया। मेरा मतलब है, उसने चाचीजी को फोन करके सप्ताहांत की योजना के बारे में बताया था। मैं जानता हूँ कि वह मेरे साथ समय बिताना चाहती थी। हे भगवान्! वह किसी मुसीबत में है।"

मैं और भी बहुत कुछ कहना चाहता था। पुलिस बिल्कुल समय पर अवतरित हो गई थी। मैं इसी बात पर रुक गया। वे कुछ भरोसे के साथ आए थे। इस बार धान्या अकेले ही आई थी। उसने हमें बताया कि विश्वा अपराधियों के भेष में काम करनेवाले पुलिसवालों के साथ गौरी की खोज में व्यस्त था।

"सुनो, नील। पहले तो मुझे थोड़ी कॉफी पिलाओ, यार।"

"ओह, तो तुम नील को जानती हो?" इतिश्री ने फीके अंदाज में पूछा।

"हाँ-हाँ, हम दोनों पुराने दोस्त हैं, और मैं अपने दोस्त का प्यार और तुम्हारी सबसे अच्छी सहेली को ढूँढ़ने में मदद कर रही हूँ।"

"ओह! तो तुम मुझे भी जानती हो?"

"आई.टी.आई, मैं धान्या हूँ, विद्यालय में तुम्हारी सीनियर, अब याद आया?"

"धत् तेरे की! नीला हाउस? गंगा डोर्म?"

"बिल्कुल।"

"दुनिया कितनी छोटी है? मुझे बहुत खुशी है कि तुम इस जाँच का हिस्सा हो। अब मुझे यकीन है कि कानून हमारी मदद करेगा।"

"मैं इसकी अगुवाई कर रही हूँ। और हमने कुछ बातों को नकार भी दिया था इसीलिए मुझे लगता है कि हम सही दिशा में आगे बढ़ रहे हैं। तुमसे मैं थोड़ी देर बाद बात करूँगी, फिलहाल तो मुझे नील से बात करनी है। बुरा मत मानना, मगर क्या तुम हमें अकेला छोड़ सकती हो? शुक्रिया।" धान्या की बातों में जोर भी था और विनम्रता भी। उसने इतिश्री को एक तरह से आदेश दिया और अगले ही पल इतिश्री वहाँ से गायब होकर बालकनी में चली गई।

"धान्या, लगता है यह मामला तुम्हारी पकड़ में आ गया है। क्या खबर है? मुझे बहुत घबराहट हो रही है।"

"यह उतना साधारण नहीं है, जितना तुम और मैं समझ रहे थे। एक बात जो मैं पूरे यकीन के साथ तुम्हें बता सकती हूँ, वह यह है कि इस पूरे कांड में किसी

पेशेवर गिरोह का हाथ नहीं है। इसीलिए उस दृष्टिकोण से देखें तो डरने की कोई बात नहीं है। हम सुबह से इसके पीछे लगे हुए हैं। हमने जिम के प्रशिक्षक से बहुत कड़ाई से पूछताछ की है, और उस फल वाले से भी, जहाँ से गौरी फल खरीदा करती थी और हर उस व्यक्ति से, जो उस जगह पर था, जहाँ गौरी को आखिरी बार देखा गया था। सी.सी.टी.वी. सिर्फ जिम के भवन में है। सड़कों पर कोई सी.सी.टी.वी. नहीं लगा है, इसीलिए किसी दर्ज सबूत के रूप में हमारे पास कोई सुराग नहीं है। अब, गौरी बाहर आती हुई तो दिख रही है। गाड़ी की पार्किंग में उसकी गाड़ी नहीं है। मुझे लगता है कि उसकी गाड़ी यहाँ भी नहीं है। क्या तुम मुझे बता सकते हो कि उसकी गाड़ी कहाँ है?"

"हमारे पास दो गाड़ियों की पार्किंग नहीं है, हालाँकि मैंने आवेदन किया है। इसीलिए गौरी ने अपनी गाड़ी इतिश्री के पास छोड़ी है।"

"ठीक है, तो अब वह गाड़ी इतिश्री चलाती है?"

"नहीं, उसे अभी गाड़ी चलानी नहीं आती है। इसीलिए वह उसके घर पर ही खड़ी होगी। वह हमारी तरह हॉस्टल में नहीं रहती।"

"ओह, अच्छा इस जानकारी से मदद मिलेगी। तो कम-से-कम हम गाड़ी लूटे जाने की घटना को जाँच से बाहर कर सकते हैं। पिछले साल हमारे सामने एक मामला आया था, जहाँ कुछ डकैतों ने एक गाड़ी को उसकी मालिक के साथ अगवा कर लिया था और उसे मार दिया था। बाद में वह गाड़ी भारत और नेपाल की सीमा पर मिली थी।" धान्या ने यह बात बस एक बात की तरह बोल दी।

"यह तो बहुत डरावना है। मुझे लगता है कि ऐसा कुछ नहीं हुआ होगा।"

"क्या ऐसी कोई बात है, जो तुम मुझे बताना चाहते हो या ऐसी कोई जानकारी, जो तुम मेरे साथ साझा करना चाहते हो?"

"अब क्योंकि तुमने हमें घर से निकलने के लिए भी मना किया था, शहर तो बहुत दूर की बात है, हम सारा दिन यहीं रहे। इति के आने से पहले आर्या यहाँ आई थी। वह मुझसे जरूरत पड़ने पर उसे शामिल करने के लिए कह रही थी, और यह कि वह हर संभव मदद करने को भी तैयार है।"

"आर्या मेरी रेडार पर है। वह अकसर गौरी के साथ ही जिम जाती है, मगर कल वह नहीं गई। इसका मतलब ऐसा करने के पीछे उसके पास कोई ठोस वजह तो होगी। इस सुबह हमने जिम की जो रसीद हासिल की है, उसके मुताबिक उसने अपनी सदस्यता का नवीकरण कराया है। और परसों, वे गौरी और आर्या स्वीग पब

में गई थीं, जो कोरेगाँव पार्क में है। तुम्हें इसके बारे में मालूम था? अब यह मत कहना कि तुम इसके बारे में कुछ नहीं जानते।"

"नहीं, मैं यह नहीं जानता था कि वह आर्या के साथ गई थी। मैं यह तो जानता था कि वह पब में गई है, मगर उसने मुझे यह नहीं बताया। मैंने तो बस यह देखा कि वह थोड़ा नशे में थी। मैं अगले दिन उससे बात करना चाहता था, मगर तभी यह कांड हो गया।"

"इसीलिए मुझे आर्या पर शक है। और साथ-ही-साथ मैं इति से संबंधित किसी बात को भी नजरअंदाज नहीं करना चाहती। मुझे शक है कि वह बहुत कुछ जानती है। मगर खुद एक औरत होने के नाते मैं यह जानती हूँ कि इन लड़कियों से कोई भी जानकारी निकलवाना आसान काम नहीं होगा। यह जानते हुए कि आर्या एक विधायक की बेटी है, उसे तोड़ पाना बहुत मुश्किल होगा। मगर फिर भी हम इस पर काम कर रहे हैं। और एक बात और, यह खबर पहले ही मीडिया में आ चुकी है। बहुत जल्द ही इसे टी.वी. पर देखकर आश्चर्यचकित मत होना।"

मैं अब बहुत ही भ्रमित अवस्था में था। ठीक वैसे ही, जैसे पुलिस थी। इस मामले में मदद करने के लिए मैंने धान्या का शुक्रिया अदा किया। मैं उसकी आँखों में सहानुभूति देख सकता था। वह वहीं बैठकर कॉफी पी रही थी। टॉम और इतिश्री अभी भी बालकनी में ही थे। धान्या ने एक बार फिर मेरी ओर तीव्र नजरों से देखा, जिसने मेरा ध्यान आकर्षित कर लिया।

"नील, तुम मुझसे कुछ छुपा तो नहीं रहे हो न? उम्मीद है, यह कुछ और नहीं है। देखो, मैं तुमसे पूछताछ नहीं कर रही हूँ और न ही अभी तक विश्वा ने ऐसा किया है क्योंकि मैंने ही उसे मना किया है। मगर एक बात, जो मैं पूरे यकीन के साथ तुम्हें बता सकती हूँ, वह यह कि जैसे ही उसे कुछ मिलेगा, वह तुम्हारे पास जरूर आएगा। यह बात कि वह तुम्हारे साथ रह रही थी, काफी सवाल खड़े करती है।"

"हो गया तुम्हारा? यह बिल्कुल सामान्य था। हाँ, किसी अन्य जोड़े की तरह। जब गौरी ने मुझे यह बताया कि उसकी परीक्षा और माहवारी उसे परेशान कर रही थी, तब मैंने उसकी जिंदगी में कोई दखल नहीं दिया।"

"यही तो मैं जानना चाहती हूँ। क्या वह परेशान थी?"

"हाँ, मगर सामान्य रूप से परेशान।"

"तुम पागल हो। जब कोई लड़की लापता हो जाती तो सामान्य तौर से परेशान जैसी कोई चीज नहीं होती। और क्या मुझे तुम्हें यह भी बताना चाहिए था नील कि

जब आर्या यहाँ आई थी, तब तुम्हें मुझे फोन करना चाहिए था या फिर कोई और गड़बड़ लगे? क्या मुझे यह बताने की जरूरत है?"

"तुम्हें मेरे दिमाग की हालत समझनी होगी। मैं पिछले चौबीस घंटों से सोया नहीं हूँ। तुम सच में मुझसे हर काम बिल्कुल ठीक करने की उम्मीद कर रही हो।"

"अच्छा, माफ कर दो, यार। मगर कृपा करके मुझे सबकुछ बताओ, जिससे कि इस मामले को सुलझाने में हमारी मदद हो सके। मैं नहीं चाहती कि तुम गौरी को खो दो।"

मैं धान्या पर भड़कना नहीं चाहता था, न ही मैं पागलों की तरह व्यवहार करना चाहता था। मैं परीक्षा की तैयारियों के लिए लगातार पचास घंटों तक नहीं सोया था, इसीलिए यह बहुत ही बेवकूफी वाला बहाना था। मैं इक्कीस साल का था और मुझमें बहुत ही शक्ति और आत्मविश्वास था। मैं अपने जीवन में बहुत काम किए थे और बहुत कुछ हासिल भी किया था। इस वक्त गौरी को मेरी सबसे ज्यादा जरूरत थी, इसीलिए बेहतर यही था कि मैं संयमित रहूँ और उसके लिए कुछ करूँ। इतना काफी नहीं था। मैंने धान्या को उसके भाषण के लिए धन्यवाद कहा। मैंने उसे सारी कहानी सुना दी। मैंने हर जानकारी उसके साथ साझा कर दी, जो मैं कर सकता था। साथ ही, आर्या और इति के बरताव को लेकर अपना विश्लेषण भी उसे बता दिया।

"यही तो मैं जानना चाहती थी, हीरो। यह बहुत अहम है। देखा, मैंने तुमसे कहा था न कि इसमें कोई पेशेवर हाथ नहीं है। मुझे पक्का यकीन है कि कुछ तो है, जो आर्या और इति हमसे छुपा रही हैं। आर्या नशा करती है। गौरी के पिता की आर्थिक स्थिति अच्छी है, इसीलिए उसके पास हमेशा पैसे रहते थे। इतिश्री गौरी की विश्वासपात्र है और वह भी अच्छे परिवार से है। क्या ऐसा हो सकता है कि आर्या ने फिरौती के लिए उसका अपहरण करवाया हो और अभी उसने कुछ नहीं किया हो, क्योंकि मामला गरम है? वह पहले भी कई मामलों में रेव पार्टी के दौरान पकड़ी जा चुकी है। तुम तो वैसे ही यह जानते ही होगे। देखो, हमें इसी प्रकार सोचना पड़ता है। हम किसी को भी नहीं छोड़ते।"

"मैं यह तुम पर छोड़ता हूँ। कृपया गौरी को ढूँढ़ने में मेरी मदद करो। मैं तुम्हें शादी के उपहार में यूरोप की यात्रा करवाऊँगा।"

"मैं तुमसे कुछ साल बड़ी हूँ, इसीलिए तुम यह जान लो कि मुझे तुमसे अपने जूनियर की तरह बरताव करना होगा। ठीक है, मुझे जो चाहिए था, वह मुझे मिल गया है। मैं बहुत जल्द तुमसे मिलूँगी। और हमारे बीच क्या बात हुई, यह किसी को

नहीं बताना।" इतना कहकर वह जल्दबाजी में निकाल गई।

मैंने टॉम को इशारा किया। वह इतिश्री को भी अपने साथ अंदर ले आया। वे दोनों उत्सुक हो रहे थे। मैंने कोई भी भाव या मुद्रा नहीं बनाई। मैं उदासीन था। अंत में मैंने इतिश्री से अपने घर जाने के लिए कहा, क्योंकि पुलिस वहाँ कभी भी आ सकती थी। उसने मुझसे पूछा कि ऐसा क्यों? मैंने उसे बताया कि यह तो बस सामान्य प्रक्रिया थी। उसे डरने की कोई जरूरत नहीं। इतिश्री ने मुझे पूरी बात बताने के लिए जोर डाला। मैं और विवाद में नहीं पड़ना चाहता था। इतिश्री अपनी जगह से नहीं हिली। टॉम को भी यह सब अजीब लगा।

उसने इतिश्री से पूछा कि वह इतना घबराई हुई क्यों थी। वह पागलों की तरह अपने बाल खींचने लगी। फिर वह बालकनी में चली गई। हमें समझ नहीं आ रहा था कि आखिर वह क्या करना चाह रही थी? हम बस प्रतीक्षा कर रहे थे। उसने ज्यादा समय नहीं लगाया। वह वापस अंदर आ गई। उसने एक लिफाफा निकाला और मुझे थमा दिया। मैंने उससे पूछा कि यह क्या है? वह चुप रही। यह इस बात का संकेत था कि अब हमें पता करना था। उस लिफाफे को खोलते हुए मेरे हाथ काँप रहे थे।

"यह क्या नाटक है, इतिश्री? मुझे साफ-साफ बताओ, इसमें क्या है?"

"कोई अच्छी खबर नहीं है। मुझे यह मेरे दरवाजे पर मिला, जब मैं तुम लोगों से मिलने यहाँ आ रही थी।"

"एक घंटे से ज्यादा हो चुका है और तुम हमें यह अब दे रही हो?"

आखिरकार मैंने वह लिफाफा खोल दिया, क्योंकि इतिश्री बस गोल-मोल बातें कर रही थी। उसमें हाथ से लिखी हुई एक चिट्ठी थी, जिसने हम सबको सकते में डाल दिया। उसमें इस बात की ओर इशारा था कि गौरी का अपहरण हो गया है और इसमें पुलिस को शामिल नहीं करना है।

"तुम्हें यह कब मिला?"

"आज, किसी ने इसे मेरे दरवाजे के नीचे सरका दिया था।"

"भला कोई तुम्हें यह क्यों भेजेगा?"

"मुझे नहीं पता।"

"यह रविवार को आया है, इसीलिए यह डाक तो नहीं हो सकता है।"

"ऐसा नहीं है, और यह कूरियर भी नहीं आया है।"

"कोई आया और तुम्हारे दरवाजे के नीचे सरका गया। कोई, जो यह जानता है कि तुम कहाँ रहती हो? कोई, जो यह जानता है कि उस वक्त तुम अपने घर पर

ही होगी। कोई, जो यह जानता है कि तुम यह लाकर हमें ही दोगी, पुलिस को नहीं। कोई, जिसके पास अंदर की खबर है।"

"वाह नील, तुम्हारा दिमाग तो बहुत तेज है? हाँ, और अब मैं इस चिट्ठी का मकसद और कारण जानना चाहती हूँ।"

"क्या हमें यह धान्या को नहीं देना चाहिए?"

"हाँ, मुझे धान्या को फोन करके इसके बारे में बताना ही होगा, वरना वह मुझे ही सलाखों के पीछे डाल देगी।"

मैंने धान्या को सूचना दे दी और उसने मुझे इतिश्री के साथ वह चिट्ठी लेकर इतिश्री के घर जाने को कहा। मैं देख सकता था कि इतिश्री काँप रही थी। उसने अपने ऊपर नियंत्रण खो दिया था। वह जोर-जोर से रोने लगी और उसकी आँखों से आँसुओं का सैलाब उमड़ पड़ा। वह घबराई हुई थी। वह बार-बार अपने हाथ जोड़कर कह रही थी कि गौरी को वापस लाने के लिए हमें अपनी सारी ताकत झोंक देनी चाहिए। वह तो यहाँ तक बोल गई कि वह अपनी सबसे अच्छी सहेली के बगैर जीवित नहीं रह सकती।

"नील, अब तुम भी जानते हो, और मैं तो कई सालों से यह जानती हूँ कि गौरी को इस तरह के मजाक करना बेहद पसंद है, खासकर जब किसी को परेशान करने की बात हो। वह बिना सोचे-समझे ऐसा करती रहती है। आशा करती हूँ कि यह उसी का बनाया हुआ कोई मजाक होगा। जानते हो, अभी तक मैं यही सोच रही थी। हालाँकि इस चिट्ठी के मिलने के बाद, मैं पागल होती जा रही हूँ। यह भेड़िया आया वाली बात जैसी है। वह किसी बड़ी मुसीबत में है। इस चिट्ठी के बाद पिछले कुछ दिनों से उसके परेशान होनेवाली बात का कोई मतलब नहीं रह गया।"

"अगर ज्यादा नहीं तो मैं भी उतना ही चिंतित हूँ। हम फौरन कुछ करेंगे। और यह चिट्ठी तुम्हें, टी.वी. पर इस खबर के आने के बाद मिली है। इसका मतलब कोई तो बहुत ही शातिर है। वे इस बात की ओर इशारा कर रहे हैं कि वे रसूखदार और शक्तिशाली हैं। यही बात होगी, वरना यह चिट्ठी कल भी आ सकती थी। और, क्या तुम जानती हो कि यह चिट्ठी हमारे घर पर क्यों नहीं आई? क्योंकि हमारे यहाँ सी.सी.टी.वी. कैमरे लगे हुए हैं। फिर इसका मतलब यह हुआ कि कोई तुम्हारे और मेरे, दोनों के घर से अच्छी तरह परिचित है।"

हम इतिश्री के घर जाने के लिए निकल पड़े। टॉम गाड़ी चला रहा था। मैं चौबीस बोझिल घंटों के बाद सड़क पर निकला था। मैं निर्जीव रूप से नहर देख

रहा था। हम कुछ ही क्षण में उसके घर पहुँच गए, इसीलिए नकारात्मक विचार ज्यादा देर तक नहीं टिके। रविवार होने की वजह से सड़कों पर भीड़ कम ही थी। मैं बस इतना ही महसूस कर पाया।

धान्या वहाँ, पार्किंग के करीब पहले से मौजूद थी। वह हमारे साथ इतिश्री के घर के अंदर आई। मैं बिल्कुल भी समय नष्ट नहीं करना चाहता था।

"तो अभी तक इस लिफाफे को कितने लोगों ने छुआ है?"

"मैंने, नील ने, टॉम ने और अपहरण करनेवाले ने"

"काश, तुम रूमाल या दस्ताने का प्रयोग करते। खैर, तुम लोगों को इन कामों का प्रशिक्षण नहीं मिला है। लाओ, मुझे दो।"

धान्या ने उसे खोला और उसके अंदर क्या लिखा था, यह देखने की बजाय वह लिफाफे और कागज को ध्यान से देखती रही। वह किनारों को देख रही थी, जैसा कि मुझे उसकी आँखों की गतिविधि से मालूम हुआ। वह मुसकराई। उसने अभी तक कोई खुलासा नहीं किया था। उसने मेरी ओर देखा और कहा, "हमारे पास एक सुराग है। इससे पहले कि मैं कुछ करूँ, इति, मुझे पार्किंग में ले चलो और गौरी की गाड़ी दिखाओ।"

"जरूर, आओ चलें।"

हमें उसकी गाड़ी नहीं मिली। धान्या ने इतिश्री से पूछा, हालाँकि वह अनजान बने रहने का ढोंग करती रही। उसने बताया कि वह कॉलेज में देर तक रुकी थी और गौरी जल्दी निकल गई थी, क्योंकि उसे कुछ किताबें खरीदनी थीं और जिम की फीस देनी थी। यह चिंता का विषय था। हमने चौकीदार से पूछा और रजिस्टर चेक किया। उसमें लिखा था कि उसकी गाड़ी पिछले दिन 2:45 बजे दोपहर को बाहर गई थी।

रजिस्टर ने मेरे दिमाग पर भी चोट की। मेरे घर पर आकर भी रजिस्टर में कुछ दर्ज हुआ होगा, क्योंकि मुझे विश्वास था कि गौरी वहाँ आई थी। मुझे याद आया कि कैसे जिस दिन वह गायब हुई थी, उसी दिन कमरा सजा हुआ था। अरे! यह तो कल की ही बात थी। धान्या की छानबीन पर इससे कुछ प्रकाश जरूर पड़ेगा। वह मान गई। मेरे घर पर उसकी गाड़ी की कोई प्रविष्टि नहीं थी। विश्वा ने पहले ही सी.सी.टी.वी. खँगाल लिया था और उसने धान्या को बताया कि वह दोपहर ढाई बजे वहाँ गया था और दरवाजे तक, यानी जहाँ तक सी.सी.टी.वी. की निगाह जा सकती थी, वहाँ तक गाड़ी का कोई नामो-निशान नहीं था।

तो या तो गौरी पहले मेरे घर आई होगी और फिर उसने इतिश्री के घर से अपनी गाड़ी उठाई होगी, या फिर कोई और उसकी गाड़ी ले गया होगा और गौरी को इसकी जानकारी नहीं होगी। इतिश्री गाड़ी चलाना नहीं जानती, तो यह तो हो ही नहीं सकता कि वह उसे बाहर ले गई होगी। धान्या ने सब के विचार और कथन दर्ज किए और हमें चौकन्ना रहने के लिए सावधान किया।

कमरे में घुप्प अँधेरा था। परदे अच्छी तरह से बंद थे। समय का अनुमान लगाना असंभव था। प्रकाश की एक किरण भी इस नर्क या स्वर्ग में प्रवेश नहीं कर सकती थी। कोई आवाज भी नहीं हो रही थी। बस, एक ही चीज जो वहाँ मौजूद थी, वह था—आत्मा की खोज करता हुआ एक इनसानी जिस्म। दोनों के बीच का संपर्क तो बिल्कुल ही नदारद था। जहाँ तक सजावट की बात थी, तो परदे मुझे पुणे के किसी पुराने परिवार की याद दिला रहे थे। इसमें एक पारसी अंदाज था। वहाँ और भी चीजें थीं। हालाँकि ईरानी चाय ठंडी हो चुकी थी। वह तो लगभग जम चुकी थी। बन मस्का फिर भी ठीक दिख रहा था। मगर वह किसी की भूख शांत नहीं कर सकता था। यह गरम ही ठीक लगता, गरमागरम चाय के साथ। बगल में नींद की दो गोलियाँ पड़ी थीं। ऐसा लग रहा था कि पट्टी में तीन गोलियाँ थीं, जिनमें से एक का इस्तेमाल हो चुका था। यदि आप चारों तरफ देखें, हालाँकि अँधेरे में ही, देखना बहुत मुश्किल था, मगर यदि आप वहाँ रहनेवाले के मन और तन से देखते तो आपको यह पता चल जाता कि आधी ही गोली का इस्तेमाल हुआ है।

"मैं तुमसे जल्दी क्यों नहीं मिल जाती हूँ, भगवान्? मुझे अब जीवन से कोई उम्मीद नहीं," गौरी आधी नींद में बोल रही थी। वह मुसीबत में लग रही थी, मगर वहाँ और कोई नहीं था। वहाँ क्या हो रहा है, इस वक्त यह समझ पाना बहुत मुश्किल था। गौरी की मनोस्थिति का अंदाजा भी लगा पाना और उसकी इस जीर्ण-शीर्ण हालत का कारण समझना बहुत मुश्किल था। बस, जो बात पता थी, वह यह कि गौरी जीवित थी और उस कमरे में अकेली थी। एक जवान, खुशहाल और जिंदादिल लड़की का ऐसे हाल में होना कुछ ऐसा था, जिसपर कोई यकीन कर सके। इसीलिए पुणे से एक सौ किलोमीटर दूर, परिस्थिति अच्छी नहीं थी। क्योंकि हर कोई उस लड़की को ढूँढ़ने की कोशिश कर रहा था, जो एक ऐसे कमरे में थी, जो उसी का

था। यह वहाँ बसा था, जहाँ गौरी नील को अचंभित करना चाहती थी। वह उसके साथ वहाँ समय बिताना चाहती थी, मगर अब मामला ऐसा नहीं था। अब तो उसके होश में आने का इंतजार ही करना होगा।

उसने थोड़ी सी हलचल की। हालाँकि उसने बात करना बिल्कुल बंद कर दिया था, फिर भी उसकी हलचल तेज हो रही थी, जिससे यह पता चल रहा था कि गौरी अपनी नींद से जाग रही है। उस नींद की उस आधी गोली का असर था। थोड़ी देर में परिस्थिति साफ हो जाएगी।

उसकी हलचल से यह तो साफ हो रहा था कि उसके साथ कोई जबरदस्ती या मार-पीट नहीं की गई है। उसे जबरदस्ती नशे की दवाई भी नहीं दी गई है। वह तो बस अनजान थी और अवसाद से लड़ती हुई प्रतीत हो रही थी।

मुझे समझ में नहीं आ रहा है कि यहाँ क्या हो रहा है, धत्त् तेरी की! मैं इतनी देर तक कैसे सोती रही? मेरी ऊर्जा कहाँ चली गई है? शायद मैं बहुत ज्यादा ही सोच रही हूँ। काश, मैं इस बार गलत हूँ। हे भगवान्, यह बहुत दु:खद है।

वह यही दोहराती रही। उसका दिमाग थोड़ा झन्नाया। उसने पानी के गिलास के लिए हाथ बढ़ाया। उस घुप्प अँधेरे में भी उसने पानी के गिलास का बिल्कुल सही अनुमान लगा लिया था। शायद उसने पहले भी उसे उठाया हो। तो कमरा पहले ऐसी हालत में नहीं था और इसमें कोई दिमाग लगाने वाली बात नहीं थी कि गौरी ने इसे ऐसा बनाया होगा।

आखिरकार उसने उठने का निर्णय लिया। उसने अपने चेहरे और थोड़े स्पैगे पर गिरे पानी को पोंछा। बिल्कुल काला था। उसने निकर पहने हुए था। उसने पलंग के ऊपर अपना हाथ फेरना शुरू किया। वह अपने कपड़े ढूँढ़ रही थी। बत्ती जलाना इस वक्त प्राथमिकता लग रही थी। उसने परदे नहीं हटाए, जो कि उसकी पहुँच में ही थे और दिख भी रहे थे। वह बाहर की दुनिया को देखना भी नहीं चाहती थी। यह अलग बात थी कि बाहर सिर्फ पहाड़ ही दिख रहे थे, यह बहुत शांत दृश्य था। गौरी के लिए यह बहुत महत्त्व नहीं रखता था। या फिर रखता था?

उसने अपनी आँखें मसलीं, अपना चेहरा धोया और घड़ी की ओर देखा।

"हे भगवान् अभी दो घंटे और बचे हैं।"

उसने कोई भी शृंगार नहीं किया हुआ था। आस-पास कोई खाली प्लेट या खाने की कोई चीज भी नहीं पड़ी थी। बस पानी की एक बोतल थी, जो होटल ने दी थी।

फरियास रिजॉर्ट अच्छी जगह पर था और वहाँ की सेवा भी बढ़िया थी। गौरी

मरना नहीं चाहती थी। उसे हमेशा लगता था कि यदि वह वहाँ नहीं गई तो वह मर जाएगी। शायद उसने जहर खा लिया होता। उसके लिए पंखे से लटकना बहुत ही डरावना था और किसी इमारत से कूदने में वह मजा नहीं था। असल में उसने नींद की गोली के पाँच पत्ते खरीदे थे। यह तो उसने लोनावला के रास्ते में सारे फेंक दिए। बस, तीन गोलियों वाली पट्टी उसके पास रह गई। उसका मकसद आनेवाली त्रासदी को झेलना था।

यहाँ से चीजें किसी भी दिशा में जा सकती थीं। हालाँकि इतिश्री उसे दिलासा देती रही, शांत रहने को कहती रही। उसने उसे कोई भी भयावह कदम उठाने के लिए सावधान किया था। किसी खेल में हार जाना उसे स्वीकार्य था, जीवन में हार जाना भी उसे स्वीकार्य था, मगर प्यार में हार जाना; कतई नहीं।

गौरी ने अपनी डायरी खोली। वह अपने अंदाज में थी। उसने अपने मन की बात उसमें लिखना शुरू कर दिया।

उसकी अद्‌भुत भूरी आँखें, घनी मर्दानी भँवें मुझे उत्तेजना देती हैं। जिस दिन मैंने कॉलेज में उसे पहली बार देखा, मैं किसी फंतासी दुनिया में थी। वह पिछले दो वर्षों में बदल चुका था, जबसे उसने विद्यालय छोड़ा था। मैं उसके आस-पास घूमा करती थी और वह कोई ध्यान नहीं देता था। मैं उसके कान के पास साँस लिया करती थी, उसकी कोई प्रतिक्रिया नहीं होती थी। मैं उसे दूर से देखती थी। वह इनसान, जिसने मुझे खुशी के सात साल दिए। वह इनसान, जो हमेशा मेरा सबकुछ रहेगा। जिसके प्यार में मैं पूरी तरह पागल हो चुकी हूँ। वह इनसान, जिसके बिना मैं जी नहीं सकती हूँ, वह इनसान, जिसने मुझे यहाँ होने का कारण दिया, उससे दूर रहकर अपनी असुरक्षा को परखना मेरे लिए सबकुछ है। वह आदमी, जो खुद को लड़का कहता है।

शायद ही कभी मैंने तुम्हें बताई हो अपने मन की बात
शायद ही कभी मैंने तुम्हें बताया हो वह दूरियों का आघात
काश तुम यहाँ आओ, इसे पढ़ो और समझो
मेरी आत्मा की चितकर, उसकी पुकार कि आओ और मुझे चूमो
तुम मुझसे दूर रहो, इस बात का डर नहीं
डर तो है कि तुम्हारा दिल मुझसे दूर न हो जाए कहीं
मेरे पास और कुछ भी नहीं है, हो बस तुम और है ये डोर
गुलाब की यह माला और मेरे आँसुओं की पीड़ा

शायद मैं तुम्हारे काबिल नहीं, मेरी जान
मगर मेरा मन और मेरी आत्मा तो समर्पित कर चुके हैं, मेरी जान
मेरा शरीर स्थिर नहीं, यह तो पहले ही लिपट चुका है
इसे नहीं चाहिए, बस तुम्हारे प्यार को तरस रहा है।

नील, तुम्हें अंदाजा नहीं है, मैं तुमसे कितना प्यार करती हूँ? मेरा मतलब है वस्तुत: तो नहीं, मगर इस वक्त मैं बस यही सोच पा रही हूँ।

पागलपन। हाँ, मेरी यही मनोदशा हो गई है। पिछले कुछ दिनों से जब से मैंने कठिनाई का सामना किया है, मैं बिल्कुल असुरक्षित महसूस करने लगी हूँ।

जिस इनसान से आपने खुद से भी ज्यादा प्यार किया है, उसके साथ रहना आसान नहीं होता। आपको पाने का डर दूर करना होता है। आप जानते हैं कि उन असुरक्षा की भावनाओं को दूर करना बेहद मुश्किल होता है। और क्या यार, मैं अठारह बरस की ही एक लड़की हूँ। 17 बरस 364 दिन से 17 बरस 365 दिन के हो जाने की खुशी में अचानक कुछ भी नहीं बदलता। शुरुआती दौर में आप एक अवयस्क ही रहते हैं। मुझे अभी भी लगता है कि मैं किसी विद्यालय में पढ़ने वाली ही एक लड़की हूँ। मर्दों की इस दुनिया में झगड़ती हुई। अपने दिल की गहराई में मैं यह जानती थी कि जब मैं अठारह बरस की हो जाऊँगी तो मैं वयस्क नहीं हो जाऊँगी। मगर मेरे आदमी के साथ, मेरे सदाबहार आकर्षक आदमी के साथ, मैं उससे भी कहीं ज्यादा हो जाऊँगी, वयस्क से भी ज्यादा। मुझे मालूम है कि जब निर्णय लेने का समय होता है, तब मैं बेवकूफी कर देती हूँ। मुझे मालूम है कि मैं अभी कुछ दिन और बच्ची रह सकती हूँ। क्या मैं समय को रोक सकती हूँ? क्या अपना डर मैं तुम्हारे साथ साझा कर सकती हूँ? इसका जवाब है—हाँ। क्या मैंने ऐसा किया? इसका जवाब है—नहीं।

मैं हारी नहीं थी। मैं तो बस तुम्हें खोना नहीं चाहती थी। आखिर तुम मुझे किसी के बदले लेकर आए थे। उसके बदले, जिससे तुम पागलों की तरह प्यार करते थे और शायद अभी भी करते हो। तुम्हारे कमरे की चादर और तुम्हारी अलमारी से अभी भी उसकी खुशबू आती है। मैं कैसे तुम्हारे सामने आती और तुमसे उसे बाहर निकालने को कह सकती थी? तुम उस औरत को अपने जीवन से नहीं निकाल सके। उन खुशबुओं का क्या हुआ, जो तुम्हारे बिस्तर से कई दिनों तक चिपकी रही थीं?

मैं रात में चुपके से तुम्हारे कमरे में आई थी। मैं घंटों तुम्हें निहारती रही। मैं तुम्हें छूना और महसूस करना चाहती थी। मुझे नहीं मालूम तुमने कभी मुझे खुद को

छूने के लिए क्यों नहीं कहा। मैं यह मानना चाहती थी कि अगुवाई करना तुम्हारे स्वभाव में नहीं है। मगर नील, मैं भी वयस्क हूँ। मैं तुम्हारी प्रेमिका हूँ। मुझे छुओ। मैं सच में यह चाहती हूँ।

मेरा भी कितना मन होता है कि तुम मेरे कप से चाय पियो, मेरी थाली से उठाकर नाश्ता करो। आओ भी, अब। आखिर कोई लड़की इतना बड़ा कदम उठाकर तुम्हारे साथ रहने क्यों आएगी ? क्यों ?

क्या तुमने कभी इसके बारे में सोचा है ? मैं जानती हूँ कि तुम मुझसे प्यार करते हो। मैं इस पर यकीन भी करना चाहती हूँ कि तुम सच में करते हो। क्या तुम्हें जरा सा भी अंदाजा है कि पिछले कुछ दिनों से मैं किस परिस्थिति से गुजर रही थी ? मैं अपने सबसे डरावने सपने के ब्रह्मांड में घुलती जा रही थी। क्या तुम जानते थे कि मुझे तुम्हारी अलमारी में उस जगह पर शराब की बोतल मिली थी, जिसके बारे में बस तुम और आर्या जानते थे। अगले दिन मुझे वह बोतल वहाँ नहीं मिली। क्या तुम जानते हो कि मुझे तुम्हारे पुराने कार्ड मिले, जो तुमने आर्या के लिए लिखे थे ? मुझे तुम्हारे पिछले जीवन से कोई तकलीफ नहीं थी, मगर मेरे लिए अकेले उसका सामना करना बहुत मुश्किल था। मैं बहुत रोती थी। मैं टूट चुकी थी। तुम्हारी गलती नहीं थी। इस बार नहीं। फिर भी उन सबकी पृष्ठभूमि में जो बात थी, वह यहाँ खींच लाई।

मुझे घने काले अकेलेपन के विचारों ने घेर लिया था। मैं खुद को फिसलने से रोक नहीं पाई। वह डर मुझे हमेशा डराता रहा। मैं उसके बारे में बात भी नहीं कर सकती थी। इससे बात और बिगड़ जाती। मुझे अपने अंदर ही शांति नहीं मिल रही थी। मैं बस यही उम्मीद कर रही थी कि मेरा अधूरा काम अब पूरा हो जाए। मैं इसी में यकीन करती हूँ।

भगवान् इतना निर्दयी नहीं हो सकता है कि वह तुम्हें मुझसे छीन ले। जब तू मेरे साथ थे, तब मुझे ये खयाल आने बंद हो गए थे। कुछ ही दिनों में तुम्हें हमेशा के लिए खो देने का एहसास होने लगा था। मैं इसे बरदाश्त नहीं कर सकती थी। तुम भी एक इनसान हो।

तुमने उसके कुछ कपड़े अपने कमरे में बचाकर रखे थे। ऐसी जगह पर छुपाकर, जहाँ मैं उसे देख नहीं सकती थी। मगर मैंने देख लिया। वह मुझसे जगह बदलने को कह रही थी।

हर बार जब मैं कुछ देखती थी तो उसका गंध मेरा दम घोंटने लगता था। मैं मारना नहीं चाहती थी। कोरेगाँव के उस पब में वह शाम मुझे पूरी तरह तोड़ गई।

तुम्हारे लिए चिट्ठी, नील—

सबसे प्यारे नील, मेरे नील,

मेरी जिंदगी तुमसे ही शुरू होती है। मैं यहाँ सदा के लिए आई हूँ, मगर तुम्हारे बगैर नहीं। मैं एक नादान लड़की हूँ, जो तुम्हारे साथ एक खूबसूरत जीवन का सपना सँजोए बैठी है। मैं एक साधारण सी जवान लड़की हूँ, जो यह मानती है कि तुम्हारे साथ बिताई रोमानी शाम से ज्यादा विलासितापूर्ण जिंदगी हो ही नहीं सकती। मैंने तुम्हारा इंतजार किया है और अब जब तुम मेरे पास हो तो मैं नहीं चाहती कि दुनिया की कोई भी ताकत तुम्हें और मुझे एक होने से रोक सके वरना मैं जी नहीं पाऊँगी। मेरा जीवन तुमसे शुरू होता है और तुम पर ही खत्म होता है, क्योंकि मेरे लिए यह सदा के लिए है।

मैंने तुमसे प्यार किया है और हमेशा करती रहूँगी।

तुम्हारी (आशा करती हूँ) प्यारी,

गौरी नील भार्गव

वे खत उसके आँसुओं से भीग गए थे। उसकी स्याही फैलने लगी थी। गौरी ने जल्दी से उस पर फोम रखी, ताकि वे गायब न हो जाएँ। यह सब जो उसके अनुसार नहीं हो पा रहा था, इन सब के बारे में सोचकर अच्छा नहीं लग रहा था।

दया करो, मेरे भगवन। मैंने तुम्हारा क्या बिगाड़ा है?

नील, मुझे इस तरह भाग आने के लिए माफ कर दो। तुम्हारे प्यार को परखने के लिए मुझे क्षमा कर दो। मुझे माफ कर दो। मैं सजा भुगतने के लिए तैयार हूँ। हाँ, उस दिन तुमसे ओबफी में जीतने के लिए मुझे अपने लिए यही इनाम चाहिए।

आखिरकार, गौरी ने परदे हटाने का मन बनाया। उसने अपना फोन चालू किया।

और वह बार-बार कहती रही, मैं यहाँ क्या कर रही हूँ? मुझे या तो यहाँ या वहाँ होना चाहिए। धत्! मुझे अपने आप को सँभालना होगा। ये पागलों वाले बेकार विचार हैं।

उसने अपने फोन पर असंख्य संदेश देखे और उसे पता था कि जैसे ही वह उन्हें खोलेगी, भेजने वाले के पास प्राप्ति का संदेश चला जाएगा। फिर भी उसने उन्हें खोला।

अब तक 23 घंटे हो चुके थे। आखिरी संदेश इतिश्री का था। उसमें लिखा था—"बाबू, कृपया मुझे फोन करो। मुझे सच में तुम्हारी चिंता हो रही है।"

गौरी ने कहा, "हाँ, मुझे मालूम है, बाबू। तुमसे बात करने की जरूरत है। हालाँकि मुझे उसके परिणाम से डर भी लग रहा है। मैं समझ नहीं पा रही हूँ कि तुमसे कैसे बात करूँ? मुझे खुद को सँभाल लेने दो।"

उसने पाँच मिनट खिड़की के बाहर देखते हुए बिताए। फिर उसने अपनी गरम साँस खिड़की के ऊपर छोड़ी और उस पर कुछ अक्षर बनाए। 'आ' और 'न'। ऐसा वह कुछ देर तक करती रही। फिर वह 'आ' को मिटाती रही। फिर उसने 'ग' और 'न' बनाया। उसके बाद उसने उनके बीच में दिल बनाया। वह उसे और गहरा करती रही और खुद में बड़बड़ाती रही।

पाँच मिनट के बाद उसने टी.वी. चालू किया और चैनल घुमाती रही। वह अपने आपको ढूँढ़ रही थी। वह मुसकराई और उसे बंद कर दिया। दो मिनट के बाद दरवाजे की घंटी बजी।

पुणे, उसी समय के आस-पास

मैं बेहोश होने की कगार पर था। मैंने धान्या से कह दिया था कि जब तक गौरी मिल नहीं जाएगी, मैं पुलिसवालों के साथ ही रहूँगा। पहले तो उसने मना कर दिया, मगर बाद में वह मान गई।

उसने यह भी कहा कि उसे जल्द-से-जल्द आर्या से बात करनी होगी। मगर उससे पहले वह एक बार जिम जाना चाहती थी और उसने मुझे भी साथ चलने को कहा। जब वह यह कह रही थी, तब उसका मतलब था कि मैं बाहर ही इंतजार कर सकता था। वह मेरे लिए परिवार के सदस्य की तरह थी, मगर वह अपना काम अलग रखना पसंद करती थी। मैं उसका बहुत सम्मान करता था। मुझे नहीं लगता कि इतनी जल्दी मुझे यहाँ की कानून-व्यवस्था को भला-बुरा कहने का कोई अधिकार था। धान्या एक उदाहरण थी, जो सीधी तौर पर इस व्यवस्था से जुड़ी हुई थी और मेरी हरसंभव मदद कर रही थी। मेरे जैसे लोग पढ़ाई करते हैं, कमाई करते हैं, कर देते हैं, फिर अपनी पूरी जिंदगी रोते रहते हैं। पुलिसवालों के साथ रहने के अपने निर्णय से मैं बहुत खुश था। मैंने टॉम से कहा कि वह इतिश्री के साथ रहे और उसको कभी अकेला नहीं छोड़े। मेरा मानना था कि इस वक्त इतिश्री की मानसिक स्थिति ठीक नहीं थी, इसीलिए इस वक्त टॉम का उसके साथ होना ही सर्वश्रेष्ठ था। ऐसा करने से वह दृढ रह सकती थी।

दस मिनट के बाद धान्या बाहर निकली और फुटपाथ पर चलने लगी। उसने मेरे ऊपर सवालों की झड़ी लगा दी।

"क्या उस जिम वाले बंदे के साथ गौरी की कोई दुश्मनी हो सकती है?"

"हो ही नहीं सकता। ऐसा होता तो वह मुझे जरूर बताती।"

"क्या आर्या और गौरी अकसर साथ में जिम जाती थीं?"

"हाँ, वे दोनों जिम में साथी थीं और जहाँ तक मुझे मालूम है, दोनों एक साथ कसरत करती थीं।"

"इस वक्त आर्या हमें कहाँ मिलेगी?"

"अगर तुम चाहो तो मैं इसी वक्त उसे फोन कर सकता हूँ।"

"हाँ, जरूर करो। मुझे शक है कि अब वह तुमसे बात करेगी। उसे मालूम है कि हम उसे ढूँढ़ रहे हैं।"

"वह तो खुद मेरे घर आई थी ,मदद की पेशकश लेकर।"

"और यही कारण है कि तुम आज इस मुसीबत में हो।"

"क्या मतलब है तुम्हारा?"

"तुम कितने भोले हो, नील?"

मैं चुप रहा। मुझे मालूम था कि धान्या आर्या पर किसी साजिश के लिए शक कर रही थी, हालाँकि इस वक्त मेरे लिए यह सब समझा पाना बहुत मुश्किल था।

"उसका नंबर पहुँच से बाहर है। मुझे लगता है कि शायद नेटवर्क की कोई समस्या होगी या फिर उसकी बैटरी खत्म हो गई होगी।"

"ठीक है, तो फिर मुझे उसके घर ले चलो।"

दस मिनट में हम उसके घर पहुँच गए। तभी मेरे पिताजी का फोन आया। वे मुझे वकील के साथ हुई अपनी मुलाकात के बारे में बताना चाह रहे थे। मैंने उनसे थोड़ी देर बाद फोन करने के लिए कहा। फिर उन्होंने कुछ ऐसा कहा कि मैं फोन रख नहीं पाया। गौरी की खबर पहले ही हर जगह फैल चुकी थी। उसके माता-पिता को भी यह बात पता चल गई थी और अब वे मेरे माता-पिता के संपर्क में थे। उन्होंने मुझे बताया कि गौरी का नंबर पहुँच से बाहर था। कुछ और बिंदुओं पर बात करने के बाद मैंने उनको दिलासा दिया। फिर मैंने गौरी को भेजे अपने संदेश पर नजर डाली, वह उसे मिल चुका था। मैं उछल पड़ा और चीखने लगा। शुक्र है कि धान्या वहीं थी। उसने गौरी का नंबर मिलाया, मगर फोन बंद था। उसने विश्वा को फोन किया और यह पूछा कि क्या नंबर के आधार पर उसके बारे में कोई जानकारी मिल सकती है। विश्वा ने फौरन कहा कि वह पूरी कोशिश करेगा। उनकी इकाई में तकनीक अभी भी एक बड़ा सिर दर्द था।

धान्या और मैंने पूरे घटनाक्रम पर बात की। उसने कहा कि उसके मुताबिक हो सकता है कि अपहरणकर्ताओं ने उसका फोन इस्तेमाल करने के बारे में सोचा हो और उसे चालू किया हो। बाद में शायद उन्होंने सिम निकालकर फेंक दिया हो। यह

एक मत हो सकता है। ऐसे ही और भी कई मत थे, जिन पर चिंतन जारी था। उसने मुझे आर्या के साथ होनेवाली मुलाकात में उसके साथ रहने को कहा, क्योंकि वह इस जाँच पर किसी भी तरह का राजनैतिक प्रभाव नहीं चाहती थी। और धान्या के साधारण कपड़ों में वहाँ होने के पीछे भी कारण था कि वह इस पूछताछ की प्रक्रिया को शांति से पूरा करना चाहती थी।

उसने दरवाजे की घंटी बजाई। आर्या ने फौरन ही दरवाजा खोल दिया, क्योंकि उसे पता नहीं था कि हम वहाँ आनेवाले थे।

"तो नील, इसे यहाँ लेकर आने का फैसला तुम्हारा था या फिर यह तुम्हें यहाँ लेकर आई है? अगर यह पूछताछ के बारे में है तो मैं आशा करती हूँ कि तुम मुझे अच्छी तरह से जानते हो।"

"तुम्हें मैं कैसे भूल सकती हूँ, आर्या? मगर लगता है, इस बार तुमने बहुत बड़ी गलती कर दी है।"

"अगर तुम मुझे एक सिद्ध अपराधी कह रही हो तो मैं अभी कुछ लोगों को फोन कर सकती हूँ, जिसके बाद तुम्हें यहाँ से जाना पड़ेगा। मगर मैं ऐसा नहीं करूँगी, और बस इसीलिए; क्योंकि तुम नील के साथ यहाँ आई हो। जाहिर है, तुम नील के काफी करीब हो। इस लड़के और मेरे बीच में बहुत खूबसूरत रिश्ता रहा है। मैं इसे प्यार करती हूँ और मैं तुम्हें यह भी बता सकती हूँ कि यह भी मुझसे प्यार करता है···" आर्या बोलती ही जा रही थी।

धान्या ने उसे बीच में ही रोक दिया। "ये सब तुमने शुरू किया है। मैं यहाँ पूछताछ के लिए नहीं आई हूँ। और यह तुम्हारे ड्रग्स के साथ पकड़े जाने के बारे में नहीं है।"

आर्या अपने तीखे स्वर से धान्या पर हावी होना चाहती थी। मैंने अपनी जिंदगी में किसी को पुलिसवाले के साथ इस तरह से बात करते हुए नहीं सुना था। मुझे समझ नहीं आया की धान्या आर्या के साथ ऐसा साधारण बरताव क्यों कर रही थी?

"धान्याजी, मैं आपको एक कहानी सुनना चाहती हूँ।" आर्या ने कहा। "बहुत वर्षों पहले 'अ' नाम का एक राजा था। मैंने नाम को अक्षर इसीलिए बना दिया है, ताकि आप मध्यकालीन इतिहास में जाने की बजाय कहानी का मजा लें। अ अपने क्षेत्र का अत्यंत शक्तिशाली व्यक्ति था। वह एक बहादुर और वीर योद्धा भी था। वह कभी किसी से नहीं डरता था। उसकी चार पत्नियाँ थीं। मेरा मतलब है—रानियाँ। वह चारों से एक समान प्रेम करता था। उन चारों के साथ एक समान समय बिताने

का वह भरसक प्रयास करता था। वह अपनी प्रजा का बेहद प्रिय था। वह किसानों के कर्ज माफ कर देता था। भगवान् भी उस राजा से सदैव प्रसन्न रहते थे, इसीलिए कभी भी उसके राज्य में कोई प्राकृतिक आपदा नहीं आई। उसके राज्य की जमीन भी खनिजों से भरी पड़ी थी। उसके राज्य की खनिज उत्पत्ति सबसे बेहतरीन थी। हीरे और सोने की कोई कमी नहीं थी। उसके अनाज भी सबसे उत्तम हुआ करते थे। अन्य राज्यों के राजा उससे बहुत ईर्ष्या करते थे। उन्होंने उसके खिलाफ एक होकर युद्ध में उसका राज्य जीतकर बाद में आपस में बाँट लेने की सोची। इसी प्रकार वे उस राज्य की संपत्ति में हिस्सेदार बन सकते थे। वे सब युद्ध की तैयारियों में लग गए। राजा अ युद्ध के लिए तैयार नहीं था, क्योंकि उसने कभी किसी का अहित नहीं किया था। अत: वह एक सामान्य जीवन व्यतीत कर रहा था। फिर एक दिन अचानक उसकी सेना ने ऐलान कर दिया कि पड़ोस के सभी राजाओं ने उनके राज्य पर आक्रमण कर दिया है। राजा के पास बहुत बड़ी सेना नहीं थी। उसने अपने आप को भगवान् के समक्ष समर्पित कर दिया। अगले ही पल उसके दुश्मन वापस लौटने लगे। भगवान् ने अपने दूत भेजे थे। उन्होंने अपने दूतों और संदेशवाहकों द्वारा उनकी सेना पर आक्रमण करने की घोषणा की। उस घोषणा में कहा गया कि जहाँ एक तरफ उन सभी राजाओं की सेना इस अच्छे राज्य पर आक्रमण करने जा रही है, वहीं राजा अ की सेना उन सब के राज्य की ओर कूच कर चुकी है और अब उन्हें अपना खजाना, अपनी रानियाँ और अपनी जमीन—सबकुछ गँवाना पड़ेगा। इसके बाद इतनी तेज बारिश होगी कि उनकी पूरी सेना उसमें बह जाएगी। नदियों में बाढ़ आ जाएगी। उनकी लाश को चील-कौवे खाएँगे, क्योंकि वे भी अपने राजा के वफादार थे। इन सबसे डर कर उन्होंने ग्लानि और शर्म से वापस लौटने का निर्णय किया। अब यह मानते हुए कि तुम एक बुद्धिमान औरत हो, आशा करती हूँ कि तुम्हें इस कहानी का सार समझ में आ गया होगा। यदि आप एक अच्छे इनसान हैं तो ऊपर एक रखवाला जरूर है, जो आपको दुश्मनों के हर अत्याचार से बचा लेगा।"

"बेहतरीन कहानी, कुमारी आर्या। अब हम कलयुग में हैं। वैसे भी मैं तुमसे बस कुछ सवाल पूछूँगी। हम इसे साधारण ही रखते हैं।"

"पूछो, क्योंकि मैं हमेशा नील की मदद करूँगी।"

"गौरी के अपहरण की चिट्ठी तुम्हें खुद भेजने की जरूरत क्यों महसूस हुई? अगर तुमने इसके लिए किसी पेशेवर को रखा होता तो खुद ही यह कर देते।"

"तुम्हारे पास क्या सबूत है?"

"जरूर चिट्ठी तुमने भेजी है, उसे जरा ध्यान से देखो। इसके किनारों पर नजर डालो। ये पीले हो चुके हैं। मैं जिम के मैनेजर से बात करने वहाँ गई थी। हमें वहाँ इसी तरह के कागजों का एक ढेर मिला था, जो उसकी मेज पर रखा था। तुमने कागज का एक टुकड़ा फाड़ लिया और यह बच्चों वाले खेल खेलने लगी। एक 19 साल की लड़की से भला और मैं क्या उम्मीद करूँ, जो हर वक्त नशे में रहती है?"

"क्या बकवास है? मुझे जरा सा भी अंदाजा नहीं मिल पा रहा है कि तुम क्या बात कर रही हो। उसके बारे में मैनेजर से क्यों नहीं बात करती और मैं नशा नहीं कर रही हूँ...यह कोई नशे की चीज नहीं है...तुम..."

"मैं सबकुछ समझ चुकी हूँ, आर्या। तुम्हारा खेल खत्म हो चुका है।" धान्या ने दहाड़ते हुए कहा।

इसके पहले कि धान्या आगे कुछ कहती, उसे एक फोन आया, जिसके बाद उसे वहाँ से फौरन निकलना पड़ा। जब वह लगभग दौड़ते हुए घर से निकल रही थी, उसने पीछे मुड़कर आर्या से कहा, "शहर छोड़कर बिल्कुल मत जाना और हाँ, अपना फोन चार्ज कर लो और उसे ऑन रखना।"

धान्या को विश्वा ने फोन किया था। उसके पास कुछ जरूरी जानकारी थी। उसके लोगों ने सी.सी.टी.वी. की पड़ताल करने के बाद कुछ सुराग निकाले थे, जिसे देखकर मेरा शरीर ठंडा पड़ गया।

"यह विश्वास करने लायक नहीं है, भला ऐसा वह क्यों करेगी?"

"मुझे नहीं पता, नील। इस पर एक-एक करके विचार करते हैं। यह वैसा तो नहीं है, जैसा हम सोच रहे हैं। यह कुछ और ही है। मुझे नहीं लगता है, इसे सुलझा पाना इतना आसान काम होगा।"

"ऐसा मत कहो, धान्या। अगर तुम ही उम्मीद छोड़ दोगी तो मेरा क्या होगा?"

"देखो, विश्वा की बताई जानकारी पर, मेरे लिए इतिश्री को पकड़ लेना बड़ा ही आसान होगा। मैं उसके साथ कड़ा बरताव कर सकती हूँ, मगर मैं ऐसा करना नहीं चाहती। मैं बल प्रयोग नहीं करना चाहती हूँ। यह सोचते हुए कि गौरी सचमुच किसी बड़ी मुसीबत में है, मैं उस पर खतरा और बढ़ाना नहीं चाहती हूँ।"

फरियास रिसॉर्ट, लोनावला

चिट्ठियाँ जारी रहीं। उसने एक नई चिट्ठी लिखनी शुरू कर दी। और इस बार यह उसकी डायरी में नहीं लिखी थी। यह एक ए फोर साइज के कागज पर लिखी

थी। लगता है, उसे पहले से मालूम था कि उसे क्या लिखना है—

प्यारे नील, मेरे नील,

मैं यहीं हूँ, फिर से वापस। मैं तुम्हारी तसवीर से 10 मिनट के लिए अलग हटी थी। ऐसा लगा, मेरी दुनिया उथल-पुथल हो गई। तुम्हारी कितनी खूबसूरत तसवीर है यह! तुमसे मेरा मन कभी भी नहीं भरता। कृपया मुझे कभी छोड़कर मत जाना। कृपया मुझे कभी आर्या के लिए छोड़कर मत जाना। तुम्हारे और उसके बीच में जो कुछ भी था, अगर तुम मुझे आकर सब सच-सच बता दोगे तो मैं तुम्हें माफ कर दूँगी। मैं तुमसे पूछूँगी नहीं। तुम्हें खुद आकर मुझे बताना होगा। मैं नहीं चाहती कि तुम्हारे शरीर से उसका गंध आए। मैं नहीं चाहती कि तुम्हारे होंठों में उसका नाम छुपा हो। मैं नहीं चाहती कि तुम्हारे दिल को यह कभी भी याद आए कि वहाँ कोई और भी था, जो तुम्हारे साथ रहता था। मैं जानती हूँ कि इस वक्त मैं बहुत ज्यादा स्वार्थी हो रही हूँ, मगर अब ऐसा ही है। मैं नहीं जानती हूँ कि यहाँ आना एक सही निर्णय था या नहीं, मगर मैंने यह कर लिया। मैं इस परिस्थिति में फँस चुकी हूँ। मैं अपने मन को समझा नहीं पाई। मैं अपने दिल को नहीं समझा पाई। मैं नहीं कर पाई¨

गौरी फूट-फूटकर रोने लगी। वह निस्संदेह बुरी तरह से टूट चुकी थी। ऐसा लगता था, उसका दिमाग काम नहीं कर रहा है। किसी अदृश्य शक्ति ने उसके ऊपर जादू कर दिया था। कुछ ऐसा, जिसे वह खुद नहीं समझ पा रही थी। या फिर यूँ कहें कि उसे समझाया नहीं जा सकता था।

नील, मेरे बच्चे, मुझे तुम्हारी जरूरत है। मुझे कभी छोड़कर मत जाना। आशा करती हूँ, तुम खुश होगे, जब मैंने तुम्हें बच्चा कह दिया है।

जब वह बिस्तर पर लेटी हुई थी, तो उसने पिछले कुछ दिनों में नील और अन्य लोगों के साथ बिताए अपने पलों को कागज पर लिखने की सोची। हाँ, अन्य लोगों के साथ बिताए पल उसकी आज की परिस्थिति के लिए काफी महत्त्वपूर्ण थे।

~※~

इन सब की शुरुआत 7 दिन पहले

उस दिन सुबह ठंडी हवाएँ चल रही थीं। बारिश दो दिन पहले ही रुक चुकी थी। उसके प्रभाव से हवा में थोड़ी ठंडक थी। सूरज ने आँख मिचौली खेलना

शुरू कर दिया था। उसका भाव हालाँकि चमकीला ही था। नील ने मुझे कॉलेज छोड़ा और वह खुद प्लैनेट एम चला गया। उसे मेरे लिए कुछ संगीत और कुछ मूवीज खरीदनी थीं। मैंने उसे जैपलिन, वैन हेलन, ए.सी. डी.सी. एल्बम की सूची दी थी। पहले तो वह आश्चर्यचकित हो गया था। एक लड़की, जिसे कैसाब्लांका और ब्रायन एडम्स और फिल कॉल्लिंस पसंद हो, उसे अचानक तेज आवाज वाले गाने पसंद आने लगे थे। मैंने उसे बताया कि अब मैं वयस्क हो चुकी हूँ। इसलिए अब मैं यह सब करूँगी, अब मैं जीवन में भारी संगीत सुनूँगी। हालाँकि मैं वजन के लिहाज से भी थोड़ी भारी हो चुकी थी। मेरे चेहरे पर थोड़े मुँहासे हो आए थे, मेरी त्वचा टूट रही थी। हालाँकि उन पर कोई दाग नहीं थे। यह पहली बार था, जब मेरी त्वचा में मांस चढ़ रहा था। इसलिए हो सकता है, ये दाग बाद में आते, जब मैं वजन कम करती। मैं वाकई अपना वजन कम करना चाहती थी। मैं उसको लेकर खुश नहीं थी। संगीत, सिनेमा और मेरा साथी—ये तीन थे, जो मेरा जीवन सजा रहे थे। इस वक्त तक कभी भी मेरे मुँहासों या मेरे मोटापे ने मुझे बहुत ज्यादा चिंतित नहीं किया था। बस, थोड़ा सा ऐसे किसी जवान लड़की के साथ होता है। तो, भारी-भरकम संगीत के लिए अपना मन बदलना बस रातोरात उठने वाली कोई जिज्ञासा नहीं थी, जो वयस्क होने पर होती है। यह दबाव भी था और वह चीज भी, जो एक कॉलेज जानेवाली लड़की के साथ होती है। उस दबाव का आभास भी था। मैं तो असम के गुवाहाटी से आई हुई एक लड़की थी। अब मैं पुणे में रहती थी। यह नए जमाने के लोगों का गढ़ है। इसलिए मुझे थोड़ा समायोजन भी करना पड़ा और मुझे मेरे साथी को मोहित भी करना था। मेरा अंदाज, मेरा व्यक्तित्व, कला, संस्कृति और आडंबर से पूर्ण है। आडंबर तो पढ़ाई-लिखाई या परिवार से नहीं मिलता। इसमें समाज का भी उतना ही योगदान होता है। और फिर मैं वह बन गई, कमजोर, उद्यमी, एक खोजी।

आर्या मुझे दिन के समय में मिली थी। उसके बाद जो हुआ, वह थोड़ी देर में पता चलेगा। अब जो मैं लिख रही हूँ तो अब सीधा संबोधन तुम्हें होगा नहीं। इसका मैं भरसक प्रयास करूँगी।

वह शाम, सबसे मजेदार शाम थी। मैं रोमांच की ओर खिचा चला जा रहा था, अवास्तविक रूप से। मुझे नहीं पता था कैसे, मगर यह विशुद्ध और पूर्ण आनंद था। शायद शुद्ध नहीं और शायद सही भी नहीं। हर वह चीज, जो सही होती है, आपको जीवित होने का एहसास नहीं दिला सकती है। सही होना घर की चहारदीवारों के

अंदर ठीक है। अगर जवाब बाहर होते हैं, आप इन चीजों की ओर खिंचे चले जाते हैं, जो शायद सही न हो। जैसे मेरी तेज गाड़ियाँ। जैसे मेरे वह मजेदार खेल। यह उससे भी थोड़ा ऊपर ही था। मुझे तुम्हारे साथ बेतहाशा खुशी मिलती थी, नील। मुझे एक अलग मजा मिलता था। तुम्हारी भूतपूर्व प्रेमिका का शुक्रिया। उसने और मैंने अभी तक गाँजे के कुछ कश लगा लिये हैं। और कुछ से मेरा मतलब है सचमुच कुछ। शायद लगभग हर दिन। तुम्हारी गैर-मौजूदगी में, रात के किसी समय में और कभी-कभी तो दिन में भी। तुम्हारी मौजूदगी में मैं जिम के शौचालय में जाया करती थी। मेरा यकीन करो, इसमें मौसम की भविष्यवाणी करने से और मूवी देखने से भी ज्यादा मजा है। मैं एक अलग दुनिया में थी। सबसे ऊपर। बिल्कुल नीली।

जब इतिश्री मुझे मनाला क्रीम की वह कहानियाँ सुनाया करती थी तो मुझे आश्चर्य होता था कि आखिर लोग ऐसा क्यों करते हैं? धीरे-धीरे मुझे यह सोचकर आश्चर्य होने लगा कि लोग ऐसा क्यों नहीं करते हैं। इसीलिए यह जो नुकसान हुआ है, यह एक रात में नहीं हुआ। दरअसल, यह किसी दर्द भरी कहानी से शुरू नहीं हुआ था। यह तो खुशी से शुरू हुआ था। जब आपके जीवन में वह लड़का हो, जिसे आप पागलों, दीवानों की तरह दिल से प्यार करते हैं, तो इस बात की खुशी आपको जीवन को और भी बेहतर ढंग से समझने का अवसर देती है। हाँ, मुझे कई बार इस बात का भी आभास हुआ कि मुझे तुम्हें इसके बारे में बता देना चाहिए। यह सच है। मैं अपनी माँ की कसम खाकर कहती हूँ, नील। मगर फिर तुम और आर्या अलग ही तो इसीलिए हुए थे, क्योंकि वह भी यही सब करती थी। मैं तुम्हें खोना नहीं चाहती थी। इसीलिए यह नुकसान एक रात में नहीं हुआ और इसमें बहुत ज्यादा दिन भी नहीं लगे। इसमें तो बस एक लंबी रात लगी। उस रात, जब मैं पूरी तरह तैयार थी। दरअसल एक तरह से यह सबकुछ एक रात में नहीं हुआ, लगता है यह उस नशे का असर है। शुक्र है, इसकी मुझे लत नहीं लगी थी। मगर हाँ, मुझे खुशी की लत लग चुकी थी। मैं बीमार हो चुकी थी, क्योंकि मुझे और खुशी चाहिए थी।

ये तसवीरें बहुत ही बढ़िया थीं। मैंने उससे यह जानने की कोशिश की कि ये तसवीरें ले कौन रहा था। वह मुसकराई। वह यह भी कह सकती थी कि यहाँ टाइमर पर सेट था, मगर उसने ऐसा नहीं कहा। वह मुसकराती रही। फिर उसके बाद वह जोर-जोर से हँसने लगी और तब तक हँसती रही, जब तक हम घर नहीं आ गए। अपने पूरे जीवन में मैंने कभी ऐसा न देखा था और न सुना था। इसलिए मैंने भी वही करने का प्रयास किया। मैंने उल्टी कर दी। उसने उसे साफ किया। हम तब से

लौटकर उसके घर पर थे और रात वहीं बिताने वाले थे। उस पब में अब तुम दोनों के बारे में जानते थे, नील।

और वह आदमी तुम दोनों को जानता था। वहाँ पर मौजूद सबसे बढ़िया कपड़े पहने हुए लड़के भी तुम दोनों के बारे में जानते थे। मुझे बड़ा आश्चर्य हुआ। नहीं, मैंने यह सब जानने की कोई कोशिश नहीं की। यह तो अपने आप सामने आता गया। मुझे याद नहीं है कि कैसे मगर मेरा अंदाजा है कि इसकी शुरुआत मेरे कपड़ों से हुई। जो आदमी ऑर्डर के लिए हमसे पूछने के लिए आया था, उसे याद आया कि तुमने ऐसे ही कपड़े आर्या को भी उपहार में दिए थे। हाँ, नहीं शायद मैंने वही कपड़े पहने थे, जो तुमने मुझे उपहार में दिए थे। याद है, जो पीछे से थोड़े गहरे थे और जिनका रंग गहरा बैंगनी था।

क्या जादुई संयोग था! आर्या ने कुछ नहीं कहा। जरा सोचो, उस मैनेजर को यह सब याद था। तो यह कुछ विशेष नहीं था। तुमने वह जगह किसी खास मौके के लिए सुरक्षित कराई थी। उसने अपना आश्चर्य प्रकट किया, मैंने आर्या की ओर थोड़ा आश्चर्य से देखा।

क्या यह थोड़ा अजीब नहीं है कि एक मैनेजर को तुम्हारे कपड़े याद हों। मेरा मतलब है, ऐसा कौन करता है? तुम किसी रेस्तराँ के मैनेजर के साथ इतना खुलकर और मुक्त होकर कैसे बात कर सकते थे। इन सारे लोगों में···वह मैनेजर। मैंने उस पूरे विचार को त्याग दिया और आर्या की गैर-मौजूदगी में उस आदमी को खूब खरी-खोटी सुनाई। मैं और भी बहुत कुछ कहना चाहती थी, लेकिन वहाँ से आर्या ने अपनी बात शुरू कर दी।

"अरे मेरी प्यारी गौरी, इन सब के पीछे एक कहानी है। इस कपड़े पर मैंने अपनी शराब गिरा दी थी और यह मैनेजर बिल्कुल बगल में खड़ा था। मैंने खूब हो-हल्ला किया था।"

"अच्छा, तो इसीलिए यह सबको याद है?"

"हाँ, और इसके अलावा इसलिए भी कि मैं यहाँ पर काफी बार आ चुकी हूँ।" आर्या ने थोड़ा जोर देकर कहा।

मुझे याद है कि मैं इस बारे में कितना सोच रही थी? मेरे पास विकल्प था—या तो मैं वहाँ से उठकर चली जाती या उस जगह पर और रम जाती। अगर मैं चली गई होती तो तुम्हें घुटती रहती। इसीलिए मैं वहाँ रुक गई, क्योंकि मुझे मालूम था कि अगर मैं वहाँ रम गई तो मुझे और भी खुशी मिल सकती है।

"तो आर्या, नील ने मुझे बिल्कुल वही कपड़े दिए हैं, जो तुम उसके घर पर छोड़ आई थी।"

"मैं इसके बारे में बहुत कुछ नहीं कहूँगी। चलो, कुछ और बात करते हैं। मैं तो यहाँ तुम्हें खुश करने आई हूँ।"

उस पल के बाद वह मेरे और नजदीक आती गई और हम दोनों बहुत अच्छे दोस्त बन गए। शराब हमें नजदीक ले आई थी, उसके बाद होनेवाले सिर दर्द और भी नजदीक ले आए और फिर उस मनाला क्रीम ने हमें एक-दूसरे के बिल्कुल करीब कर दिया।

तो यह सब इसी प्रकार शुरू हुआ। मैं खुशी-खुशी इन सब में डूब रही थी। पूरी तरह से।

आर्या एक अमीर बिगड़ैल लड़की थी। मैं अमीर तो थी, पर बिगड़ैल नहीं। मेरा मतलब है, अपने पैसों से तो बिल्कुल नहीं। और हर वह चीज जो मुझे बिगाड़ सकती थी, मुझे अभी तक उनकी लत नहीं लगी थी।

शाम के खत्म होने तक मुझे तुम्हारी ओर से सात संदेश मिल चुके थे। मैंने उनकी ओर ऐसे देखा मानो वे प्यार के मोती हों। मैं तुमसे उस कपड़े के बारे में पूछना तो चाहती थी, मगर मैं रुक गई। तकरीबन 7 बार। हर संदेश मुझे उकसावा दे रहा था, मगर मेरा अंतर्मन मेरे ऊपर हावी होकर मुझे रोक रहा था। और इसके अलावा मैं अपना खुशनुमा माहौल खराब नहीं करना चाहती थी। मैं उन लोगों में से नहीं हूँ, जो कभी भी और कहीं भी अपना मूड खराब कर ले। मेरे अंदर धीरज है। मैं तुमसे बाद में पूछ तो सकती थी, मगर इस बीच कुछ और ऐसा हो गया, जिसकी वजह से मैं तुमसे यह पूछ नहीं पाई। दरअसल बाद में बहुत कुछ हुआ।

पहले तो मुझे लगा कि वह नशे में है, मगर फिर वह जोर-जोर से पागलों की तरह हँसने लगी। यह तो साफ हो गया था कि वह गंभीर नहीं थी

अगली रात आर्या के साथ होनेवाली बातचीत इतनी सहज नहीं थी। जब वह मुझे दोपहर में मिली तो पहले तो मैं आश्चर्यचकित हो गई। उस मुलाकात से नहीं, बल्कि शाम के प्रस्ताव से मेरे मन में कई सारे सवाल थे। मगर फिर मैंने यह सोचा कि वह तुमसे तो बात करने लगी है। मैं तुम पर किसी छोटे शहर की उस पागल गंदी और अपना आधिपत्य जमाने वाली लड़की की तरह सीखना चाहती थी, जिसे इस पूरे प्रकरण में कुछ गड़बड़ नजर आ रही हो। मगर अपने अंदर के इस आग भरे भाव को मैंने एक ठंडी लहर और मुसकान में बदल दिया। यह देखकर तुम भी

मुसकराए। तुम शायद यह इशारा कर रहे थे कि आर्या से मेरे बात करने पर तुम्हें कोई दिक्कत नहीं है, जबकि गधे, मैं तो यह चाहती थी कि तुम भी उस बातचीत में शामिल हो क्योंकि मुझे अच्छा नहीं लग रहा था। बस, एक चीज जो मुझे आगे की ओर ले जा रही थी, वही मेरी अपनी असुरक्षा को छुपा लेने की कला। जैसा कि मैं पिछले 7 वर्षों से करती आ रही थी।

उसने मुझे जोर से गले लगाया। यही वह वक्त था, जब उसका गंध मेरे मन में बैठ गया। जैसे-जैसे हम बातचीत में आगे बढ़ते गए, मुझे वह बेहद सामान्य लगी।

"गौरी, मैं तुम्हें यह बताना चाहती हूँ कि अगर तुम्हें कभी भी किसी चीज की जरूरत हो तो तुम्हारा दूसरा स्वरूप यहाँ मौजूद है। मुझे मालूम है, वह इतिश्री है और मैं उसकी जगह नहीं लेना चाहती, मगर फिर भी कभी यह मत सोचना कि तुम मेरे लिए किसी भी रूप से कमतर हो।

"आज के जमाने में ऐसे शब्द सुनना काफी दुर्लभ है और मुझे दुर्लभ चीजें पसंद हैं। इसीलिए मेरे तमाम साथियों में मुझे तुम सबसे ज्यादा पसंद हो। वह तो यहाँ के सबसे दुर्लभ लोगों में से है। मैं तो बस यही उम्मीद करती हूँ कि अंततः तुम एक अच्छी इनसान साबित होगी।

"आर्या, मैं नहीं जानती कि यह सब किस-किसके बारे में है, मगर मैं तुम्हारे साथ एक सामंजस्य महसूस कर सकती हूँ।

"हाँ, जरा एक बार फिर से कहना। मैं तो दोस्ती के लिए हमेशा लालायित रहती हूँ, तुम्हें पता है, गौरी, मैं यहाँ पर बहुत सारे लोगों के साथ घुल-मिल नहीं पाती। मेरे कई दोस्त लड़के हैं, क्योंकि वे मासूम हैं। लड़कियाँ मुझसे जलती हैं। मुझे सचमुच नहीं पता, क्यों? मगर वे जलती हैं। यह थोड़ा अजीब है न कि मैं अपने पूर्व प्रेमी की प्रेमिका के साथ इतनी घुल-मिल गई हूँ। खैर, मैं तो अजीब हूँ ही।

"वहाँ बस हम दोनों ही थे। मैंने यह बात इतिश्री से भी छुपा ली थी, क्या तुम सोच सकते हो? मैंने यह बात उससे भी छुपाई। आर्या ने भी खुद को मेरा विपरीत स्वभाव कहा था। मैंने यह सब छुपा लिया। हाँ, उस वक्त यह सब बहुत उलझा हुआ महसूस नहीं हुआ मुझे। अब मुझे थोड़ी ग्लानि जरूर है...और इस मोड़ पर मैं यह सब लिख रही हूँ। मुझे ग्लानि महसूस हुई कि मैं अपने मनोभाव छुपा रही थी।

"मैं भी अजीब हूँ। मुझे लगता है कि तुम बहुत हमवार और दोस्ती करने लायक हो। मैं उम्मीद करती हूँ कि तुम मुझे मिलकर, इस बारे में कुछ संकेत भी दे सकती हो। हा-हा, मजाक कर रही हूँ।"

आर्या मेरे नजदीक आई और धीरे से उसने मेरे कानों में कहा, "आज रात को।"

वह मेरे कानों के पास इतनी देर तक खड़ी रही कि मुझे अंदर से जिज्ञासा होने लगी

"क्या है आज रात को।"

"यह तुम्हारे लिए यादगार रहेगा। तुम अपने प्रेमी के बारे में इतना कुछ जान जाओगी, जितना तुम पूरे साल में नहीं जान सकती हो।"

"यह तो बड़ा ही उत्तेजक मालूम पड़ता है।"

"क्योंकि या तो तुम उसके बारे में और जान पाओगी या फिर तुम मेरे साथ समय गुजार पाओगी।"

मैंने उसकी बात हँसकर टाल दी, इसीलिए शाम में जब वह कपड़े वाली घटना हुई तो यह कोई सुनियोजित खोज नहीं थी या तो महज एक बुरा संयोग था, जिसका स्पष्टीकरण अभी भी बाकी था। यह एक ऐसा अधिकार था, जिसका मैं उपयोग कर भी सकती थी और नहीं भी।

मैं तुमसे पूरे दिन नहीं मिल पाई। बस, तुमने दोपहर में एक बार हाथ हिलाकर मेरा अभिवादन किया था। तुम अपने कॉलेज के कामों में व्यस्त थे। मैं अपनी मस्ती भरी जिंदगी में व्यस्त थी। कुछ हद तक तो नहीं, मगर उससे कम भी नहीं।

आर्या ने बहुत सारी चीजों की भरपाई करने की कोशिश की। उसे जरूरत नहीं थी, मगर फिर मुझे ऐसा लगा कि शायद वह अगले 2 दिन के तुम्हारी गैर-मौजूदगी की भरपाई करना चाहती थी। शायद यही उसका प्रेम था। मैं यह देख पा रही थी। उसने मेरे चेहरे के लिए क्रीम का डिब्बा मुझे उपहार में दिया। मुझे मालूम था कि यह हिंदुस्तान में नहीं मिलता है। मैं उसके इस कृत्य से अभिभूत थी। उसने मुझे यह डिब्बा तब दिया, जब हम उसके घर की ओर निकलने वाले थे। इसकी वजह से हमें गाड़ी के बाहर कुछ समय साथ बिताने का मौका मिला। हम बातें करते रहे और करते रहे। हम थोड़ा हँसे भी। हम थोड़े नशे में थे, मैंने उसका हाथ पकड़ा और उससे पूछा कि क्या मैं तुम्हें चूम सकती हूँ। उसने मुझसे कहा, "जितना तुम चाहो प्रिय, मैं इसके लिए पैसे नहीं लूँगी।"

मैंने उसकी हथेलियों को चूमा। मानो मैं अपनी जिंदगी में आने के लिए उसका शुक्रिया अदा कर रही थी। उसने मेरे गालों पर अपने होंठ टिका दिए। मैंने भी उसके गालों को चूम लिया। उसने मुझे गले लगाया और एक ऐसी बात कही, जिसे मैं कभी नहीं भूल पाऊँगी। एक ऐसी बात, जिसने मुझे झकझोर कर रख दिया। एक

ऐसी बात, जिससे मेरी आँखों से आँसू निकलने लगे। थोड़ी सी शराब पीने के बाद मनोभाव ऐसे ही प्रदर्शित होते हैं।

"ईश्वर तुम्हें वह सारी मजबूती और सकारात्मकता दे, जो इस ब्रह्मांड में उसके पास है।"

"तुम मुझे इतना क्यों पसंद करती हो, आर्या? तुम हमेशा मेरे लिए कुछ-न-कुछ करती रहती हो। तुम हमेशा मुझसे इतना अच्छा बरताव करती हो और बदले में मैंने तुम्हारे लिए अभी तक कुछ भी नहीं किया।"

"क्योंकि मुझे ऐसा लगता है कि तुम वह एकमात्र लड़की हो, जो मुझसे कुछ चाहती नहीं हो। तुम वह एकमात्र लड़की हो, जिसके मन में मेरे लिए न जलन है और न ही प्रतियोगिता की भावना। और आखिर में सबसे बड़ा कारण यह है कि तुम नील से इतने समय से प्यार करती रही, फिर भी जब तुम यहाँ पर आई, सुना, तुमने न कुछ किया और न ही कुछ कहा। मैंने तुम्हें देखा था। कई बार जब तुम नील की बगल से गुजरती थी, मगर उसके आगे कुछ भी नहीं किया तुमने। तुमने मुझे बहुत प्रभावित किया है। कुछ और भी जानना चाहती हो?"

"हे भगवान्! सच में? मुझे यकीन नहीं होता कि किसी लड़की के मन में कोई निर्णय लेते वक्त इतना कुछ चलता रहता है। मैं तो इतना कुछ नहीं सोच पाती, बस उस पल की धारा के साथ बह जाती हूँ।"

"सामान्य अवस्था में मैं तुमसे इतना कुछ नहीं कह पाती, मगर अभी नशे में हूँ न···इसीलिए सच कह दिया।"

हम अपनी गाड़ी में बैठे और कुछ ही देर में आर्या के घर पहुँच गए। उसने मुझे इतिश्री को भी बुलाने का सुझाव दिया, मगर मैंने मना कर दिया। मैंने उससे कहा था कि आज मैं सिर्फ और सिर्फ आर्या के साथ रहूँगी और शायद उसकी उपस्थिति में उतना खुल न पाऊँ। इतिश्री को इससे कोई समस्या नहीं थी।

मैं उसके घर में बाहर के कमरे में रखे सोफे पर लेट गई। उसने मुझे सोने नहीं दिया और मुझसे कहा कि वह मुझे और भी खुशियों से परिचित कराना चाहती है। उसने मुझे ₹100 का एक नोट दिया, बिल्कुल वैसे ही जैसे उसने अपने हाथ में पकड़ रखा था।

"यह मजेदार है न? यही तो पागलपन है। जब हमारे यहाँ कई सारे लोग एक साथ इकट्ठा होते हैं तो फिर हम खा-पी सकते हैं", मगर यह चिलम बस हम दोनों के लिए है।"

परिदृश्य में एरोस्मिथ का संगीत हमारे लिए जादू का काम कर रहा था। मैं झूम रही थी और नाच रही थी। मेरे जैसे किसी के लिए कोई मुश्किल काम नहीं था, यह जिसने बहुत तेज गति में गियर बदले हो और चुटकी बजाते ही जो गायब हो जाती हो। आर्या अचंभित हो गई थी। पहले तो उसे विश्वास ही नहीं हुआ।

"तुम तो मेरी भी गुरु निकली, यार। धत्त् तेरे की, तुमने दो भर लिये और जबकि मैं तो अभी तक एक ही भर पाई हूँ।"

"अब यह मत कहना कि इसे पीना भी मुझे ही सिखाना पड़ेगा। मेरा खयाल है मैंने हॉलीवुड में लड़कों को ऐसा करते हुए देखा है। गुवाहाटी में भी टी.वी. आता है और यह सब चलता है।"

"प्रशंसनीय"

बहुत जल्द ही हम अंत तक पहुँच गए। मैं बहुत ज्यादा नहीं लेना चाहती थी, न ही पागल बनना चाहती थी। आर्या भी ऐसा नहीं चाहती थी।

"तो तुम नील के बारे में क्या जानना चाहती हो?"

"ईमानदारी से कहूँ, तो इस धरती पर सबसे खूबसूरत लड़के के बारे में जो भी जरूरी हो, वह सबकुछ।"

"तुम लाखों में एक हो, गौरी। तुमने 7 वर्षों तक उसको पाने का इंतजार किया है। जब हम अलग हुए, तब ईश्वर ने भी तुम्हारी ही तरफदारी की है।"

"आर्या, बताओ न···ईमानदारी से···तुमने उसे क्यों छोड़ा?"

"हाँ, इतने सारे कश लगा लेने के बाद तुम निश्चित ही सबकुछ जानना चाहोगी। तुम मुझे थोड़ा परेशान करोगी न?"

आर्या मुझे गुदगुदी करने लगी। उसके बाद जो उसने किया, उससे तो मेरा खून जम गया।

"मैं वैसा बिल्कुल भी नहीं हूँ, जैसा दिखता हूँ। वह बहुत ही शर्मीला प्रेमी है। वह कभी भी सबके सामने तुम्हें स्वीकार नहीं करेगा। वह अकेले में ही सबसे बढ़िया बरताव करता है।

"भले ही वह ऐसा आदमी लगता हो, जो बस एक ही औरत के साथ रह सकता है, मगर असलियत में वह ऐसा नहीं है। जब वह मेरे साथ था, उस वक्त भी वह घर पर दूसरी लड़कियों को लाता था। जरूरी नहीं कि अपने ही घर पर, अपने दोस्तों के घर पर या फिर बगल के छात्रावास में।"

"मुझे यकीन नहीं हो रहा है आर्या, तुम यह क्या कह रही हो?" मैं फौरन वहाँ

से उठ गई और कमरे में चक्कर लगाने लगी। असल में अब मैं उड़ने लगी थी। मुझे मालूम था कि मैं लड़खड़ा रही हूँ और मेरा तालमेल भी सही नहीं है, मगर मेरी समझने की शक्ति अभी भी बरकरार थी।

तुम्हारा मुखड़ा है जैसे सुबह की ओस
हर पल बनता जाता है यह ठोस
तुम्हारी यादें उन आह भरी दिवसों के बीच
मुझे झकझोर जाती हैं, झिझकते हुए मांस के बीच
तुम्हारा चेहरा एक सफेद सा सपना है, एक जलता हुआ आसमान है
गोला, मानो बढ़ रहा पर्वतों का तापमान है
मैंने इसकी चमक को खुद में आत्मसात् कर लिया है
इसके धधकते स्वप्न, इसकी गरमाहट को आत्मसात् कर लिया है।
उन ढलते हुए गालों पर मौजूद करुणा की परत
वह शिकन, जिसके आगे सूर्य भी हो रहा है अस्त
मैं तुम्हारी सुगंध में ही खोता रहता हूँ
क्योंकि तुम्हारी सुगंध ने मेरी हर समझ को धूमिल कर दिया है।
जो भी अब बचा था मेरे शरीर में
लुट गया है उन धारदार हरियालियों में
मैं कभी भी गिर सकता हूँ
मैं इन अकेले पलों में जी रहा हूँ
मेरी अंदर भी अब एक वियोग बस रहा है।
झरने, उछल और क्रंदन
टूटी हुई कोहनियाँ अब आसमान को उजाड़ रही हैं
इन अनायास कामनाओं में, इन प्रकट आकांक्षाओं में
सुर्ख लाल सपने, बाँहें, शरीर और क्षितिज
मेरा शरीर अब बस एक गुलाबी मांस का लोथड़ा है
डर से जमता हुआ और खुशी में उड़ता हुआ

मेरी ऊपर की ओर उठ रही ठोढ़ियाँ
फूल रही हैं
तुम्हारी ही साँसों को पी रही हैं।

उसे उन्होंने बंधक बना लिया है
हर मांस में, शरीर में, हर भाग में
जब तक कि तुम मेरे लिए जीवन से भी अहम हो।

मुझे मेरे अंदर एक अद्‌भुत खालीपन का एहसास हो रहा था। नशा अब छाने लगा था। मैं वापस सोफे की ओर लौट गई, क्योंकि मैं थोड़ा शांत होना चाहती थी। इसीलिए पागल होने की बजाय मैं शांत थी और आर्या से पूछती रही। वह नीचे जमीन पर लेटी हुई थी।

"वह एक भँवरा है। अगर मैं तुम्हें यह बताऊँ कि वह अभी भी मुझमें दिलचस्पी लेता है तो यह सुनकर हैरान मत हो जाना। तुम्हारी अनुपस्थिति में अभी भी मुझे अपने घर पर बुलाता है। तुम्हें धोखा देने के लिए मैं माफी चाहती हूँ, मगर अकसर मुझे यह लगता है कि अगर मैंने उसकी जरूरतों को पूरा नहीं किया तो वह मेरा भविष्य खराब कर सकता है। और यही कारण है कि मैंने उसे छोड़ दिया था। मगर भँवरी, तुम्हारे साथ मुझे पूरा यकीन है कि तुम उसे वापस सही रास्ते पर ले आओगी। हालाँकि जब हम मिलते हैं तो वह तुम्हारे बारे में कोई भी बात नहीं करता।"

"और भी कुछ है? तुम्हें ऐसा क्यों लगता है कि अब मैं एक पल भी उसके साथ रहना पसंद करूँगी? क्यों? जब बात व्यभिचार की हो तो यह हो ही नहीं सकता कि मैं कोई समझौता करूँ। मुझे अभी उसके साथ कुछ दिन ही हुए हैं और मुझे ऐसा लग रहा था कि मैंने अपना स्वर्ग पा लिया है। मेरा मन हो रहा है कि मैं अभी उसे फोन करूँ और उसकी सारी खुशियाँ बरबाद कर दूँ।"

"नहीं, ऐसा हरगिज मत करना। गुस्से में कोई भी कदम नहीं उठाना चाहिए। नशे में कभी प्रतिक्रिया मत देना। वैसे भी वह कल यहाँ नहीं रहेगा। तुम अपनी योजना तब बनाना, जब तुम दुःखी न हो।"

मेरी मनःस्थिति वैसे भी ठीक नहीं थी। मैं आर्या से और भी बताने के लिए कहती रही। मैं रोती ही जा रही थी। मैं बड़बड़ाती रही। उसने मुझे कुछ और भी बातें बताईं, जो मुझे समझ में नहीं आईं। अब मैं भी उसके साथ जमीन पर थी और मेरे पैर उसके पैरों के ऊपर थे। मैं और वह बातें करते रहे, भगवान् जाने क्या-क्या? हम खिलखिलाते रहे थे। उसके बाद जो कुछ भी हुआ, वह मेरी याददाश्त से बाहर है। कितनी अजीब और डरावनी रात थी वह?

नील, अगर तुम मेरे आस-पास कहीं भी होते उस रात, तो शायद मैं तुम्हें जान

से मार डालती। शायद मैं यह सब बहुत खुशी-खुशी करती। किसी पिशाच की तरह मैं तुम्हारा सारा लहू पी जाती।

तुम शर्मीले प्रेमी हो, भाड़ में जाओ। इस बात ने तो मेरा सारा मूड खराब कर दिया, नील। मैं तुम्हारे साथ रह रही थी और मुझे यह अब समझ में आया कि क्यों शायद ही कभी तुमने मुझे छेड़ा, जबकि मैं तुम्हारे इतने करीब थी। आलिया और दूसरी लड़कियाँ तुम्हारी जरूरत को पूरा कर रही थीं। भाड़ में जाओ तुम!

अगले दिन का इंतजार ज्यादा लंबा नहीं था, उन पलों को छोड़कर जब मैं कश के धुएँ और आगोश में थी। मैं धीमे-धीमे गाना गा रही थी और ईमानदारी से बताऊँ तो यह टाइलर के उस 'क्रेजी' गाने की तरह थी। मुझे याद नहीं है कि मैंने कितनी दफा वह गाना मरदानी आवाज में गाया था।

और फिर नृत्य के वे कदम आदिवासियों की तरह थे। वह तो ठीक से याद नहीं है कि कैसे मैं गिर पड़ी थी, जब मेरे पैर आपस में उलझ गए थे, क्योंकि मेरे कदम मिल नहीं पाए थे। आर्या और मैंने पेंचकस से पैरों को अलग किया था। बाद में उन्हें चिकना करने के लिए उसने उनके ऊपर तेल भी लगाया।

उसके बाद मुझे नींद आ गई। मैं अपने पैरों के घावों की वजह से उठी थी, जो गिरने से नहीं बल्कि पेंचकस की नुकीली नोक के गहरे प्रभाव की वजह से हुए थे। मुझे तो शक हो रहा था कि मैं कभी गिरी भी थी। मेरी पीठ बिल्कुल सही आकार में थी।

आर्या भी झटपट जग गई और फिर हम लेमन ग्रास सुनने लगे।

"हे भगवान्! मेरा सिर भारी हो रहा है। तूने खाने में कुछ मिलाया था क्या? मुझे ऐसा लगता है कि तुमने उसमें कुछ-न-कुछ तो मिलाया था।" आर्या ने हँसते हुए कहा।

"तुम्हें मेरे पाँव पर यह खरोंच दिखाई नहीं दे रही है क्या?"

"गौरी, इसे एक बुरे सपने की तरह ही देखो। मुझे माफ कर दो, मुझे तुम्हें यह सबकुछ नहीं बताना चाहिए था।"

"अब तुम चुप रहोगी? अगर तुमने मुझे यह सब नहीं बताया होता तो मैं तुमसे दोस्ती तोड़ देती। तुम कितनी निस्स्वार्थ लड़की हो? इतिश्री तुमसे मिलकर बहुत खुश होगी।"

मैंने अगले दिन का इंतजार किया था कि कुछ और राज खुल सके। इन गहरी काली राशियों को छुपने के लिए एक जगह चाहिए थी। मैंने उन्हें अपने हृदय में

छुपाया था, कड़वाहट के पिंजरे में डालकर सुरक्षित।

कॉफी ने मुझे थोड़ी ताजगी दी। यदि मुझे आर्या के साथ बिताई हुई पिछली रात का आकलन करना हो तो मैं उसे 12/10 दूँगी। एक सर्वोत्तम अंक। आर्या के लिए दस। और दो अतिरिक्त जख्मों के लिए।

इसीलिए मैं बार-बार जिद करती रही। मैं एक बच्चे की तरह बरताव कर रही थी। उसने मुझसे वादा किया कि मेरे साथ जिम में दाखिला लेने के बाद वह मुझे और भी बहुत कुछ बताएगी। मैं ये दोनों ही बातें सुनकर बहुत खुश हूँ। मैं इस लड़की से वशीभूत हो चुकी थी।

तुमने मुझे कोई संदेश नहीं भेजा। मैंने भी तुम्हें कोई संदेश नहीं भेजा। मुझे नहीं मालूम कि तुमने मुझे संदेश क्यों नहीं भेजा···शायद तुम यह जानते थे कि मैं आर्या के साथ थी। फिर भी मुझे हैरानी हो रही थी कि तुम्हें इस बात से कोई परेशानी नहीं थी कि मैं आर्या के साथ थी, जो तुम्हारी पूर्व प्रेमिका थी। और मैं जो तुम्हारी वर्तमान प्रेमिका हूँ, उसके साथ समय बिता रही थी।

मुझे अपने फोन के साथ खेलते देखकर शायद आर्या ने मेरा मन पढ़ लिया था। "वह ऐसा ही है। जब इस तरह की बात होती है तो वह सबसे कम साहसी लोगों में से है। वह सबसे कम उत्तरदायी लोगों में से भी है। वह तुम्हें इतनी जगह देगा, जितनी तुम्हें जरूरत भी नहीं होगी। और ऐसा वह इसलिए करता है, क्योंकि इस जगह में उसे अपना प्यार मिलता है। वह वह सब करता है, जो वह करना चाहता है या फिर शायद कोई और लड़की भी हो सकती है। ठीक है गौरी, अब इसे जल्दी से भरो मुझे इसकी जरूरत है। जिम में मेरी मदद करने के लिए शुक्रिया। मुझे इसकी बहुत जरूरत थी। अब हम एक साथ जाएँगे।"

"अब चुप भी रहो। मैंने कुछ भी नहीं किया है, क्या मैं तुम्हारे लिए थोड़ा सा पाँव गरम कर दूँ या ऐसे भी चलेगा। और जेकब क्रीक्स या फिर यह मरलोट···"

"मुझे थोड़ा सा जेकब उड़ेल कर दो। अच्छा अब देखो, माइक्रोवेव की दाएँ ओर जो तख्तियाँ बनी हैं, तुम्हें वहाँ फ्रेंच गिलास दिख रहे हैं?"

शाम में इतिश्री भी हमसे मिलने वाली थी। उसकी कोई बहन आई हुई थी, मुझे नाम याद नहीं आ रहा। मैहर, मेरा खयाल है। वह उसे हवाई अड्डे पर छोड़कर वापस लौटते वक्त हमारे पास आनेवाली थी। यह दूसरा मौका था, जब मैं उसके बगैर किसी चीज में लिप्त हो रही थी। यह सारा रोमांच मेरे लिए बहुत नया था।

"हाँ, मैं तुम्हारी गैर-मौजूदगी में अकसर तुम्हारे घर आती हूँ। मैंने यह बात

तुमसे कल भी कही थी और आज दोहरा रही हूँ। मैं वहाँ जाती हूँ।"

"जब तुम अपने घर वापस जाओगी और तुम्हें वहाँ नहीं मिलेगा तो तुम्हारे पास एक विकल्प होगा कि तुम मुझसे सीधे तौर पर पूछो या फिर मैं तुम्हें कोई सबूत दूँ, जिसे तुम उसे दिखा सको या फिर जो भी तुम करना चाहो, तुम्हारी मरजी है। यह मैं तुम्हारे ऊपर छोड़ती हूँ। मुझे अभी भी लगता है कि उसे थोड़ी दिशा-निर्देशन की जरूरत है और तुम उसे सही कर सकती हो। इस मामले को बड़े ही ध्यान से सुलझाना होगा।

"ठीक है भूल जाओ, सबकुछ भूल जाओ। अब मेरी बात ध्यान से सुनो। नील ने मुझसे कहा है कि वह भी मुझसे प्यार करता है। अब सुनो, बाबू। मेरे हर शब्द को बड़े ही ध्यान से सुनो।

"बताओ, आर्या। बस बता दो। सबकुछ अभी बता दो। कल के लिए इंतजार मत करो। मुझे सबकुछ जानना है···अभी इसी वक्त। अभी, मतलब अभी।"

"नील ने मुझसे कहा कि वह मुझसे अभी भी प्यार करता है। मैंने उससे भूतकाल में हुई हर घटना के लिए पूछा। मैंने उससे पूछा कि उसने मेरे साथ धोखा क्यों किया। वह तुम्हारे साथ क्यों रहने लगा। उसने मुझसे कहा कि उसे वैसे भी इसमें कोई खास दिलचस्पी नहीं है। तुम्हारे और उसके बीच कोई संबंध नहीं है और यह भी कि भूतकाल में उसने कभी मुझे धोखा नहीं दिया था। मैं जानती थी कि वह झूठ बोल रहा है, मगर मुझे नहीं मालूम कि जब उसने मेरे कानों को चूमा तो मैंने कैसे खुद को रोका। मैंने आत्मसमर्पण कर दिया। फिर अगले दिन मैंने देखा कि वह तुम्हारे साथ कितना सामान्य बरताव कर रहा है, इसलिए मुझे थोड़ा अजीब लगा और मैं यह सब बंद कर देना चाहती थी। फिर जब मैंने तुम्हारी मासूमियत को देखा तो मुझे अंदाजा हुआ कि इन सब में कुछ-न-कुछ तो गड़बड़ी है। बस, यही बात है। मुझे लगा कि मेरा तो बस इस्तेमाल हो रहा है और इसके पहले कि इसमें बहुत देर हो जाए, मैं चाहती हूँ कि तुम उसे नियंत्रित करो। मैं उसके साथ किसी भी तरह के संबंध में नहीं रहना चाहती। सब खत्म हो गया है, मगर तुम्हारे लिए मुझे लगता है, अभी भी मौका बचा है।

"मैं समझ रही हूँ। मैं उससे कुछ पूछना नहीं चाहती। वह इतने सारे कारण और बहाने गिना देगा कि मुझे कभी सच्चाई का पता भी नहीं चलेगा। हाँ, मैं उसकी जान जरूर लेना चाहती हूँ, क्योंकि मैं उससे बहुत प्यार करती हूँ। उसकी जान लेने के बाद मैं खुद को भी खत्म कर दूँगी। ऐसी जिंदगी का क्या फायदा?"

आर्या चुपचाप बैठी रही। वह नीचे जमीन को देखती रही। उसने एक बार भी अपना सिर ऊपर नहीं उठाया। मैं उसको गौर से देखती रही। मुझे समझ नहीं आया कि उसके साथ क्या हो रहा है? फिर उसने मेरा हाथ अपने हाथों में लिया और मुझसे कहा, "क्या सोच रही हो तुम?"

"पहले तो मैं डर गई थी। तुमने अचानक बात करना बंद कर दिया। नहीं, इस बात पर सामान्य तौर पर सोचकर कोई फायदा नहीं है। यह इतना आसान नहीं है। अगर मैं उसे कुछ कहूँ तो वह झूठ बोल देगा और मैं हमेशा के लिए उसे खो दूँगी। इस बात की क्या गारंटी है, अगर मैं उसे कह दूँ तो उसके बाद वह तुम्हारे पास नहीं आएगा। मुझे यह कैसे पता चलेगा कि वह मुझसे सच में प्यार करता है या नहीं? मेरा मतलब है, अब पता करने को कुछ बाकी ही नहीं रहा। हे भगवान्! यह कैसा भ्रम है? क्या वह कभी तुम्हें छोड़ पाएगा?"

आर्या चुप ही रही। मेरा नशा बढ़ता ही जा रहा था, उस वक्त ऐसा लग रहा था मानो आर्या को भी नहीं पता कि उसे क्या चाहिए। हालाँकि मुझे यह बात अच्छी तरह से मालूम थी कि मुझे तुम उस प्रकार से चाहिए थे, जिस प्रकार मैंने तुम्हें चाहा था। उसकी एक बात जो मुझे तुम्हारे पास इन सवालों के साथ आने से रोक रही थी, वह यह कि इनमें यदि थोड़ा भी असत्य हुआ तो तुम मुझे छोड़ दोगे। मुझे बहुत फूँक-फूँककर कदम रखने थे। आर्या ने मुझसे वादा किया कि वह अपने तरीके से इसे साबित करके दिखाएगी। मैंने उसकी बात मान ली।

ये सभी प्रश्न अनुत्तरित रह गए, क्योंकि इतिश्री वहाँ आ चुकी थी। नशा करने के लिए उसने मुझे बहुत डाँटा या फिर यह कहें कि उसने मेरे साथ झगड़ा कर लिया। फिर आर्या और मैंने उसे शांत किया।

"कोई बात नहीं है। और वैसे भी अभी उसका मन ठीक नहीं है। कभी-कभी चलता है, तू भी ले।"

"अगर मैंने ऐसा किया तो इसे कौन सँभालेगा? और वैसे इसके मन को क्या हो गया? कल तक तो यह बिल्कुल ठीक थी।"

आर्या ने फौरन बातचीत को बढ़ा दी।

"मैं तुम्हें बताती हूँ। क्योंकि गौरी नील के बारे में कुछ कड़वे सच सुनकर बिल्कुल परेशान हो गई है। वह इसके साथ धोखा कर रहा है। यह उसके साथ रहती है, मगर वह इसकी अनुपस्थिति में मुझे वहाँ बुलाता है।"

"क्या बकवास कर रही हो तुम? यह तो विश्वास करने लायक नहीं है। मैं

उसे अच्छी तरह जानती हूँ। वह कभी ऐसा नहीं कर सकता। गौरी उससे पागलों की तरह प्यार करती है। हाँ, अगर यह सच है तो इसका मतलब है कि नील एक बुरा लड़का है। मगर हम तुम्हारा भरोसा क्यों करें? खैर, मुझे यकीन है कि तुमने इस बारे में गौरी से बात कर ली होगी।"

"कल जब तुम घर जाओगी तो नील की अलमारी के अंदर वाले खाने में देखना। शराब की एक ऐसी ही बोतल रखी होगी। अगले दिन तुम्हें वह नहीं मिलेगी, क्योंकि हमने उसे साथ में खत्म करने की योजना बना रखी है।"

क्या बकवास है, यार। अरे! शायद इसीलिए, मैं यह सोच रही थी कि उसने तुम्हें अलग हो जाने के बाद भी अपना दोस्त क्यों बना रखा है? और वह भी इतनी जल्दी जब गौरी उसकी जीवन में आ चुकी थी, उसके बाद भी थोड़ा तो समय देता न?"

"इति, मैं उसके बिना जी नहीं सकती," मैंने कहा।

"मगर क्या यह सबकुछ जानने के बाद भी तुम उसके साथ रह सकती हो?"

"मुझे नहीं पता, मगर मैं उसे खोना नहीं चाहती"

"तो आओ हम दोनों मिलकर सोचते हैं कि अब आगे क्या करना चाहिए? ध्यान देने लायक बात यह है कि तुम मुझे खोना नहीं चाहती। उसे आर्या को भूलना होगा। और उसके बाद तुम हमेशा खुश रह सकोगी। यह सब कितना गड़बड़झाला है, यार?"

"यही तो प्यार है। कोई भी प्रेम कहानी इतनी साधारण नहीं होती। मैं टूट चुकी हूँ। और अब फिर भी मुसकरा रही हूँ, क्योंकि कहीं-न-कहीं मुझे यह यकीन है कि सबकुछ ठीक हो जाएगा। मगर हर बार जब मैं यह सोचती हूँ कि वह अभी भी आर्या के इतने करीब है तो मेरा मन करता है कि मैं उसका खून कर दूँ। मैं यह भी जानती हूँ कि मैं उससे कुछ पूछना नहीं चाहती हूँ। मैं खाली हाथ रह जाऊँगी। मैं सबकुछ कह दूँगी। मैं सब गड़बड़ कर दूँगी। फिर उसे छोड़ दूँगी। अगर मैं उससे न पूछूँ तो कौन सा तरीका निकालूँ। हे भगवान्! मुझे लगता है, मैं मर जाऊँगी।"

"चुप रहो। कभी ऐसा न कहना।"

"बिल्कुल सही। मरने की कभी मत सोचना। तुम एक बहादुर लड़की हो।"

उस शाम इतिश्री और मैं उसके घर के लिए वहाँ से निकले।

"इति, देखो मेरे पास एक बढ़िया योजना है।"

"आर्या, इसके पहले कि हम यहाँ से जाएँ, इस मामले पर तुम्हारा आखिरी निर्णय क्या है?"

"सुनो लड़कियो, एक बात मैं बिल्कुल निश्चित तौर पर जानती हूँ। जैसे कि मैं दो दिनों के लिए बाहर जा रही हूँ, अगर गौरी एक दिन के लिए भी गायब हो जाए तो ऐसा हो सकता है कि वह हमेशा के लिए मेरे पास वापस आने की कोशिश करे। यह मेरे हाथ में होगा कि मैं उसे अपनाती हूँ या नहीं। मैं भी इनसान हूँ। मगर हम लड़कियाँ हैं और मुझे नहीं पता कि भगवान् ने हमें ऐसा क्यों बनाया है, इसीलिए हम दयालु और माफ कर देने वाली होती हैं। हम हमेशा संबंधों को तोड़ने की बजाय उन्हें बनाए रखने का प्रयास करते हैं। मैं यह नहीं कह रही हूँ कि इस मामले में भी ऐसा ही होगा, मगर नील की एकमात्र परीक्षा तभी होगी, जब गौरी उसकी आँखों से दूर हो।"

हम दोनों आर्या को बड़े ही ध्यान से सुनते रहे। हम दोनों में से किसी ने भी कोई प्रतिक्रिया नहीं दी। इसकी जरूरत ही नहीं थी। हम इस बारे में काफी बात कर चुके थे, काफी सुन चुके थे। अंततः हम और इति चल पड़े। मेरा मतलब मेरे पुराने स्वर्ग से सुंदर घर से है।

जैसे ही मैं उसके घर में घुसी, मेरे अंदर एक ऊर्जा का प्रवाह होने लगा। मैं बेहद खुश थी। उसमें एक अजीब सा परिवर्तन आ चुका था। मैं इतिश्री के ऊपर कूद पड़ी। मुझे मालूम था कि मैं अंदर से बहुत दुःखी हूँ, मगर फिर भी उसकी उपस्थिति में अचानक से मैं ठीक महसूस करने लगी।

उसने मुझसे बात नहीं की। वह मुझसे बस इतना कहती रही कि पिछले 24 घंटों में आर्या के साथ बिताए समय ने मुझे बरबाद कर दिया।

"जरा उसके बारे में सोचो, गौरी। आखिर वह क्यों नशा करती है, आखिर कॉलेज में कोई भी उससे बात क्यों नहीं करता है? तुम समझ रही हो, मैं क्या कहना चाहती हूँ? आखिर इस पूरी धरती में तुम उस बदचलन से ही क्यों प्रभावित हो रही हो?"

उसने एक बार भी ऐसा कुछ नहीं कहा, जिससे कि मैं प्रभावित हो सकूँ। वह तो बिल्कुल उदासीन थी, मैं ही उसे बार-बार और भी कुछ बताने की जिद करती रही। वह तो यह चाहती है कि मैं उसके साथ घर बसा लूँ। उसने बड़े ही खुले भाव से यह स्वीकार किया है। तो इस तरह उसने कुछ भी गलत नहीं किया।

मैं नहीं जानती थी, मुझे क्या हो रहा था, मगर मैं एक और ज्वॉइंट बनाने से खुद को रोक न सकी। मैं खुद को नील के बारे में सोचने से रोक नहीं पा रही थी। मैं अभी भी उससे प्यार करती थी। जो कुछ भी मैंने सुना था, उसके बावजूद भी।

"इति, मुझे एक बात याद है, जो आर्या ने कही थी। उसने मुझसे कहा था कि

अगर मैं नील को एक दिन के लिए भी अकेला छोड़ दूँ तो वह आर्या के पास वापस चला जाएगा, मगर मैं उस पर विश्वास नहीं करना चाहती।"

मैं जीवन के एक बेहद निर्णायक मोड़ पर खड़ी थी। मैं एक दिन के लिए सबसे दूर चली जाना चाहती थी। मैं यह जानना चाहती थी कि क्या तुम आर्या के पास वापस जा सकते हो। मैं यह जानना चाहती थी कि मैं अपने ऊपर तुम्हें थोप तो नहीं रही हूँ। मैं जानना चाहती थी कि तुम एक शर्मीले प्रेमी तो नहीं? मैं सबकुछ जानना चाहती थी।

"मैं 24 घंटे में वापस आ जाऊँगी, ताकि पुलिसवालों को एफ.आई.आर. न दर्ज करनी पड़े और मेरा सिर दर्द थोड़ा कम हो। तुम माँ की चिंता मत करना। मैं उसे कह दूँगी कि मैं नील और अपने कुछ कॉलेज के दोस्तों के साथ बाहर घूमने जा रही हूँ।"

मेरे मन में जो चल रहा था, वह किसी क्रांतिकारी विचार से कम नहीं था। कोई 18 वर्ष का व्यक्ति ही उस तरह से सोच सकता था जैसे कि मैं सोच रही थी। इसमें जो भी कमी थी, उसे नशे ने पूरा कर दिया था।

मेरे इस प्रस्ताव पर इतिश्री को बहुत झटका लगा। मैंने उसे भी नशा करने को कहा, उसने मना कर दिया। उसका तर्क अभी भी वही था कि अगर वह ऐसा करेगी तो मुझे कौन सँभालेगा।

वर्तमान दिन

आर्या

अम्म, मैं तुम्हें कभी माफ नहीं कर पाऊँगी, नील। मक्कार कहीं के! तुम अपने आप को समझते क्या हो? मैं कुछ दिनों के लिए तुम्हारी जिंदगी से बाहर क्या गई, तुम आगे बढ़ गए। तुम्हें और कोई नहीं मिला। तुम्हें मेरा ही प्रेमी होना चाहिए था। अपने पिछले 6 महीने के हर पल मैंने उसके साथ बिताए थे। मैं उसका गंध भी नहीं भूल पा रही थी। उसके बगैर बिताई हर रात मैंने बस रोकर काटी है। उस दिन मैं उससे माफी माँगने और उसे अपनी जिंदगी में वापस लाने गई थी, मगर वहीं तुमने तो सारी योजना ही चौपट कर दी। तुमने तो मेरी जिंदगी चौपट कर दी। उस रात मुझे तुम्हारा खून करने का कितना मन कर रहा था? मगर मैं यह भी जानती थी कि यह सही नहीं होगा, क्योंकि इससे नील को पाने के सारे रास्ते मेरे लिए बंद हो जाएँगे। मैं तुम्हें खुदकुशी की ओर धकेलना चाहती थी।

मगर उसी वक्त इतिश्री वहाँ आ गई। वह तुम्हारी मसीहा बनकर आ गई। वह हार मानना जानती ही नहीं है।

अगर नील मेरा न हो सका तो वह तुम्हारा भी नहीं हो पाएगा। अगर मैं नहीं जी सकूँगी तो तुम भी नहीं जी पाओगी। मैं आशा करती हूँ और यकीन भी करती हूँ कि तुम लौटकर वापस नहीं आओगी, गौरी। तुम जहाँ कहीं भी हो, मैं उम्मीद करती हूँ कि तुमने अपने आप को खत्म कर लिया होगा।

नील की अनुपस्थिति में मैंने घर में चुपके से घुसने की कोशिश की। ताकि मैं तुम्हें चिढ़ा सकूँ। ताकि मैं तुम्हें यह दिखा सकूँ कि तुम हार चुकी हो। तुम्हें अपने

सामने रोता हुआ देखने के लिए। ताकि मैं यह देख सकूँ कि तुम अपने को जान से मार देने की बात कर रही हो। मैंने हर क्षण का बहुत मजा लिया।

यह नील की ओर से कोई उपहार था ही नहीं। तुम कितनी भोली हो? तुम लोगों पर कितनी आसानी से विश्वास कर लेती हो। तुम किसी छोटे शहर की लड़की की तरह ही हो, बेवकूफ। पुरानी फिल्में देखकर तुम बड़ी हुई हो और खुद को एक सितारा समझने लगी हो। यही वह चीज है, जो तुम्हें कमजोर बनाती है। मुझे मालूम है, तुम यहीं हो। मैंने तो बस तुम्हारे और तुम्हारे प्रेमी के बारे में बात की और तुम फँस गई। हाँ, एक दोस्त की तरह मैंने तुमसे तुम्हारी मासूमियत तो छीन ली। तुम बहुत भोली थी। अनजान।

यही कारण था कि तुम्हें नील को फोन करके कुछ भी पूछने की हिम्मत नहीं हुई। तुम जानती थी कि अगर तुमने उसे फोन किया और अपना सारा जहर उसके ऊपर उगल दिया तो तुम शायद उसे हमेशा के लिए खो दोगी। मगर यह भी हो सकता था कि मैं भी उसे हमेशा के लिए खो देती। पर ठीक है, इससे मुझे कोई फर्क नहीं पड़ता।

अभी भी जब मैं यह चिट्ठी लिख रही हूँ, तो मेरा मन हो रहा है कि मैं तुम्हें बरबाद कर दूँ। तुम्हारे दोस्त टॉम को बरबाद कर दूँ। मैं कितनी बार तुम्हारे घर आई, मगर हमने कभी तुम्हें अपनी नजरों से दूर नहीं होने दिया। मुझे कितनी बार झूठ बोलना पड़ा? मैं हर बार झूठ बोलती रही। तुमने मुझे क्या बना दिया है, नील? मैं कभी ऐसी नहीं थी। मैं विश्वासी, ईमानदार और सच बोलने वाली थी, बस तुम्हारे प्यार के लिए।

तुम ही मेरे प्रेमी थे। तुम्हारे आस-पास भँवरे की तरह मँडराती रहती थी। मैं तुम्हारे साथ हर रोमांच का मजा लेना चाहती थी। तुम्हारी आँखें देखकर मुझे कुछ होता था। मेरे कानों में तुम्हारी मुसकराहट मुझे और दिवाना बना देती थी। तुम्हारी छुअन से मेरा रोम-रोम खिल उठता था। मैं तो अपनी आँखें भी बंद कर लेती थी, सिर्फ यह जानने के लिए कि अब तुम मेरे विचारों में भी हो।

तुम्हें आगे बढ़ाने में जरा सा भी समय नहीं लगा। तुम्हें इस बेवकूफ लड़की से इश्क लड़ाने में जरा सा भी समय नहीं लगा, जिसे यह मालूम ही नहीं है कि एक उच्च कोटि की जिंदगी आखिर होती क्या है?

जरा इसके बारे में सोचो, नील। जब तुम इसके बारे में सोचने की स्थिति में हो, तब इस पर विचार करना।

अब जब तुमने इसके बारे में सोच लिया है और अभी भी तुम्हारे मन में भ्रम

है तो जरा अपने आस-पास देखो। क्या गौरी तुम्हारे पास है, नहीं न ? क्या मैं तुम्हारे आस-पास हूँ ? नहीं न ?

क्या तुम्हें यह एहसास हो रहा है कि इसके लिए तुम ही जिम्मेदार हो। आज वह जिस परिस्थिति में है, उसके लिए तुम जिम्मेदार हो। तुमने मुझे पहले भी खो दिया, क्योंकि तुम मुझसे अलग हो जाना चाहते थे; क्योंकि मैं खुद को तुम्हारे ऊपर थोप रही थी और फिर···वह···बदचलन।

आह···मैं तुम्हें श्राप देती हूँ नील!

तुम्हें इससे क्या मिलेगा ? तुमने पुलिसवाली को···उस धान्या को यह बता दिया कि मैं इसमें शामिल हूँ। तुम जो भी करना चाहो, करो। मेरा बाप उसका तबादला करा देगा!

तुम गंदे हो नील, अगर मैं चाहती तो इसी वक्त धान्या का तबादला करा सकती थी। उसकी हिम्मत कैसे हुई मुझसे सवाल पूछने की ? उसे ऐसा करने का कोई अधिकार नहीं है। मगर तुम जानते हो, मैं बस तुम्हारी वजह से चुप रही। मुझे नहीं मालूम कि यह क्या कर्म है, जिसकी वजह से मैं आज इस परिस्थिति में हूँ।

मैं ब्रह्मांड में इतनी जोर से चीख-चीखकर यह कह रही हूँ कि गौरी, तुम्हें नरक नसीब हो। भगवान् करे कि तुम्हें दर्द इतनी बुरी तरह मिले कि तुम जीना भूल जाओ। मैं तुम्हारे लिए बस दर्द माँगती हूँ। साधारण मृत्यु से मुझे चैन नहीं मिलेगा।

और तुम, इतिश्री। मैं फिर कहती हूँ, तुम जब तक जिओगी, हर दिन मरोगी। उसका दूसरा स्वरूप होने के लिए तुम रोओगी और पश्चात्ताप करोगी।

वह पूरी तरह ठंडी पड़ गई थी। उसने नींद की गोलियाँ खा ली थीं और दो ज्वॉइंट पी चुकी थी। उसने अपनी सारी समझ खो दी थी।

काफी देर रो लेने के बाद वह चाकू लेने गई और अपने नहाने के टब में लेट गई। उसने गरदन तक खुद को पानी में डुबो दिया, अब पानी पर नील लिखने लगी। उसकी स्याही उसके जख्मों से आ रहे थे, जो उसने अपने शरीर पर बनाए थे। कुछ ही मिनटों के बाद वह बेहोश हो गई।

~❋~

'नील बिल्कुल निर्दोष है। मुझे फौरन फोन करो। तुम्हारा फोन पहुँच से बाहर है।'

यह संदेश महज एक संदेश नहीं था। यह इस बात का संकेत था कि पिछले 24 घंटों में जो कुछ भी हुआ, वह नहीं होना चाहिए था। इसमें वह सबकुछ था,

जिसमें लोगों की अच्छाई के बारे में सारा स्पष्टीकरण मौजूद था।

इस संदेश ने गौरी को हिलाकर रख दिया और वस्तुतः उसे कमरे से बाहर ले आया। वह अपने बिस्तर पर एक मरी हुई मछली की भाँति पड़ी थी। उसे बहुत तेज बुखार था। उसने अपने चेहरे पर मुक्का मारा। वह हिलने की स्थिति में भी नहीं थी। उसने फौरन इतिश्री को फोन किया।

"कहाँ थी? तुम्हारी यह दुनिया उथल-पुथल हो गई है। आखिर तुमने अपना फोन क्यों बंद कर लिया था? नील की तो हालत खराब है। जब से तू गई है, हम सो नहीं पाए हैं। मैंने एक बेवकूफ लड़की की तरह उस पर नजर रखी, जैसा तूने कहा था। वह बस तेरे बारे में ही चिंता कर रहा था।"

दूसरी ओर से कोई उत्तर नहीं मिला। इतिश्री अगले एक मिनट तक लगातार बोलती रही। बाद में उसे एहसास हुआ कि दूसरी ओर से फोन कट गया है। उसने दोबारा फोन मिलाया, मगर किसी ने फोन नहीं उठाया।

वहीं दूसरी तरफ गौरी ने झटपट अपना सारा सामान बाँधा। उसने पूछताछ खिड़की पर फोन करके कहा कि उसकी गाड़ी 10 मिनट में होटल के दरवाजे पर लगा दी जाए।

नील, अब जब मैं तुम्हारे पास वापस आ रही हूँ। मैं चाहती हूँ कि तुम यह जान लो। मैंने तुम्हें बहुत परेशान किया है, मैं जानती हूँ। मैं यह भी जानती हूँ कि जिस परिस्थिति में मुझे और ज्यादा साहस दिखाना चाहिए था, उससे भागकर मैंने तुम्हें बेवकूफ बनाया, मगर मैं डर गई थी। मैंने आर्या पर भरोसा किया, बहुत ज्यादा। इतिश्री ने मुझे सावधान किया था। एक बात जो मैं अच्छी तरह जानती हूँ कि वह तुम्हारे बारे में बहुत ज्यादा संवेदनशील है और इसीलिए उसने तुम्हारी एक गलत तसवीर बनाने की कोशिश की। मैंने तो यह विराम बस इसलिए लिया, क्योंकि मेरे लिए यह सबकुछ स्वीकार कर पाना बहुत मुश्किल हो रहा था। इस गाने ने मेरा दिमाग खराब कर दिया था, मैं ढंग से सोच भी नहीं पा रही थी। मैं अभी तक नशे में हूँ। जब हम मिलेंगे, तब हम इस पर और बात करेंगे। हमेशा याद रखना, मैं तुमसे बहुत प्यार करती हूँ। और गधे, मैं अब बड़ी हो चुकी हूँ। मैं चाहती हूँ कि तुम भी मुझसे उतना ही प्यार करो, जितना मैं तुमसे करती हूँ। और चाहे तुम कितने भी व्यस्त क्यों न हो, मुझसे बात करना बंद मत करना। एक बार फिर से मैं दोहरा दूँ, मैं तुम्हें बहुत प्यार करती हूँ मेरे नील। उमाह···

गौरी के उत्साह की कोई सीमा नहीं थी। उसने नील के पसंदीदा कपड़े पहने।

उसने नींद की सारी गोलियाँ और ड्रग्स बाहर फेंक दी, जो वह अपने साथ लेकर आई थी। उसने किसी को भी अपनी योजना के बारे में नहीं बताया। अगर नील उसके साथ ईमानदार नहीं होता तो उसने अपनी जान ले ली होती। जैसे ही वह बाहर आई उसने हवा में घूमना शुरू कर दिया।

मैं आजाद महसूस कर रही हूँ। मुझे लगता है, मैंने जीवन में सबकुछ हासिल कर लिया है।

जैसे ही उसने गाड़ी चालू की, वह इतिश्री को दोबारा फोन करना चाहती थी, मगर उसके फोन की बैटरी खत्म हो चुकी थी। वह अपना बुखार भूल चुकी थी और बीमारी के हर लक्षण उसके शरीर से गायब हो चुके थे।

मैं इतिश्री से मुलाकात का इंतजार कर रहा था। उसने मेरे सेल फोन पर फोन किया। उसकी आवाज में घबराहट थी, मगर उसका पहला वाक्य था कि उसने गौरी से बात की है। उसने बस इतना ही कहा कि मैं उसका नंबर मिला रही थी और वह मिल भी गया था, उसने बात की मगर उसके बाद उसका फोन पहुँच से बाहर हो गया था। उसने यह भी कहा कि गौरी ने उसे बताया है कि वह वापस आ रही है। पहले तो मुझे यकीन नहीं हुआ। मैंने उससे बार-बार पूछा और फिर जोर-जोर से चीखने लगा। मैं अपनी भावनाओं पर नियंत्रण नहीं कर पा रहा था। मुझे इतना शांत और अच्छा लग रहा था कि मैं सबकुछ भूल गया। मैंने फौरन धान्या को उसके बारे में बताया, जो मुझे देखकर मुसकरा उठी।

मैंने गौरी को भी फोन करने की कोशिश की, मगर उसका फोन पहुँच से बाहर था।

"उसने पहले यह सब क्यों नहीं बताया? अब जब हमने इस मामले को खुद ही सुलझा लिया है, सब अपना-अपना मुँह खोल रहे हैं। तुम्हारी पूर्व प्रेमिका को क्या हुआ? उसने अभी तक तुम्हें फोन नहीं किया?" धान्या ने चिढ़कर पूछा।

"नहीं, यार।"

"इस समय तक हमें यह मालूम नहीं था कि गौरी के गायब होने के पीछे आर्या और इतिश्री का गहरा नाता है।"

"जो कुछ भी था, मैं खुद से एक ही सवाल पूछता रहा, क्यों? यह पहेली भी बहुत देर तक अनसुलझी नहीं रहेगी, क्योंकि हम इतिश्री के घर जा रहे थे।"

"तुम लगभग एक दर्जन बार नील के घर क्यों गई थी?"

इतिश्री बुरी तरह रोने लगी थी। उसने पूरी कहानी हमें सुना दी, जिसे सुनकर

मेरे शरीर में एक सिहरन सी हो उठी थी।

"हे भगवान्, तुम मेरी जासूसी कर रही थी? और यह सब तुमने मुझे पहले क्यों नहीं बताया? तुमने यह सब होने ही क्यों दिया? अब वह कैसी है? मैं उसके बारे में अत्यंत चिंतित हूँ? अब वह कैसी है? बताओ मुझे…इति बताओ।"

मैं इतिश्री को पकड़कर उसे झकझोरता रहा, मगर उसने उसके बाद कुछ भी नहीं कहा। गौरी ने उसे बस इतना ही बताया था कि वह लोनावला के किसी होटल में है और अब वह वापस आने की योजना बना रही है। अब गौरी को ढूँढ़ने के लिए इतिश्री भी हमारे साथ ही आ गई थी।

धान्या ने मुझसे आर्या से बस एक बार मिलने को कहा, वह भी तब, जब उसके पास कुछ ऐसी सूचना हो, जो पुलिसवालों के काम आ सके।

हम दरवाजे पर दस्तक देते रहे, मगर उसने दरवाजा नहीं खोला। धान्या की निगरानी में पुलिसवालों ने दरवाजे को तोड़ दिया। उसका कमरा धुएँ से भरा हुआ था।

हम उस स्नानागार तक भी गए, जहाँ आर्या अपने खून के तालाब में लेटी हुई थी। हमने फौरन उसे बाहर निकाला। मैंने उसे तौलिए में लपेटा। धान्या ने उसकी नब्ज चेक की तो मालूम पड़ा कि वह अभी भी जीवित है। हमने कुछ भी नहीं कहा और एंबुलेंस को उसे ले जाने दिया। धान्या ने उसका लैपटॉप, कागज, कलम और दूसरी चीजें, जो उसकी जाँच में काम आ सकती थीं, सब को अपने कब्जे में ले लिया। उसने उन कागजों को बड़े ध्यान से देखा और उस पर जो लिखा था, मुझे पढ़कर सुनाया। अब तसवीर बिल्कुल साफ हो चुकी थी।

मैं आर्या को गालियाँ देता रहा। उसके लिए मेरे मन में अब कोई भी सहानुभूति नहीं थी।

इतिश्री को यह एहसास हुआ कि यह सब उसकी कल्पना से भी बड़ा हो चुका था। वह जिप्सी में हमारा इंतजार कर रही थी, मगर एंबुलेंस को देखकर वह बाहर आ गई। जैसे ही उसने आर्या को ले जाते हुए देखा, वह फूट-फूटकर रोने लगी। वह बिल्कुल हिल चुकी थी।

मैंने उसे दिलासा दिया, जबकि मैं खुद भी इस वक्त सही मानसिक स्थिति में नहीं था। फिर भी ऐसा लग रहा था कि मैं ही वह व्यक्ति हूँ, जो परिस्थितियों से प्रभावित नहीं हुआ हूँ।

धान्या ने सभी औपचारिकताएँ पूरी कीं, विश्वास से बात की और हम लोनावला के लिए निकल गए।

रास्ते में इतिश्री सारी जानकारी देती रही। मैं उसे सुनता रहा और गौरी के बारे में सोचता रहा। मैंने अपने माता-पिता को फोन किया और गौरी के माता-पिता से भी बात कर उन्हें भरोसा दिया।

मैं गौरी के बारे में सोचता रहा। पिछले 24 घंटों में वह मेरे लिए क्या हो गई थी, यह सिर्फ मेरा भगवान् जानता था। मैं विश्वास नहीं कर पा रहा था कि मैं उसके कितने करीब आ चुका था? वह मेरी दुनिया बन गई थी। इन घंटों ने मेरी हर तरह से परीक्षा ले ली थी। ये घंटे अविस्मरणीय हो गए थे। माफ करने लायक, हाँ।

उसकी मुसकान मेरे दिमाग में बार-बार आती रही। वह पहला दिन, जब वह मुझे पुस्तकालय में मिली थी और हमारी बातचीत कॉलेज की कैंटीन तक चलती रही थी। वह खेल, जो वह मेरे साथ बड़े चाव से खेला करती थी। वह मुझे जिस तरह से देखती थी और जो हम दोनों एक-दूसरे के लिए महसूस कर सकते थे। और जिस प्रकार वह मुझे मेरे नील कहकर बुलाती थी। मेरे आँसू रुक नहीं रहे थे। मैं बहुत जल्दबाजी में था। मैं एक बार फिर अपनी प्रेमिका को अपनी बाँहों में भर लेना चाहता था। यही आशा कर रहा था कि वह मुझे गलत न समझे। मैं, बस यही मना रहा था कि काश! उसने इस बारे में मुझसे बात की होती। मगर कोई बात नहीं जो हो गया, वह हो गया। मुझे पक्का यकीन था कि यह हमें और भी करीब ले आएगा।

धान्या रास्ते भर इतिश्री को डाँटती रही। इतिश्री चुपचाप बैठी रही।

गौरी किसी को भी अपने से आगे निकलने नहीं देना चाहती थी। आज उसके लिए जीवन का सबसे खुशनुमा दिन होनेवाला था। उसने एरोस्मिथ का गाना चला दिया था। उसकी डायरी आगे वाली सीट पर ही रखी हुई थी। उसने उसे अपने बस्ते में नहीं रखा था। उसे जहाँ भी थोड़ी ट्रैफिक में अपनी गाड़ी रोकनी पड़ती, वह उस मौके का फायदा उठाकर उसमें लिखने लग जाती।

मैं तुमसे बहुत प्यार करती हूँ नील। आशा करती हूँ कि तुम बस एक बार मुझे माफ कर दोगे। हे भगवान्! ब्राइन एडम्स, तुम बिल्कुल सही समय पर आए हो।

It still feels like our first night together
feels like the first kiss
it's getting better baby
no one can better this
still holding on
You Are Still The One
first time our eyes met
some feelings I get
only Feels much stronger
I want to love you longer
do you still turn the fire on ?
so is your feeling lonely, don't
you are the only one I'll ever want
I only want to make it good
so if I love you, a little more than I should
please forgive me, I know not what I do
please forgive me, I can't stop loving you

don't deny me, this pain I am going through
please forgive me, if I need you like I do
please believe me, everybody say is true
please forgive me, I can't stop loving you
stuff you look like our best times are together
who said the first touch...

मैं आँसुओं को रुकने नहीं देना चाहती। मैं इस प्यार को खोना नहीं चाहती। मैं इस पल को रुकने नहीं देना चाहती। मैं बस आगे ही बढ़ना चाहती हूँ, क्योंकि अब मैंने तुम्हें पा लिया है, मेरे नील।

मुझे मालूम था कि तुम मेरे साथ विश्वासघात नहीं कर रहे हो। मुझे हमेशा विश्वास था। मगर मैंने फिर भी यह किया, क्योंकि अगर इसमें जरा सी भी सच्चाई होती तो मैं तुम्हें खोना नहीं चाहती थी। मैं चाहती थी कि आर्या पीछे हट जाए, क्योंकि वह एक ऐसी मजबूत लड़की थी, जो बाद में मेरी जिंदगी बरबाद कर सकती थी। उससे लड़ना आसान नहीं था। इसलिए मैंने यह जरूरी कदम उठाया, जिससे पुलिसवालों को उसकी कारस्तानियों का पता चले और वह दुनिया के सामने उजागर हो जाए। मुझे मालूम था कि अगर मैं वहाँ होती, तो शायद मैं यह सब न कर पाती।

मैं जानती हूँ कि मैंने इतिश्री से तुम पर नजर रखने को भी कहा था। यह आधिपत्य इतनी आसानी से जाता नहीं है। मैं कोई भी भूल नहीं करना चाहती थी। एक प्रतिशत भी नहीं, इसीलिए उस एक प्रतिशत की भूल के लिए मैं तुमसे माफी माँगना चाहती हूँ, नील।

हे भगवान्...नहीं...नहीं...नील...नील...भगवान्

~❋~

"आखिर इस मोड़ पर इतना ट्रैफिक क्यों है?" मैंने पूछा।

एक हवलदार पता करने के लिए नीचे उतर गया।

"ऐसा लगता है, यहाँ से थोड़ी दूर कोई ट्रक पलट गया है।"

"अब यह क्या है, जब हम किसी चीज को जल्दी पाना चाहते हैं तो कोई-न-कोई उसमें अड़चन पैदा जरूर कर देता है।"

मेरा धैर्य जवाब दे रहा था।

मैं चलता रहा। धीरे-धीरे मैंने अपनी गति तेज की। ट्रक, लॉरियाँ, गाड़ियाँ, मोटरसाइकिल—सब एक के पीछे एक सड़क के किनारे खड़ी थीं। मैं छलाँग मार-

मार कर कदम भर रहा था। रास्ते में मुझे लोगों की आवाज भी सुनाई दे रही थी। लोग सड़क पर निकल आए थे।

"लगता है, कोई बड़ी दुर्घटना हुई है।"

"अरे काफी लोग मर गए हैं। शिवा-शिवा-शिवा।"

"ट्रक और तीन कारों की टक्कर हुई है।"

"एक लड़की अकेली थी, उसकी गाड़ी तो बिल्कुल चिपट गई है और लड़की भी।"

मैं वहीं रुक गया और उन लोगों से पूछा। उन्होंने मुझे बताया कि वे आगे तक देखकर आए हैं और यह दुर्घटना बहुत भयानक है। सब लोग मारे गए हैं। मैं यह सुनकर दौड़ने लगा। मैं खुद से बातें करता रहा।

"नहीं-नहीं गौरी, यह तुम नहीं हो सकती हो। नहीं-नहीं, बिल्कुल नहीं। यह तुम नहीं हो सकती हो, गौरी।"

बुरी तरह हार गया था और दुर्घटना वाली जगह से महज 6 मीटर की दूरी पर था। मेरी नजर कमजोर होने लगी थी, क्योंकि मेरी आँखों में आँसू भर गया था।

"क्या तुम्हें पक्का यकीन है कि उस गाड़ी में एक लड़की थी?" मैंने एक अनजान व्यक्ति से पूछा। उसने बस 'हाँ' में अपना सिर हिला दिया। लगभग 50 मीटर की दूरी से, मुझे गौरी की गाड़ी दिखने लगी थी। मैं जमीन पर गिर गया। मैं बिल्कुल दुःखी हो गया था। सूरज अपनी किरणों से सीधे मेरी आँखों में झाँक रहा था, मगर मेरे अंदर इसकी कोई प्रतिक्रिया नहीं हो रही थी। मैं अपने आस-पास बस फुसफुसाहट सुन पा रहा था।

"लगता है, उसकी पत्नी थी···"

"वह गाड़ी न···" वह उसी गाड़ी की ओर दौड़ा जा रहा था।

"वह, वह लड़की···वह बहुत तेज संगीत सुनते हुए गाड़ी चला रही थी और गाना भी गा रही थी···मैंने उसे देखा था···उसे तो ट्रक ने सामने से टक्कर मारी थी और वह बस भगवान् और नील चिल्लाती रही।"

मैं तब तक होश में नहीं आया, जब तक पुलिसवालों ने मुझे उठाकर वापस जिप्सी में नहीं डाल दिया।

जब मैंने अपनी आँखें खोलीं, उस वक्त मैं अस्पताल में था। गौरी को मृत घोषित कर दिया गया था। मैं भी उसके साथ मर गया था। मेरी आत्मा उसके साथ मर चुकी थी।

इसलिए मैं उसकी तरफ देखता रहा, इस उम्मीद में कि शायद वह आँखें खोल दे। मैं उसके हाथ पकड़े रहा, मानो वह अभी उठेगी और मुझे गले लगा लेगी। मैं शून्य में जा चुका था। बिल्कुल शांत। मुझे इतिश्री या उसके माता-पिता के रोने की आवाज भी नहीं सुनाई दे रही थी। मुझे नहीं मालूम यह क्या हो रहा था?

मैं उसके हाथ पकड़कर रोता रहा। मैं वहाँ से जाना नहीं चाहता था। मैं उससे बातें करता रहा। मैंने उससे बहुत देर तक बात की। मैंने उससे पूछा, वह खाने में क्या खाना पसंद करेगी? कॉलेज से आने के बाद वह काफी थक गई होगी न! मैंने उसके लिए कुछ योजनाएँ बनाई थीं। जो घड़ी मैंने उसके जन्मदिन के लिए उपहारस्वरूप खरीदी थी, वह मैंने उसकी कलाई पर बाँध दी। उसके जन्मदिन की व्यवस्था करनेवाले दल को मैंने फोन करके यह मालूम किया कि सारी तैयारियाँ हो चुकी हैं या नहीं? मैं जानता हूँ कि जब तुम 18 बरस की हुई थी, तब मैं तुम्हारे लिए बहुत कुछ नहीं कर पाया था, मगर यह आशा करता हूँ कि यह सरप्राइज तुम्हें पसंद आएगा। मैं बीच-बीच में नाराज नहीं हो रहा था। मैंने उससे यह वादा करने को कहा कि वह कभी भी इतने समय के लिए मुझे छोड़कर नहीं जाएगी। मैंने उससे यह शिकायत भी की कि जब वह मेरे पास नहीं थी तो मैंने उसे फोन किया था, मगर उसका फोन पहुँच से बाहर था। इसीलिए अब मैं उसे एक नया फोन दूँगा, एक नए नेटवर्क कनेक्शन के साथ। मैं बोलता ही जा रहा था। वह मुसकराई। उसने मुझसे वादा किया कि अब दोबारा वह ऐसा कभी नहीं करेगी।

"गौरी, तुम्हें जरा भी अंदाजा नहीं है कि जब तुम मेरे पास नहीं थी तो मेरे ऊपर क्या गुजर रही थी, मेरी गौरी। मैं कितना डर गया था? तुम मुझे जानती हो, मुझे पक्का यकीन था कि तुम वापस जरूर आओगी। मुझे ईश्वर पर पूरा विश्वास था। इसीलिए मुझे यह भी यकीन था कि वह तुम्हें कुछ नहीं होने देगा। तुम मेरा जीवन हो, गौरी। तुम जानती हो, अब मैं बहुत ही गंभीर हो चुका हूँ। अब तुम मुझे बताए बगैर कहीं भी बाहर इधर-उधर नहीं जा सकती हो। मेरी जान मत लो। पिछले 24 घंटों में मैं कितना असहाय हो चुका था? मैं बिल्कुल मूर्ख हो गया था। हमारे सभी दोस्तों का बहुत-बहुत शुक्रिया। उन्होंने तुम्हें ढूँढ़ने में दिन-रात एक कर दिए। धान्या इधर, आओ···देखो गौरी तुम्हें धन्यवाद कह रही है। इति इधर आओ···देखो, तुम दोनों लड़कियों ने मिलकर क्या कर दिया···पागलपन को अभी इसी वक्त बंद करो···अब तुम दोनों बड़ी हो चुकी हो। जब भी तुम दोनों ऐसा कुछ करती हो, मेरा दिल कमजोर हो जाता है। अब मैं सुकून से तुम्हारी बाँहों में सो सकता हूँ, अब मैं आराम से सो सकता हूँ। आराम से···"

"नील, मुझे बहुत–बहुत–बहुत दुःख है, दोस्त। मुझे यकीन नहीं हो रहा है कि क्या हो गया है ? नील..."

"उसे किसी भी चीज का होश नहीं है। वह अभी भी हमारी तरह गहरे सदमे में है।" इतिश्री ने जोर–जोर से रोते हुए कहा।

"मुझे अभी भी यकीन नहीं हो रहा है कि यह क्या हो गया? अभी दो दिन पहले ही तो, हम सब कितने खुश थे और कितने उत्साहित थे, अपनी जिंदगी को लेकर कितनी सारी योजनाएँ बना रहे थे, और अब यह।"

जिंदगी बहुत ही निष्ठुर होती है। अभी तक यह समझ में नहीं आया कि इन सबसे खुशी किसको मिली ? अगर कहीं खुशी है भी तो इसकी कोई गारंटी नहीं होती है कि वह हमेशा बनी रहेगी। भगवान् का दुनिया में संतुलन बनाए रखना बिल्कुल ठीक है, मगर यह विश्वास नहीं होता है कि कितनी आसानी से वह खुशी और लाभ के तार हमारे जीवन से काट देता है, जैसे ही आप थोड़ी सी खुशी महसूस करने लगते हैं। आधा जीवन तो बस इस बात में निकल जाता है कि न जाने कब दुःखों का पहाड़ आपके ऊपर टूट पड़ेगा। हम इसे कर्मों का फल या कुछ और कह देते हैं, मगर यह बात समझ में नहीं आती कि जब गौरी जैसी लड़की, जिसने किसी का कोई नुकसान नहीं किया, उसके साथ ऐसा होता है तो यह कौन सी बात होती है, ऐसे पलों में तो जिंदगी चुपचाप दरवाजे से बाहर निकल जाती है। विश्वास रखो, उम्मीद रखो, कभी भी कुछ बुरा होता है तो उसके साथ कुछ–न–कुछ अच्छाई भी जरूर आती है। यह सब सुनने में जितना आसान लगता है, करने में यह उतना ही मुश्किल है।

हे भगवान्! जब जीवन आपको बगैर कोई इशारा दिए आपसे आपकी जिंदगी छीन लेता है, जब आपका जीवनसाथी एक पल में आपसे दूर चला जाता है, वहाँ जहाँ से वह कभी लौट कर वापस नहीं आएगा, ये दर्द भरे लम्हे आपको एक असहनीय पीड़ा दे जाते हैं।

टॉम मेरी बाईं ओर खड़ा था और इतिश्री मेरी दाहिनी ओर। लगता है, वे काफी देर तक इसी अवस्था में खड़े थे। इसके बाद जो कुछ भी हुआ, उसमें इनसानियत की जरूरत थी। पलंग को खाली करना था, व्यावसायिक कारणों से कोई और अब उस पर अपनी जगह बनाएगा। कागजों पर हस्ताक्षर शुरू होंगे। फिर लोग गौरी को एक शरीर बुलाना शुरू कर देंगे। आप बस अपनी असहनीयता दिखा सकते हैं। लोग आते रहे और जाते रहे। ऐसा ही चलता रहा। गौरी को तो अंदाजा ही नहीं था कि कितने सारे लोग उससे कितना प्यार करते थे ? हजारों लोग वहाँ आए थे। कॉलेज

से, गुवाहाटी के उसके स्कूल से, जिनमें उसके दोस्त, उसे खाना पहुँचाने वाले उसके दोस्त, हमारी कॉलोनी में रहनेवाले लोग, और भी बहुत सारे लोग आए थे।

गौरी के होंठों की लिपस्टिक धुँधली पड़ गई थी और उसका मेकअप उसके चेहरे के जख्मों में भरने लगा था, इसीलिए अब उसका मुसकराना बंद कर दिया था। मुझे लगता है, अब वह जा चुकी थी। सबकुछ जा चुका था। अब मैं वास्तविक दुनिया में वापस आ चुका था, बगैर किसी खूबसूरती के, जो दुनिया होती है।

टॉम ने मुझे कसकर पकड़ लिया था। मैं जोर-जोर से रोने लगा। मैं रोता ही जा रहा था। और भी तेज और भी तेज। मैं लगातार टॉम और गौरी से बात करता रहा। मेरा जवाब बस टॉम ने ही दिया। उसने मुझे शांत करने का हर संभव प्रयास किया। मेरे जीवन का यह पहला बड़ा धक्का था और यह काफी दिनों तक मेरे साथ रहा।

कुछ दिनों के बाद मैंने अपनी आँखें खिड़की के बाहर निकालीं। पिछले कुछ समय से मैंने ऐसा नहीं किया था। अब मैं ताड़ के पेड़ों से बात नहीं करता था। मैंने उनसे गौरी के साथ अपने जीवन को खुशियों से भर देने के लिए कहा था। उसने मुझे निराश किया था। वह बुरी तरह विफल हो चुका था। मैं देख रहा था कि वह ताड़ का पेड़, मुझसे आँखें नहीं मिला पा रहा था, बिल्कुल इतिश्री की तरह। उन दोनों ने मुझे किसी–न–किसी रूप में निराश किया था। सुकून दोनों ने ही दिया, ईश्वर ने भी, अब मैं फिर से एक विच्छेद में था।

मैंने गौरी के लिए नाश्ता बनाया और उसे थाली में डाला। सिर्फ एक बार मैंने सारे परदे हटा दिए, क्योंकि मैं नहीं चाहता था कि उनकी जरा सी भी परछाईं मेरी खूबसूरत गौरी के चेहरे पर पड़े। मैंने उसे नाश्ता खत्म करने के लिए मनाया। लगता है, उसे भूख ज्यादा नहीं थी। उसने मुझसे कहा कि उसकी परीक्षा चल रही है, इसलिए वह थोड़ी चिंतित है। मैंने उसे गले लगाया। मैंने उसे उसके जन्मदिन की पार्टी के कार्यक्रम के बारे में बताया।

दरवाजे की घंटी बजी, मगर पहले तो मैं उसे सुन नहीं पाया। मैं अपने प्यार में खोया हुआ था। आगंतुक ने 10 मिनट तो दरवाजे के बाहर बिताए ही होंगे। वह जरूर कोई मेरा बहुत ही करीबी रहा होगा। आजकल कौन आपके लिए इतनी देर प्रतीक्षा करता है? कोई भी नहीं करता। लोग आपको छोड़कर चले जाते हैं।

“नील, मैंने पिछले कुछ दिनों में तुम्हें परेशान नहीं किया है। यह गौरी का कुछ सामान है, जो उसकी गाड़ी से मिला है। मैं पैसे तुम्हें देने आई हूँ। नियमों के अनुसार मुझे यह सामान उसके माता–पिता को देना चाहिए था, मगर मैंने उनको इसके बारे में कुछ भी नहीं बताया। अब तुम यह फैसला कर लो, क्या तुम अपने पास रखोगे या फिर उन्हें दे दोगे?”

"धान्या, आखिर यह मेरे साथ ही क्यों हुआ? आखिर मैंने क्या गलती की थी?"

"वक्त सारे जख्म भर देता है। जिंदगी आगे बढ़ती रहती है। तुम खुद को इस तरह से दोषी मानकर प्रताड़ित नहीं कर सकते हो, क्योंकि इससे गौरी को और भी दुःख होगा। इस बात को समझो कि वह हमेशा तुम्हारे साथ रहेगी। अब वह तुम्हारा ही एक हिस्सा बन चुकी है। इसीलिए अब अपना खयाल रखो। उसकी डायरी शायद तुम्हारी जान फिर से ले ले। माफी चाहती हूँ, मगर मुझे उसे पढ़ना पड़ा; क्योंकि मुझे सुराग ढूँढ़ने थे। मैं सचमुच आर्या को पकड़ना चाहती थी। गौरी ने लिखा है कि उसे माफ कर देना चाहिए, आखिर वह भी तो एक इनसान है। अब क्योंकि यहाँ कोई मामला दर्ज नहीं हुआ है, इसलिए मैं यह तुम्हारे ऊपर छोड़ती हूँ। सर, मैंने बहुत कुछ कर लिया, अब तुम सुनाओ, तुम्हें क्या कहना है? ऐसे चुपचाप खड़े मत रहो। कृपया मुझसे बात करो नील।"

"मैं सब समझ पा रहा हूँ, गौरी···माफ करना, मेरा मतलब है—धान्या, मैं बरबाद हो गया···मुझे पागलपन ने डस लिया है। क्या अपने दिल की धड़कन को नियंत्रित कर पाना हमारे हाथ में होता है? या फिर हम जब चाहें, उसे चला या रोक सकते हैं? तो मेरे साथ जो कुछ भी हो रहा है, उस पर मेरा कोई नियंत्रण नहीं है। जहाँ तक आर्या की बात है, अगर गौरी चाहती है कि उसे माफ कर देना चाहिए तो ऐसा ही होगा। जो कुछ भी गौरी ने फैसला किया है, सबसे पहले वही होगा। और हाँ, एक बात और धन्यवाद, धान्या। मैं जानता हूँ, तुम्हें अपनी शादी की तैयारियों पर ध्यान देना है। बस, खयाल रखना, सबकुछ ठीक-ठाक से हो जाए।"

"परसों आएँगे हम शादी का कार्ड लेकर।" धान्या के भाव से यह बिल्कुल स्पष्ट हो गया, मुझे कितना बुरा लग रहा है।

वह एक वैरागी रात थी। वह अपने लैपटॉप पर कुछ वीडियो चला रही थी। उसके बचपन की सारी यादें ताजा हो गईं। सबकुछ उसकी आँखों के सामने था। नम आँखें। अपने काँपते हुए हाथों से वह स्क्रीन को छू रही थी। किसी का दिल बिल्कुल टूट चुका था। वह एकांतवास में चली गई थी। वह अपने घर से बाहर भी नहीं निकली थी।

थोड़ा तो इसलिए, क्योंकि वह खुद को गुनाहगार मानती थी और उसे लगता

था कि जो कुछ भी हुआ है, वह उसे टाल सकती थी। पिछले पाँच दिनों में उसकी परिस्थिति और खराब हो गई थी। वह किसी से बात भी नहीं कर रही थी।

वह उन सारे वीडियो को क्रम से देख रही थी। कभी मैं एक बच्चे के तौर पर गौरी के साथ खेलती हुई नजर आती थी तो अगले वीडियो में कॉलेज में। फिर अचानक एक वीडियो चलने लगा, जो गौरी ने इतिश्री के लिए बनाया था।

याद है इति, जब हम उच्च विद्यालय में पढ़ते थे, तब हम अपने प्यार के बारे में बातें किया करते थे। मेरे पास नील होता था और तुम सलमान खान के लिए पागल थी, बिल्कुल पागल। मैंने तुम्हें 'मैंने प्यार किया' और 'बागी' फिल्म के पोस्टर उपहार में दिए थे।

एक दिन मैं तुम्हें उससे जरूर मिलवाऊँगी, यह मेरा वादा है। और जब मैं और नील शादी कर लेंगे तो किसी दिन हम उसे अपने घर बुलाएँगे। शायद उस दिन सल्लू की जोड़ी तुम्हारे साथ बन जाए। और सुनो, जब तुम यह वीडियो देख रही होगी तो पीछे मुड़कर देखना, मैं बिल्कुल तुम्हारे पीछे खड़ी हूँ।

इतिश्री फौरन पीछे मुड़ गई। पीछे की दीवार पर उसकी बड़ी सी तसवीर लगी थी, उसमें वह मुसकराते हुए इतिश्री को देख रही थी।

इन दोनों लड़कियों के बीच की दूरी नगण्य थी। ऐसा लगता था मानो एक-दूसरे के साथ जुड़ी हुई हों। इतने-इतने दिन ऐसे ही काटे थे उसकी ही यादों में।

उसने गौरी की तसवीरें अपने सोने के कमरे की दीवारों पर चिपका रखी थीं। उसने उसके इत्र लगाने शुरू कर दिए थे। वह उसी की तरह कपड़े भी पहनने लगी थी। बहुत सारे काम करने की शिकायत कभी गौरी उससे किया करती थी। उसे गद्दे के नीचे कुछ ज्वॉइंट्स भी मिले थे। उसने उन्हें फौरन निकाला और गुस्से में मसल दिया। वे उन्हें उस भयानक रात की याद दिलाते थे। इतिश्री ने अपना आपा खो दिया था। उसने गुस्से में आर्या का नाम चिल्लाना शुरू कर दिया। वह गुस्सा, जो उसने आज से पहले कभी प्रकट नहीं होने दिया था।

तुमने मेरी बहन को मार डाला। तुमने उसकी जान ली है। पहले तुमने उसकी मासूमियत को मारने की कोशिश की, फिर तुमने उसे उस गंदी चीज की लत लगा दी। जब मैं यहाँ से जा रही थी तो उसे बिल्कुल भी होश नहीं था। यह सब तुम्हारे ही कारण हुआ है कि आज वह मेरे साथ नहीं है।

तुमने इस जीवन को शुरू होने से पहले ही खत्म कर दिया। तुमने उस सपने को मार डाला, जो सच में बदलने की तैयारी कर रहा था। तुमने उस लड़की को

मार डाला, जो औरत बनने वाली थी। तुमने एक दुलहन को मार डाला। तुमने मुझे मार डाला। तुमने मेरी आत्मा को मार दिया। तुम एक समूह की हत्यारिन हो। तुम्हें तो कब्र में भी जगह नहीं मिलनी चाहिए।

"मैं भी कितनी बेवकूफ थी कि समझ नहीं पाई कि गौरी के साथ क्या हो सकता है? वह तो किसी भीषण अवसाद से ग्रस्त थी और उसे लग रहा था कि मैं तुम्हारे साथ खुश है।"

आर्या को हवा में गालियाँ देने के बाद इतिश्री ने गौरी की तसवीर अपने हाथ में ले ली और उससे बातें करने लगी।

दरवाजे की घंटी से उसका ध्यान भंग हुआ। उस पार्सल में दो कपड़े थे, जो गौरी ने उन दोनों के लिए भिजवाए थे और जिसे वे पार्टी की रात में पहनने वाली थी।

इतिश्री पूरी रात उस कपड़े को पहनकर बैठी रही और फिर अगले दिन भी उसने वही कपड़े पहने रहे।

वह इस अकेलेपन, नकारात्मकता और एकांतवास के भाव से बाहर नहीं निकल पा रही थी।

"तुम मुझे यहाँ अकेला मरने के लिए क्यों छोड़ गई? मैं तुम्हारे साथ वहाँ क्यों नहीं हो सकती हूँ, जबकि मैं गाड़ियों की हर रेस में तुम्हारे साथ रही। तुम्हारे हर रोमांच में, तुम्हारे हर साहसिक कारनामे में मैं तुम्हारे साथ थी। और फिर तुम्हारे सभी दोस्त, जो मेरे भी दोस्त बने, उन्होंने मुझे इस कॉलेज में अकेला छोड़ दिया है। क्या तुम्हें जरा सा भी अंदाजा है गौरी कि मेरे लिए अब कोई भी क्लास जाना या कॉलेज में कोई दूसरा काम कर पाना कितना मुश्किल हो गया है? क्या तुम्हें अंदाजा है कि मुझे उस खाली बेंच पर कैंटीन में या फिर पुस्तकालय में अकेला बैठना कैसा लगता है? खैर, मैं तो यह सब मजबूरी में ही कर रही हूँ। जानती हो क्यों? ताकि तुम्हारी आत्मा को ठेस न लग जाए। तुम हमेशा कहा करती थी कि हमें वही करना चाहिए, जो हम करना चाहते हैं, जिसे करने से हमें खुशी मिलती है। मैं अभी भी वह समझने की कोशिश कर रही हूँ। दिन का वह एकमात्र समय, जो मुझे सबसे अच्छा लगता है, वह तब होता है, जब मैं ऊपर आकाश की ओर देखकर तुमसे बातें करती हूँ। वहाँ पर सारे सितारों में सबसे पसंदीदा सितारा तुम ही हो। मैं तो उस पर अटक ही गई हूँ। इसके अलावा, यहाँ कुछ भी अच्छा नहीं लगता है। गौरी, अब वापस आ जाओ, यार। कृपा करके,

वापस आ जाओ यार। मैं यहाँ बहुत अकेली हो गई हूँ।"

"मैं इन दिनों नील को ढूँढ़ती फिर रही हूँ। उसका कुछ पता नहीं चल पा रहा है। मैंने उसके बारे में कॉलेज, पुलिस, उसके परिवारजनों सबसे पूछा। मुझे आश्चर्य हो रहा है, कोई भी उसके बारे में कुछ नहीं बताना चाह रहा है। इसका तो एक ही मतलब निकलता है कि कोई उसके बारे में मुझे कुछ भी नहीं बताना चाह रहा है। भला ऐसा कैसे हो सकता है कि नील के माता-पिता को भी नहीं मालूम हो कि वह कहाँ है? मुझे मालूम है कि वह एक बहुत ही अच्छा लड़का है और इसीलिए उसके बारे में जानने को मैं उत्सुक हूँ। बस, तुम्हारे लिए। बस, तुम्हारे जीवन को अपने दिल में सँजोए रखने के लिए। एक दुर्घटना की वजह से तुम्हारी जिंदगी खत्म नहीं हो सकती।"

"नील, तुम्हें वापस आना ही पड़ेगा। बेहतर होगा कि तुम जल्दी से बाहर आ जाओ। इस तरह से गायब हो जाना ठीक बात नहीं। तुम डरकर भाग नहीं सकते हो। अगर मैं इसका डटकर सामना कर रही हूँ, वह भी अकेले तो तुम ऐसा क्यों नहीं कर सकते हो? कम-से-कम गौरी के लिए ही सही, तुम्हें वापस आना चाहिए। वह तुम्हें कभी माफ नहीं करेगी। नील, मैं तुमसे कह रही हूँ। तुम्हारे साथ इस रिश्ते में प्रवेश करने से पहले वह मेरी संगिनी थी। मैं उसे बेहतर जानती हूँ और ऐसा करके तुम उसे और दुःखी कर रहे हो।"

"गौरी, तुम नील से क्यों नहीं कहती कि वह बस एक बार सामने आए। मुझे उसे तुम्हारे बारे में बहुत कुछ बताना है। वह सबकुछ, जिसके बारे उसे नहीं मालूम। वे चीजें, जो तुम हमेशा करना चाहती थी। वह सबकुछ जिससे तुम्हें बेहद प्यार था।

"गौरी, मैं तुम्हें यह भी बताना चाहती हूँ कि मैं वह सब करना चाहती हूँ, जो कभी तुम करना चाहती थी, जो तुम मुझसे भी करवाना चाहती थी। मैं तुम्हें अपने अंदर बसा लेना चाहती हूँ, गौरी। मुझे पता है, तुम यह सब बड़ी आसानी से कर लेती। वैसे भी तुम्हारा एक हिस्सा तो मेरे अंदर भी बसता है। मुझे तुम्हारी कमी खल रही है, मेरी जान। मुझे तुम्हारी कमी महसूस हो रही है, जानेमन।"

इतिश्री यही सब बातें अपने आप से तब तक दुहराती रही, जब तक कि वह थक कर सो नहीं गई।

उसे अस्पताल से एक दिन पहले ही छुट्टी मिल गई थी। उसके माता-पिता

को उसकी हालत के बारे में बता दिया गया था, मुझे भी आश्चर्य था कि कोई भी वहाँ नहीं आया। आर्या बिल्कुल अकेली थी। उसका शरीर पीला पड़ चुका था। उसका यह दुर्बल रूप जरूरत से ज्यादा नशा और उसके शरीर को जो प्रताड़ना झेलनी पड़ी थी, उसकी वजह से हो गया था।

उसने फिर एक ज्वॉइंट भरी। उसके बाद आईने के सामने बैठ गई और उसने खुद से बात करना शुरू कर दिया।

"मैंने तुम्हें छोड़कर बहुत बड़ी गलती की है, नील। मैं चाहती थी कि तुम वापस आ जाओ। मैं चाहती थी कि तुम मुझसे इस बात के लिए माफी माँगो कि मैं तुमसे जितना समय माँग रही थी, तुम उतना मुझे नहीं दे पा रहे थे। मैं हमेशा यही सोचती रही कि तुम शायद ऐसा करोगे, मगर मैं गलत थी। मैं तुम्हें अपने जीवन में फिर से पाना चाहती हूँ, बहुत बुरी तरह से। अब तुम्हारा प्यार कहीं भी नहीं है। क्या तुम फिर से मेरे पास वापस आ सकते हो? मैं यह सच में चाहती हूँ। देखो, अब मेरे आस-पास कोई भी नहीं है। सब लोग मुझे छोड़कर चले गए हैं। मैं, मैं और बस मैं। हा-हा-हा-हा-हा···मुझ पर दया करो।"

"गौरी, ईश्वर तुम्हारी आत्मा को शांति दे। तुम, तुम मर गई हो, मगर तुम शांति से क्यों नहीं मर पाई? तुम्हें इस तरह से मरने की क्या जरूरत थी? तुमने सबकुछ अस्त-व्यस्त कर दिया। अब यह आदमी न तो तुम्हारा रहा और न ही मेरा हो सका और मुझे इसी बात का सबसे ज्यादा डर था।"

वह लंबे-लंबे कश लगाने लगी। वह दोबारा आईने के पास वापस लौट आई।

"बदचलन! तुम यहीं थी, गौरी। गौरी···"

एक बहुत तेज प्रहार के साथ उसने आईने को चकनाचूर कर दिया। ऐसा प्रहार वह कई बार करती रही। टूटे हुए टुकड़ों को ही वह तोड़ती रही। काँच के टुकड़े जमीन पर चारों तरफ फैल गए थे। वह रोती रही, चिल्लाती रही और फिर बेहोश हो गई।

~❋~

किसी ने मुझे फोन किया। मैंने फोन नहीं उठाया। जैसा कि मैंने पहले बताया था, मुझे उससे बात करने में कोई दिलचस्पी नहीं थी। ऐसा नहीं था कि मैं यह चाहता नहीं था। ऐसा नहीं था कि मैं उसे माफ नहीं करना चाहता था। मैंने क्या कर दिया था? मगर यह माफी मैं आज तक पहुँचाना नहीं चाहता था। एक तरह से मैंने उसे शांति दे दी थी। मुझे नहीं मालूम कि मैं सही था या गलत, मगर उन

परिस्थितियों में मैं जिस चीज से गुजर रहा था, उसके हिसाब से मैं बहुत ज्यादा सही था। जब मेरे जख्म भर रहे थे, उस वक्त मैं बिल्कुल अकेला छोड़ दिया गया था। तुमने मुझे यह समय दिया था। वह बिल्कुल स्पष्ट था। वह मुझे बहुत अच्छी तरह से जानता था। वह जानता था कि मैं इस बात में यकीन करता हूँ कि वक्त सारे जख्म भर देता है। मेरे जख्म भर रहे थे या फिर भरने शुरू हो गए थे। जो भी हो, वह हर पल मेरे साथ था, मेरे या अपने विचारों में।

जैसे-जैसे रात गहरी होती गई, मैं अपनी दैनिक क्रिया के अनुसार बालकनी में बाहर आ गया। मैंने सितारों का हाथ हिलाकर अभिवादन किया और गौरी से नमस्ते कर। अब मैं ताड़ के पेड़ों से बात करने की बजाय सितारों से बात करने लगा था। वह उन्हीं में कहीं थी। मुझे पक्का यकीन था।

मेरे लिए रात के साथ एकाकार हो जाने का एक ही मतलब था कि मैं उसके साथ रहना चाहता था
मेरे लिए ब्रह्मांड के साथ एकाकार हो जाने का मतलब था कि मैं उसे बहुत चाहता था।
सितारों से भरे उस आसमान ने मुझ पर ढेर सारा प्यार बरसाया था।
शायद मेरी उम्मीद से भी ज्यादा क्योंकि यह गौरी की ओर से आया था?
मेरे लिए सितारों के साथ होनेवाली उस लंबी बातचीत का कुछ तो मतलब था।
गौरी मेरा साथ कभी नहीं छोड़ेगी, शायद यही उसका मकसद था।
शायद किसी दिन मैं भी इस आसमान की गहराई में जाकर उससे मिल जाऊँगा।
मेरे लिए ब्रह्मांड से एकाकार होने का मतलब था कि मैं हमेशा उसे ही चाहूँगा।

हम मजाक करते थे, जोर-जोर से हँसते थे। काफी समय के बाद मैं इतना खुश था। वह अपने दोस्तों के पीछे छुप रही थी और कभी-कभी तो वह बादलों के पीछे भी छुप जाती थी। मुझे बादलों से नफरत है। मगर फिर अचानक वह बाहर निकल आती। गौरी, तुम जरा भी नहीं बदली हो। लुका-छुपी के इस खेल में तुम हमेशा जीत जाती हो। मगर इस बार मैं जीत गया हूँ, क्योंकि मैंने तुम्हें एक बार फिर से ढूँढ़ लिया है।

जाने भी दो नील, तुम कैसे जीत सकते हो? मैं तो तुम्हारी बाईं ओर थी, जबकि तुम अपनी दाईं ओर देख रहे थे। मैंने गौरी से खाना खाने के लिए कहा,

क्योंकि कल का दिन काफी लंबा होनेवाला था।

वह बहुत जिद्दी है। वह मेरी बात सुनना ही नहीं चाहती थी। वह कुछ और शरारत करने लगी थी। मैंने उसे वहीं छोड़ दिया। मैंने बादलों से कहा कि वे मेरे सामने से हट जाएँ, क्योंकि मैं वापस लौटकर आऊँगा और अपनी गौरी से बात करूँगा। ऊपर हीरों के आसमान में।

मैं वापस अपने कमरे में गया और वे खत पढ़ने लगा, जो उसने होटल में मेरे लिए लिखे थे। वह मेरे लिए सबसे मुश्किल रात थी। उस रात मुझे सचमुच ऐसा लगा कि मेरे जीने का कोई कारण ही नहीं है या फिर यूँ कहें कि मैं बस गौरी के साथ ही जीवित था। मेरी छाती में सचमुच एक दर्द होने लगा, जो मेरे दिल में चुभने लगा था। मेरा दिल भारी होने लगा और मेरी आँखें बंद होने लगी थीं। मैं और कर भी क्या सकता था, सिवाय दर्द में चीखने के?

मैंने गौरी की सारी तसवीरें अपने पलंग पर बिखेर दी थीं। हालाँकि मुझे ऐसा करने की कोई जरूरत नहीं थी, क्योंकि वह तो हमेशा मेरे पास ही रहती थी। फिर भी मैंने उन्हें इस तरह से सजा दिया था। इसका कारण था कि उन तसवीरों में बचपन से लेकर अभी तक की उसकी सारी तसवीरें थीं।

गौरी, मेरा कितना मन हो रहा है कि मैं अभी तुम्हें अपनी बाँहों में भर लूँ।

मैंने तो कभी तुम्हें रोका नहीं, नील।

शुक्रिया, मेरी जान। आज की रात में तुम्हें अपने ऊपर ओढ़ लेना चाहता हूँ।

जरूर मेरी जान।

तुम्हारी आवाज मेरे ऊपर जादू कर देती है, तुम मुझे पागल बना देती हो।

और तुम मुझसे जितना प्यार करते हो, उस पर मुझे बहुत प्यार आता है। तुम मुझे जो एहसास देते हो, मेरे लिए वही सबसे जरूरी है मेरी जान।

आओ...

आहह...यह कितना खास है।

उस रात गौरी ने एक पल के लिए भी मेरा हाथ नहीं छोड़ा था।

मैं जागा और हर दिन की तरह उसके लिए नाश्ता बनाया। मगर आज वह मुझे दिखाई नहीं दे रही थी। मैंने खिड़की खोली तो देखा कि बाहर तेज धूप चमक रही थी। तो मैं उससे केवल रात को ही मिल सकता था। मैं बैठ गया और उससे बात करने लगा, मैं यह कल्पना कर रहा था कि वह भी मेरे साथ नाश्ता कर रही है। यही मैं पिछले एक हफ्ते से कर रहा था। कुछ ही मिनटों में उसका

कमरा ठीक हो चुका था। उसकी तसवीरें साफ हो चुकी थीं। वह सफाई को लेकर बहुत सजग थी। यही कारण था कि हमने घर को पूरी तरह साफ कर दिया था।

फ्रीज पर टँगे पोस्ट-इट कागज मेरी स्याही में उसके हाथ से लिखी हुई कागजों में बदल चुके थे। मौसम की भविष्यवाणी वहाँ दर्ज हो गई। जिम की फीस भरी जा चुकी थी। इसका मतलब मैं घर से बाहर निकला था? इसका जवाब है, नहीं। मैंने पिज्जा पहुँचाने वाले लड़के के हाथों से नकद पैसे भिजवा दिए थे। पिज्जा क्यों? अचरज हो रहा है? क्योंकि साथ में पिज्जा खाना हमारे तयशुदा कार्यक्रमों में से था। उसे गौरी अच्छी तरह याद थी। मुझे देखकर वह थोड़ा भावुक हो गया था। जाने से पहले उसने बस इतना ही कहा, "सर, कृपया अपना खयाल रखो। और सर, हम मदाम को बहुत याद करते हैं।"

टॉम आया था। उसे आना पड़ा। कोई सूचना नहीं। कोई फोन नहीं।

"तुम्हारा 'मेरा' समय खत्म हो गया है। चलो उठो, खाना खाने चलते हैं।"

उसने पिज्जा देख लिया और भाई की तरह सबकुछ एक झटके में समझ गया।

"ठीक है, गौरी, तुम और मैं गाड़ी में घूमने चलेंगे। और यह पिज्जा हम अपने साथ ले चलेंगे।"

मैं यह सुनकर बहुत खुश था। वह गाड़ी चलाते हुए बातें कर रहा था। उस दिन शायद उसने मुझसे सबसे ज्यादा बात की थी। उसने रास्ते में गाड़ी रोक दी। हम दोनों बाहर आ गए।

"मुझे तुम्हें यह देना था।" उसने नजर टेढ़ी कर मुझसे कहा।

"क्या है इसमें?" मैंने त्वरित प्रक्रिया दी।

"तुम कब से इन चीजों में विश्वास करने लग गए?"

"प्रार्थना से शांति मिलती है। इसे अपने पास रखो।"

मैंने उससे कोई बहस नहीं की। इसलिए नहीं कि भगवान् के साथ मेरा गुस्सा शांत हो चुका था। मगर इसलिए, क्योंकि दोस्ती में कुछ चीजें हमेशा अटल रहती हैं। भरोसा, श्रद्धा; और अकसर तो इसलिए, क्योंकि आपका दोस्त आपसे कहता है।

"आर्या ने एक हफ्ते के अंदर गौरी से इस हद तक दोस्ती कैसे कर ली होगी? इतने दिनों के बाद भी हम दोनों एक-दूसरे को लेकर कितने संवेदनशील रहते हैं। अगर वह ढोंग भी कर रही थी, तो भी उसने एक बार भी इसके बारे में नहीं सोचा।"

"प्रार्थना करना शुरू करो। ध्यान लगाना शुरू करो। तुम्हें सारे जवाब खुद

मिल जाएँगे। अब तुम्हें ज्यादा बातें ब्रह्मांड के साथ करने की जरूरत है। जितना चाहे इसका इस्तेमाल करो। और हाँ, यह हमेशा याद रखना। भगवान् अभी भी मौजूद है। और अब गौरी भी एक है।" टॉम ने उँगली से उस डब्बे की ओर इशारा किया और फिर उसने अपनी उँगली आसमान की ओर उठा दी।

"मैं जानता हूँ। मैंने कल रात ही उससे बात की थी। वह बहुत खुशी-खुशी मेरी कमी महसूस कर रही है।" मैंने अपने सबसे अच्छे दोस्त को गले लगते हुए कहा।

उसने मुझे पीछे धकेल दिया। उसने मुझसे एक वादा करने को कहा; मैं जो भी करना चाह रहा था, मैं उसे जरूर बाँटूँगा। हमने इतिश्री के बारे में कोई बात नहीं की। मुझे लग रहा था कि शायद वह कुछ कहेगा, मगर उसने भी कुछ नहीं कहा। इससे एक ही निष्कर्ष निकाला जा सकता था, वह उससे मिल चुका था और इसीलिए उसे पता चल गया होगा कि मैं अभी तक उससे नाराज था। अब एक जाग्रत् मस्तिष्क में तो और भी ज्यादा। फिर से दोस्ती की वह छोटी सी चीज। वह मत करना, जो लोगों को पसंद न आए।

मैंने उससे वादा कर दिया।

मेरी यह शाम बिल्कुल पिछली शाम की तरह थी। जैसे-जैसे रात गहरी होती गई, मैं गौरी के साथ अपनी खूबसूरत दुनिया में खो गया। पिछली रात की ही तरह इस रात भी हम उसी तरह रोमानी लम्हों में खोए हुए थे। मुझे नहीं मालूम क्या हुआ था, मगर मैं एक झटके से जाग चुका था। मुझे थोड़ा अजीब सा महसूस हो रहा था। मैंने पहले कभी ऐसा अनुभव नहीं किया था। प्यार पाने और अपनी जान से प्यार जताना तो कभी झटके को निमंत्रण नहीं देता। मैंने बत्ती चालू की, उस प्रार्थना की किताब को खोला और कुछ पढ़ने लगा। यह पहले से तय नहीं था, या फिर इसकी जरूरत नहीं थी या फिर यह मेरा विकल्प नहीं था कि मैं प्रार्थना करने लगा था। यह स्वत: नहीं हुआ था। इसमें कोई दिव्य शक्ति थी, मैंने यह महसूस किया था। इसमें इतनी ताकत थी कि यह मुझे उस किताब तक खींच लाई थी।

मुझे आश्चर्य हुआ कि क्यों, मगर धीरे-धीरे यह मेरे मन में एक घर बनाने लगा था। मुझे नहीं लगता कि मैं शारीरिक रूप से गौरी की ओर आकर्षित हो रहा था या फिर मेरी वासना मेरे प्यार पर हावी हो रही थी। मगर फिर भी इस बार मुझे ऐसा लग रहा था कि जो मैं कर रहा था, वह ठीक नहीं था। मैंने बस

अपनी प्रार्थना शुरू कर दी थी। मैंने गौरी से कहा कि उसके लिए मेरा प्यार बिल्कुल पवित्र था, जिसमें वासना के लिए कोई जगह नहीं थी। मुझे यकीन नहीं हो रहा था कि मुझे शारीरिक रूप से उसकी कमी क्यों महसूस हो रही थी। मुझे मेरे जवाब मिल गए थे। मैं बिल्कुल विकर्षित हो रहा था। मुझे मन की शांति चाहिए थी। इस वक्त यह सब गलत था। मुझे यह तय करना था कि मैं अपनी जिंदगी में चाहता क्या हूँ, हाँ, गौरी उसका एक महत्त्वपूर्ण हिस्सा तो रहेगी ही।

मैं बस अड्डे पर बैठा हुआ था। मैं लोगों को चलते हुए, खरीदारी करते हुए, बातें करते हुए और वह सब करते हुए देख रहा था, जो भी देखा जा सकता था। जो पुणे से बिल्कुल अलग था। यह मेरे लिए किसी खोज से भी बड़ा था। मानो मुझे यह एहसास ही नहीं था कि मेरा देश मुझे क्या क्या दिखा सकता है? मेरा उद्देश्य मुझे यहाँ लेकर आया था। हालाँकि मैं अपनी आखिरी मंजिल, मैकलॉडगंज से अभी भी 3 किलोमीटर दूर था। मैं धर्मशाला में था।

मुझे वहाँ तक पहुँचने में 5 दिन लगे थे। ऐसा नहीं था कि उन 5 दिनों में मेरे जीवन में कोई दिव्य परिवर्तन आ गया था और मैं हिमाचल छुट्टियाँ मनाने गया था। अपना अंदाजा तो लगा ही सकता हूँ कि मेरा उद्देश्य कुछ अलग ही था। इससे भी महत्त्वपूर्ण वह था, जो 5 दिन पहले उस रात पुणे से निकलने से पहले मेरे साथ हुआ था। मैं पुणे से हमेशा के लिए निकल गया था।

गुलमोहर और अशोका से देवघर तक; और सहयाद्री पर्वत शृंखला से धौलाधार शृंखला तक।

यह परिवर्तन किसी के लिए भी आसान नहीं होता है। मेरे लिए और कोई विकल्प नहीं रह गया था। मेरे अंदर जहर भरता जा रहा था। मुझे कुछ होश ही नहीं रहा था। मेरा मन दूषित हो चुका था। मैं हर वक्त बस उसे ही देखता रहता था। वह भी मेरे लिए किसी वस्तु की तरह होती जा रही थी। ऐसी वस्तु, जिसे मैं अपने मन की मरजी से इस्तेमाल कर सकता था। ऐसी वस्तु, जिसे मैं सहानुभूति से देखता था। और इन सबसे भी अधिक ऐसी वस्तु, जिससे मैं अपना क्रोध शांत किया करता था।

अत: मेरे लिए यह बदलाव बहुत जरूरी हो गया था। यह बदलाव करने से पहले मेरे पास एक विकल्प था। समर्पण, हार मान लेना···क्या कह रहा था मैं? और हाँ यह मुझे चिढ़ा भी रहा था। जब मैं धर्मशाला के रास्ते पर था और कुछ ही

मिनट दूरी पर था तो मैंने अपने आप को साथ वाले व्यक्ति से कुछ पूछने से रोक नहीं पाया। मुझे वह एक बौद्ध भिक्षु लगा, और वह वही था। जब मैंने उसे ध्यान से देखा तो एक बात, जो तय हो गई कि वह एक संत था।

"महाशय, मैं हार मानना चाहता हूँ। मैं परिस्थितियों के आगे समर्पण करना चाहता हूँ। अब मेरे जीवन में कोई उम्मीद, कोई आकांक्षा, कोई खुशी, नहीं बची है। मैंने अपना जीवन दो हफ्ते पहले खो दिया है।" मैंने अपनी सारी कहानी उसे 5 मिनट के अंदर सुना दी। मैं इतने दिनों से इससे बाहर आने का इंतजार कर रहा था।

वह मेरी ओर देखकर मुसकराया। उसने मुझे आशीर्वाद दिया और कहा, "'हार जाओ' और 'समर्पण कर दो' इन सब को 'दे दो' में परिवर्तित करो। लोगों को देना शुरू करो, उनके चेहरे पर खुशी को देखो। प्रकृति को देना शुरू करो और ब्रह्मांड की खुशी को देखो। ईश्वर तुम्हारा भला करे।"

हम बस स्टॉप पर उतरे। मैंने उसका पीछा किया। वह रूक गया। और उसने मुझसे पूछा—तुम यहाँ पर सारे जवाब ढूँढ़ने आए हो, एक बार जब मैं तुम्हें बता दूँगा, तो तुम यहाँ सबकुछ पा लोगे। मुझे कल मंदिर के पास मिलो।

उसके बाद वह चला गया और मैं बस स्टॉप पर वापस लौट आया। वह मंदिर मैकलॉडगंज में था।

मैं फोन बूथ की ओर मुड़ा और मैंने टॉम को फोन किया। वह फूट-फूटकर रोने लगा।

"तेरी बहुत याद आती है, भाई। चाचीजी और चाचाजी को भी हर दिन फोन कर लेना। हम सब तुझसे बहुत प्यार करते हैं। और सुनो, मैं इतिश्री के संपर्क में नहीं हूँ। मुझे मालूम है, इससे तुझे कोई फर्क नहीं पड़ता, मगर वह तुम्हारे बारे में ही पूछती रहती है। उसने मुझे गौरी की सारी रिकॉर्डिंग दी है।"

"क्या कह रहा है, टॉम? तू मुझे बस रुला रहा है। बहुत दुःख होता है। मैं गौरी से आगे नहीं बढ़ पा रहा हूँ। काश, मैं इतिश्री को माफ कर पाता। मैं उसके साथ इतनी बदतमीजी करने के लिए खुद को गुनाहगार मानता हूँ। मैं बहुत जल्द तुमसे मिलूँगा। बस, एक बार मुझे मेरा जवाब मिल जाए।"

हमने थोड़ी देर और बात की उसके बाद मैंने फोन रख दिया।

मैं मैकलॉडगंज के लिए आखिरी बस पकड़ी।

धौलाधार श्रृंखला की पहाड़ियों में बसा मैकलॉडगंज, जिसके पीछे बहुत ऊँची चोटियाँ हैं, कांगड़ा घाटी की खूबसूरत तिब्बती परंपरा की एक बेहतरीन जगह है। इस

जगह में सांस्कृतिक और आध्यात्मिक पर्यटकों की भरमार होती है। मैं इसे देखकर वशीभूत हो चुका था। मैंने पहले कुछ दिन यहाँ के अलग-अलग मठों की यात्रा की और सब को ढूँढ़ने की कोशिश करता रहा।

मैंने तसुगलग खंग या दलाई लामा मंदिर में काफी समय बिताया। मेरा उद्देश्य बड़ा ही साधारण था। मैं अपने अंदर मौजूद हर किस्म की शैतानी ताकत से छुटकारा पाना चाहता था और मैं आध्यात्म समझना चाहता था।

यहाँ सबकुछ कितना शांत और अविरल लग रहा था। यह जगह मुझे पूर्वोत्तर की याद दिला रहा था, जहाँ मेरा घर भी है।

वहाँ कई दिन गुजारने के बाद मुझे अपनी आवाज सुनाई दी। मैं एक बौद्ध पाठ्यक्रम में शामिल हो गया। मैं एक संत से मिला। उनका नाम था—जूनको। वे बहुत ही प्रतिभाशाली विद्वान् थे और उनकी हर बात का गहरा मतलब होता था।

हम मन, भावना और कर्म के बारे में काफी देर तक बातें करते रहे। दरअसल मैंने दो पाठ्यक्रमों में हिस्सा लिया था। मुझे यह एहसास हुआ कि बौद्ध एक धर्म से ज्यादा एक दर्शनशास्त्र है। यह जीवन जीने का एक तरीका है। मुझे यह पसंद आने लगा था।

एक दिन जब मैं जूनको से बात कर रहा था, तब मैंने उन्हें इतिश्री के प्रति अपने गुस्से के बारे में बताया। उन्होंने मुझे गुस्से के बारे में एक खूबसूरत कहानी सुनाई, जिसे मैं कभी नहीं भूल पाऊँगा।

"एक औरत थी, जो बौद्ध अमिताभ के नाम के उच्चारण का पाठ करती थी, मगर वह बहुत ही कठोर थी। वह नमो अमिताभ बुद्धा के नाम का उच्चारण दिन में तीन बार करती थी। हालाँकि वह यह काम पिछले 10 सालों से भी ज्यादा समय से करती आ रही थी। फिर भी वह बुरी थी और लोगों पर हर वक्त चिल्लाती रहती थी। अपनी प्रार्थना वह अगरबत्ती जलाकर शुरू करती थी और फिर वह एक छोटा सा घंटा बजाया करती थी।

एक दोस्त, जो उसे सबक सिखाना चाहता था, उसके दरवाजे पर उसी वक्त आया, जब वह अपनी प्रार्थना शुरू करनेवाली थी और आकर चिल्लाया—"कुमारी नुएन, कुमारी नुएन।"

अब क्योंकि यह उसके प्रार्थना का समय था, इसीलिए वह बहुत चिढ़ गई। मगर उसने अपने आप से कहा, मुझे अपने गुस्से से लड़ना है। इसीलिए मैं इसे अनसुना कर दूँगी और फिर वह नमो अमिताभ बुद्धा, नमो अमिताभ बुद्धा, नमो अमिताभ

बुद्धा जपती रही, मगर वह आदमी भी उसका नाम चिल्लाता रहा। इससे वह और भी ज्यादा झल्लाने लगी।

धीरे-धीरे उसके लिए यह असहनीय हो गया और उसने मन में सोचा कि क्या वह अपनी प्रार्थना को थोड़ी देर के लिए रोककर उस आदमी से बात करे। मगर फिर भी वह नमो अमिताभ बुद्धा, नमो अमिताभ बुद्धा, नमो अमिताभ बुद्धा जपती रही।

बाहर खड़े उस व्यक्ति ने यह सुन लिया था और वह भी उसका नाम चिल्लाता रहा—कुमारी नुएन, कुमारी नुएन।

जब उस औरत से रहा नहीं गया तो वह उठी और मुख्य दरवाजे पर आई तथा उसने चिल्लाकर कहा, "तुम्हें ऐसा बरताव करने की क्या जरूरत है? मैं अपनी प्रार्थना कर रही हूँ और तुम मेरा नाम लेकर बार-बार चिल्ला रहे हो।"

वह व्यक्ति मुसकराया और उसने कहा, "मैंने तो तुम्हारा नाम सिर्फ 10 बार लिया तो तुम इतनी ज्यादा गुस्से में आ गई। अमिताभ बुद्धा का नाम तुम पिछले 10 वर्षों से ले रही हो तो जरा सोचो, उसे तुम पर कितना गुस्सा आता होगा?"

यह कहानी सुनकर मैं रोमांचित हो उठा था। कितना साधारण था, फिर भी उसका मतलब कितना गहरा था? शिक्षण का मतलब भी तो यही था। जो मैंने स्कूल में पढ़ा था और जो मैंने कॉलेज में पढ़ा था, वे मुझे नौकरी दिला सकते थे। जो भी मैं पढ़ या समझ रहा था, वह मुझे सफल बना सकते थे, मगर इन सब के बाहर की पढ़ाई का भी अपना महत्त्व होता है। वे महत्त्व, जिसे मैं आज से पहले नहीं जानता था।

वहाँ के पाठ बड़े ही विलक्षण थे। जो कुछ भी मुझे सिखाया गया, वह बहुत ही प्रभावशाली था। मेरे बदलाव की प्रक्रिया शुरू हो चुकी थी।

मैं जानता था कि रास्ते में अड़चनें भी आएँगी, ध्यान भंग भी होगा, मगर फिर भी मैं आगे बढ़ता रहा। यह उतना आसान नहीं था, जितना लग रहा है। इस ब्रह्मांड में कुछ शक्ति तो है और मैंने उन्हें मानना शुरू कर दिया था। ये शक्तियाँ आपको चंगा करती हैं, मगर एक बार फिर मैं आपको बता दूँ। ऐसा नहीं होता कि आपने बात शुरू की और उसने अपना काम शुरू कर दिया। ये तभी काम करती हैं, जब आप खुद ठीक होना चाहते हो। इसीलिए यह इतना आसान नहीं है, जितना लगता है। मजेदार बात यह है कि जब हम टूट चुके होते हैं तो हम यह भूल जाते हैं कि दुनिया में अभी भी ठीक करनेवाली शक्तियाँ मौजूद हैं। और यही वह समय है, जब ब्रह्मांड अपना काम शुरू करता है। मैं इससे लगातार संपर्क में था, जैसे-जैसे मैं नजदीक आता गया, मुझे अन्य बौद्ध संतों से मिलने का मौका मिला। इन हरियाली

में, इन पर्वतों में, चाँद के निकट, सितारों के निकट, गौरी के निकट, मेरे ब्रह्मांड के निकट। तो इसका मतलब है कि मैं अब ठीक हो रहा था।

अगले कुछ दिनों में मैं किताबें पढ़ने में दिलचस्पी लेने लगा। उनके पास एक अभूतपूर्व पुस्तकालय था। मैं उससे बहुत प्रभावित हुआ। उनके पास हर उस विषय की किताब थी, जिसके बारे में हम बस कल्पना कर सकते हैं। किताबें पढ़ने से आपकी चेतना में जो शांति आती है, वह अभूतपूर्व है। इससे आप ध्यान मग्न होते हैं, आप शांत चित्त होते हैं और भी बहुत कुछ होता है, आपके साथ।

यदि मैं यह कहूँ कि मैं खुद एक आध्यात्मिक गुरु बनता जा रहा था तो यह मेरी मूर्खता होगी। हालाँकि लोगों को पहली नजर में ऐसा ही लगेगा। मगर मेरा विश्वास करिए, मैं उससे कोसों दूर था। बस एक ही बात थी कि मेरे पास एक दृढ इच्छाशक्ति थी। मैं प्रक्रिया के एक बहुत महीन स्वरूप में था। मैं इसमें रम चुका था। जब मैं कोई किताब पढ़ लेता था तो मैं थोड़ा काम भी करता था, जैसे पुस्तकालय की सफाई करना, उस जगह पर झाड़ू-पोंछा लगाना इत्यादि। प्रार्थना वहाँ पर एक नित्य कर्म था। रात होने पर मैं सितारों को देखता रहता था और मैं आपको पूरे विश्वास के साथ यह बता सकता हूँ कि गौरी अब और भी ज्यादा खुश थी। यह मुझे जहाँ कहीं भी ले जा रहा था, इसमें गौरी का एक बहुत बड़ा हाथ था। उसने मुझे दोबारा साँस लेने की शक्ति दी थी। उसने मुझे डर से लड़ना सिखाया था। तो अब मैं अपने आप को उस स्वरूप में डाल रहा था, जिसमें वह मुझे देखना चाहती थी। मैंने उससे बात की, हाथ हिलाकर उसका अभिवादन किया और वापस अपने कमरे में लौट गया।

मैंने यहाँ जो कुछ भी सीखा, उससे मुझे अपने आप को इस ब्रह्मांड से एक आध्यात्मिक स्तर पर जोड़ना आ गया था। तो एक तरह से यह ब्रह्मांड के साथ एकाकार होने जैसा था। गौरी के साथ एकाकार होने जैसा, क्योंकि अब वह भी ब्रह्मांड थी। अब उससे बातचीत करते वक्त मैं ज्यादा सहज रहता था। यही कारण है कि पिछले 30 दिनों में मैंने एक बार भी उसके बारे में बात नहीं की थी। अब वह मुझसे जुड़ चुकी थी। हमारी बात अब्दुल से होती थी। वह भी बहुत खुश थी। वह भी आजाद लग रही थी। मैं यह आसमान में देख सकता था। सितारे मुझे देखकर टिमटिमाते थे, मानो अब वही वह सितारा हो। मेरे लिए अब उसे सितारे गिराने की कोई जरूरत नहीं थी। वह जैसी थी मुझे वैसे ही पसंद थी। 30 दिन पहले मैंने उससे अपने साथ रहने को कहा था और अब वह मेरे साथ थी। हमारे बीच की दूरी कम हो चुकी थी। वह मेरे दिल में रहती थी। वह हमेशा ही मेरा प्यार रहेगी। पिछले 30

दिनों से मैंने घर पर किसी से भी बात नहीं की थी। मगर वे सब मेरे मन में बसते थे। मेरे पास मेरे जीवन के हर व्यक्ति के लिए एक प्रार्थना थी।

इसलिए मैंने सबसे एक-एक करके बात करने का फैसला किया। ठीक है? संक्षेप में मैं परिस्थितियों को समझने लगा था। मैं यह समझने लगा था कि दर्द के बावजूद खुशी कैसे पाई जा सकती है और यह भी कि अच्छे कर्म करने का प्रयास कैसे किया जाता है? मैं यह नहीं कहूँगा कि मैं जाग्रत् के स्तर पर पहुँच गया था, मगर फिर भी मैंने कुछ दूरी तो तय कर ली थी।

आज जब मैं सबसे बात करूँगा तो मैं और भी संयमित और अलग लगूँगा। मेरे पिताजी को मुझ में एक बेटे की आवाज सुनाई देगी, मेरी माँ को एक अच्छे बेटे की, टॉम को एक खास दोस्त की और भगवान् को एक विश्वासपात्र की आवाज सुनाई देगी।

मैं जैसे ही फोन बूथ तक पहुँचा, मेरे हाथ-पैर काँपने लगे। मैं घबरा गया। मेरे साथ ऐसा क्यों हो रहा है? मुझे लगा शायद मैंने जो कुछ भी सीखा है, वह सब क्षणिक था। अगर मैंने शांति का अनुभव कर लिया है तो यह छोटी-छोटी खुशियाँ मुझ पर असर नहीं कर सकती थीं। इतना तो बिल्कुल भी नहीं कि मैं भावनाओं में बह जाऊँ।

मैं जल्दी से भागकर मंदिर में लौट आया। मेरे संत गुरु बस मुसकरा रहे थे और उन्होंने मुझसे कुछ भी नहीं पूछा। मैंने भी उन्हें कुछ नहीं बताया। मैं उन्हें कैसे बताता कि मुझे यह लग रहा है कि मैं विफल हो गया हूँ। मैं उन्हें यह कैसे बताता कि मैं अपने आप को सफल तभी मान पाता हूँ, जब मैं उनके या उस मंदिर के आस-पास होता हूँ। मैं उन्हें कैसे बताता कि शायद मैंने उन्हें निराश किया है।

एक ओर जहाँ ये सवाल मुझे भेद रहे थे, वहीं दूसरी ओर मैं उनसे बेईमानी भी नहीं कर सकता था।

मैंने उनसे इसके बारे में अगले दिन बात करने की सोची। उस रात में सोने की बहुत कोशिश करता रहा, मगर मुश्किल से मैं दो घंटे ही सो पाया था।

अगली सुबह, जब मैं उठा तो मैंने देखा कि एक चिट्ठी मेरे पास रखी हुई है। उसने मुझे जो सिखाया, वह जीवन में मैं कभी नहीं भूलूँगा।

"बौद्ध धर्म यह बताता है कि ज्ञान का विकास प्रेम से होना चाहिए। एक छोर पर तुम एक कोमल हृदय वाले मूर्ख हो सकते हो तो दूसरे छोर पर तुम भावनाहीन होकर ज्ञान प्राप्त कर सकते हो। बौद्ध धर्म इन दोनों के बीच का रास्ता अपनाता है। सबसे बड़ा ज्ञान तो यह देख पाना है कि असलियत में

हर प्रतिभास अधूरा है, क्षणिक है और किसी भी खास वस्तु से जुड़ा हुआ नहीं है। "ज्ञान वह नहीं होता कि जो हमें बताया जाए, हम उस पर विश्वास कर लें, बल्कि वह तो सत्य और वास्तविकता को समझने और परखने का नाम है। ज्ञान के लिए एक स्वतंत्र विषयनिष्ठ और समावेशी मस्तिष्क की जरूरत होती है। बौद्ध धर्म की राह साहस, धैर्य, बुद्धिमत्ता और नमिता माँगती है।

इसीलिए धैर्यवान बनो। सुनियोजित बनो। स्वतंत्र बनो। बाकी सब खुद-ब-खुद तुम्हारे पास चला आएगा और हाँ, यह कभी न भूलना कि जो तुम सीख रहे हो, वह तुम्हारा ही एक भाग है। अपने जीवन के हर अनुभव में किसी-न-किसी मोड़ पर उसका प्रगटीकरण जरूर होगा। बस, लगे रहो। अब वापस वहाँ जाओ, जहाँ तुम्हें होना चाहिए। और हाँ, अंत में देना बंद मत करो।"

—जूनको

मैं उसे लेकर बाहर आ गया। मैंने लोगों से जूनको के बारे में पूछा। किसी को कुछ भी नहीं पता था। कोई नहीं जानता था कि मेरे अंदर और भी जिज्ञासा जगी है। इसीलिए मैं मंदिर गया और उस संत से मिला, जो हमारे साथ प्रार्थना स्थल पर बैठा करते थे। उन्होंने मुझे बताया कि उन्होंने हमेशा मुझे अकेला ही देखा है। उन्होंने मुझे अकेला ही प्रार्थना करते हुए देखा है। इसीलिए जूनको नाम का कोई व्यक्ति नहीं है। 'हाँ' कोई भी व्यक्ति नहीं था। मैंने ऊपर आसमान की ओर देखा और कहा, "गौरी, मैं तब तक हार नहीं मानूँगा, जब तक तुम हार नहीं मानोगी। मैं हमेशा ही चलता जाऊँगा। धन्यवाद जूनको।"

मैं इस बात में बहुत विश्वास करता हूँ कि जब जीवन आपको दर्द देता है, कम या ज्यादा तो साथ ही वह आपको उसे बरदाश्त करने की शक्ति भी देता है। विकल्प हमेशा हमारे अंदर ही होता है। या तो हम एड़ी-चोटी का जोर लगा दें या समर्पण कर दें। कुछ लोग समर्पण कर देते हैं, कुछ अपने दोस्तों-परिवारजनों से बात कर लेते हैं और कुछ लोग इसे अनदेखा कर देते हैं। अगर मुझे अपने बारे में बात करनी हो तो मैं इनमें से किसी भी परिस्थिति में नहीं आता। मैंने अपनी हर पीड़ा का बहादुरी से सामना किया। क्या यह मुझे विलक्षण बना देता है ? नहीं, क्योंकि जो व्यक्ति अपनी पीड़ा को अनदेखा कर देते हैं, उनके दो पहलू होते हैं—पहला, जो पीड़ा को सहते रहते हैं और उसके परिणाम से भयभीत रहते हैं। इसी तरह से ऐसे

लोग भी होते हैं, जो उसे इसलिए अनदेखा कर देते हैं, क्योंकि वे इसे इस लायक नहीं समझते कि उस पर ध्यान दिया जाए। वे उसका सामना कर पाते हैं और उस पर विजय पाते हैं, मानो वे मानसिक और भावनात्मक रूप से बहुत मजबूत हैं। मेरा लक्ष्य यह नहीं था। दर्द बरदाश्त करना नहीं, बल्कि और भी अधिक मजबूत होना—मानसिक और भावनात्मक तौर पर।

अपनी पढ़ाई के लिए हिमाचल प्रदेश की बाँहों से निकले हुए मुझे लगभग दो वर्ष हो चुके थे, मगर एक भी साल ऐसा नहीं था, जब मैंने मैकलॉडगंज के मंदिरों का भ्रमण नहीं किया था। पिछले दो अवसरों पर तो मेरे साथ मेरी पूरी मंडली थी, जो मेरी इस यात्रा का हिस्सा बनी थी। सबसे पहले इसमें जेरी शामिल हुआ था। उसके बाद हर क्लास में मुझे कुछ बेहतरीन दोस्त उपहारस्वरूप मिलते रहे। टॉम हमेशा मेरा खास दोस्त बना रहा और जेरी ने इस तिकड़ी को पूरा किया। कॉलेज में आप कई जरूरतों और परिकल्पनाओं के आधार पर दोस्त बनाते हैं। इनमें से कुछ हैं—

(क) हम सब एक ही शहर से आते हैं। जितना छोटा शहर उतनी ही गहरी दोस्ती।

(ख) विद्यालय में हमने समान अंक अर्जित किए, जिसकी वजह से हमें एक ही महाविद्यालय में दाखिला मिला।

(ग) हम एक ही कक्षा में पढ़ते हैं और सिगरेट, शराब, लड़कियाँ और पागलपन में भी हमारी रुचि एक जैसी ही है।

(घ) हमारी जिंदगी के शौक भी एक जैसे ही है—संगीत, कला, साहित्य, घूमना-फिरना इत्यादि।

(ङ) हम सब के पास टूटा हुआ दिल, पीड़ा, दु:ख और अनंत व्यथा हैं।

दूसरे साल से की गई मेरी सारी दोस्ती उपर्युक्त बिंदुओं से प्रेरित है। मगर एक छोटा सा समूह था, जिसने मुझे अपनी ओर खींच लिया, जिसकी वजह यात्रा और मेरे दूसरे शौक थे।

भारत की राजधानी में रहने की वजह से आपके पास भारत के हर कोने में

भ्रमण करने के साधन मौजूद रहते हैं। इन सारी जगह में हिमाचल भले ही कितना दूर प्रतीत होता हो, मगर वह आपके बिल्कुल बगल में है।

वह कंप्यूटर प्रयोगशाला थी, जहाँ मैं अपना दिन व्यतीत कर रहा था। यह लड़कियों के छात्रावास की बगल में था। अविश्वसनीय मगर सत्य! कुछ लड़कों ने तो इस पाठ्यक्रम में बस इसीलिए दाखिला लिया था, ताकि वे इत्र की खुशबू ले सकें और मौका मिलने पर थोड़ी सी ताक-झाँक भी कर सकें। कॉलेज में हर चीज को संभव मान लेना चाहिए। मैं अपने विषयों में बिल्कुल तल्लीन था। परिसर में चहल-पहल बढ़ती जा रही थी। सब उस आनेवाले वार्षिकोत्सव की वजह से था, जो 20 फरवरी को मनाया जानेवाला था। यह हमारे इंजीनियरिंग कॉलेज का सालाना जलसा था। जेरी मेरे पास दौड़ता हुआ आया। वह तेजी से मुझे प्रयोगशाला से बाहर खींचकर ले गया।

"क्या हुआ ? ऐसे क्यों उठा लाया तू मुझे ?"

"क्या तुम्हें पता है, इस साल हमारे वार्षिकोत्सव में एक आकर्षण का भाग भी है ?"

"वह क्या है ?"

"नील, तुम समिति के सदस्य हो और मैं यह सवाल इसीलिए तुमसे पूछ रहा हूँ, ताकि तुम मुझे इसका जवाब दो।"

"भाई, तुम्हें यहाँ मौजूद हर व्यक्ति से ज्यादा पता है, तुम तो पूरे खबरी हो।"

"हाँ, मुझे मालूम है कि इस बार अलग-अलग कॉलेज से मिस इंडिया की प्रतिभागी यहाँ रैंप वॉक करनेवाली हैं। इससे हमारे डी.सी.ई. को अलग पहचान तो जरूर मिलेगी। मीडिया भी इसे प्रसारित करनेवाला है। और क्या जानकारी चाहिए तुम्हें ?"

"याहू... तुम भी इस बार किसी को पटा लेना। गौरी बहुत खुश हो जाएगी, अगर तू ऐसा कर सका तो... प्लीज!" जेरी ने अपनी आँखें तरेरते हुए मुझे वह भाव दिखाया, जो कि वह हर तीन महीने में दिखाता रहता है। और हर बार की तरह मैं वहाँ से चला आया।

वार्षिकोत्सव अब बस दो दिन दूर था। कई कलाकारों से हमारा कॉलेज परिसर भर गया था। लग रहा था मानो वेम्बले स्टेडियम में एरोस्मिथ के कार्यक्रम की तैयारी चल रही है। अभ्यास अपने पूरे शबाब पर थे और हर जगह दिखाई दे रहे थे। मैं

नाट्यशाला के नजदीक बने एक बेंच पर बैठ गया और गौर से इस चहल-पहल को देखने लगा। इतनी दूर से मैं बस यह देख पा रहा था कि हर कोई कुछ-न-कुछ कर रहा है, सिवाय मेरे। सचमुच ऐसा नहीं था। मैंने बस थोड़ा सा विराम लिया था। मैं अपने जूनियर्स को बता रहा था कि मेहमानों का स्वागत कैसे करना है ? मगर फिर मुझे लगा कि वे खुद सक्षम थे। उन्होंने अभ्यास के दौरान ही उनसे दोस्ती कर ली थी। मैंने थोड़े से निर्देशन के अलावा कुछ भी नहीं किया। सीनियर होने के नाते।

इन सब मजेदार क्रियाकलापों के बीच में एक लड़की मुझे बड़े गौर से देख रही थी। मैंने तिरछी नजर से उसे देख लिया था। मुझे ऐसा लगा कि उसकी टाँगें जेरी की लंबाई से ज्यादा लंबी थीं। फिर मैंने सीधे संपर्क के लिए अपनी आँखें उठाईं। उसके बाल उसकी कमर तक आ रहे थे। वह निश्चित ही कोई कलाकार रही होगी। मैंने उसे पहले कभी नहीं देखा था। वह क्लाउडिया स्चीफ्फर जैसी दिख रही थी, जब वह अपने मॉडलिंग के चरम पर थी। इसके पहले कि मैं कुछ और देख पता, उसने एक चमकदार मुसकान बिखेरी और फिर गायब हो गई।

टॉम किसी भी वक्त मेरे पास आ सकता था। मैं उसकी प्रतीक्षा कर रहा था। हर वर्ष महोत्सव के समय वह मुझसे मिलने जरूर आता था। और मेरे सबसे प्यारे दोस्त की तरह उसने बिल्कुल सही समय पर प्रवेश किया। क्योंकि मैं सोने ही वाला था। मैं अभी भी उसी बेंच पर बैठा हुआ था। सूरज अपनी किरणें सीधी मेरी आँखों में भेद रहा था और दूसरी तरफ मुड़ने में मुझे आलस महसूस हो रहा था। फरवरी की एक ठंडी दोपहर में दिल्ली में सूरज किसे पसंद नहीं होता ?

"नील, मुझे एक बात बताओ। मैं जब भी आता हूँ तो तुम मुझे इसी बेंच पर बैठे हुए क्यों मिलते हो ?"

टॉम और मैं बहुत देर तक एक-दूसरे के गले से लगे रहे। जब भी हम काफी दिनों के बाद मिलते तो हमारे साथ ऐसा ही होता था। यह सालों से चला आ रहा था। अब दिनों की यह दूरी काफी बड़ी हो चुकी थी। वह मुझसे हमेशा पूछता रहता था कि मैं पुणे वापस क्यों नहीं लौटा ? हिमाचल से लौटने के बाद मैंने दुबारा पुणे एक बार भी क्यों नहीं गया ? मैं हर उस चीज से क्यों भाग आया, जो मुझे गौरी की याद दिलाती थी ?

मेरे लिए यह एक बेहद जटिल प्रश्न था। यह सत्य नहीं है कि इसका मेरे पास कोई जवाब नहीं था या फिर मैंने इसकी कोशिश नहीं की थी, खासकर टॉम के लिए जो कि मेरी रग-रग से वाकिफ था। मगर यह जवाब दे पाना उतना भी आसान नहीं

था। याद रखिए कि मैं कोई कमजोर व्यक्ति नहीं था, न ही मैं उन लोगों में से था, जो अपने दर्द से भाग जाते हैं। मैं एक मजबूत आदमी हूँ, जो दुनिया का सामना करना सीख रहा है। मेरे लिए यह मापदंड तय हो चुका है, मगर ऐसा हमेशा से नहीं था। इस यात्रा के दौरान मैं भगोड़ा बन चुका था और बाद में जब मेरा उत्थान हुआ, मेरे लिए उस जगह पर वापस जाना या उन लोगों से दुबारा मिलने के लिए बहुत देर हो चुकी थी।। इसीलिए मुझे हमेशा यही लगता था कि यदि मैं पुणे वापस गया तो मैं स्वार्थी बन जाऊँगा। क्योंकि मैं उस वक्त नहीं गया, जब मुझे जाना चाहिए था और अब यह सब यांत्रिक हो चुका था। जहाँ तक गौरी की बात है तो वह एक सितारे की तरह हमेशा मेरे साथ रहती थी, जिसे मैं किसी भी जगह से आसमान में देख सकता था।

इसे समझा पाना इतना आसान नहीं है और यह काफी दार्शनिक है। यही कारण है कि मैं टॉम को कभी यह सब समझा नहीं पाया।

टॉम, जेरी और मैं अगले दो दिन साथ में बिताए। मैं जेरी के साथ अपनी दोस्ती को और प्रगाढ़ होता हुआ महसूस कर सकता था। इस बीच मैंने उस लड़की को भी ढूँढ़ने की कोशिश की, मगर वह मुझे नहीं मिली। परिसर में बहुत ज्यादा ही लोग थे, जिन्होंने उसे पूरी तरह से भर दिया था, और दूसरी बात यह थी कि मुझे नहीं पता था कि वह किस समूह का हिस्सा थी। और आखिर में यह कि हम इन दिनों परिसर में खाना न के बराबर खाते थे। वहाँ तो हम बस मस्ती करने जाते थे। हमें इसकी कमी खल रही थी। ईमानदारी से कहूँ तो मैंने इस विषय पर ज्यादा ध्यान भी नहीं दिया था। वह मेरे मन में काफी देर तक रही, मगर इतना भी नहीं कि मेरी खुशी के पलों पर हावी हो सके।

तीन दिवसीय कार्यक्रम शुरू हो चुका था। हमें पता था कि हर साल की तरह इस साल भी यह धुआँधार होनेवाला है। इस समय कॉलेज के विद्यार्थी बिल्कुल पागल हो जाते हैं। हर किसी के अंदर एक प्रतिभा होती है, जो इस वक्त निखरकर सामने आती है। दोनों के बीच का प्यार अलग परवान चढ़ता है। अंतर कॉलेज संबंध स्थापित होते हैं। संबंध विच्छेद की जगह नए संबंध बनते हैं। कुछ दिल टूटते भी हैं। आखिरी दिन थोड़ा शांत और सबसे ज्यादा असाधारण था। आखिरी कार्यक्रम देश भर की प्रतिष्ठित मिस इंडिया प्रतिभागियों द्वारा किया जानेवाला रैंप वॉक था। यह होश उड़ा देने वाला था। सभी परम सुंदरियाँ एक ही मंच पर। उन्होंने तापमान बढ़ा दिया था। दर्शक पागल हो रहे थे। मैंने अपनी लड़की को देखा। अपनी लड़की मतलब, वह लड़की जो दो दिन पहले मेरे दिल में थोड़ी देर के लिए ठहर गई थी। मैं उससे

अपनी आँखें नहीं हटा सका। हाँ, उसे तो पता नहीं चला होगा कि मैं उसे ही निहार रहा था, पर मैं उस पर फिदा हो गया था। उसे कुछ भी नहीं मालूम था। वह दूरी मंच की ऊँचाई और फ्लैश लाइट से पड़ने वाली किरणें उसकी और मेरी नजर को अलग कर रही थीं। सब अपने काम में ध्यान मग्न थे। दर्शक उनका उत्साह बढ़ा रहे थे, सीख रहे थे और नाच रहे थे। मैं बस देखता ही रहा। मैं वशीभूत हो चुका था। आखिर कोई गौरी की तरह कैसे दिख सकती थी? यह कैसे संभव था। दोस्ती का नियम—जब कोई शंका हो तो अपने सबसे अच्छे दोस्त से पूछो।

"टॉम, इधर-उधर देखना बंद करो। उसके बारे में तुम्हारा क्या खयाल है?" मैंने उससे पूछा और मेरी उँगलियाँ अनायास ही उसकी ओर इशारा कर रही थीं।

वह अपनी कुरसी में ही जम गया। और थोड़ी देर में वहाँ से उठा और मंच के और भी नजदीक चला गया।

"हे भगवान्! इसका चेहरा गौरी से कितना मिलता है? मैंने इसे देखा है। शायद यह उसकी कोई बहन हो, जिससे तुम कभी नहीं मिले हो।"

"हो सकता है, टॉम। मैं उससे मिलना चाहूँगा।"

"यह तुम्हारा कॉलेज है और वैसे भी तुम समिति के सदस्य हो; तुम्हारे लिए उसके बारे में पता करना मुश्किल नहीं होगा।"

जेरी थोड़ी देर बाद अपनी कुरसी पर लौटा। वह काफी देर से गया हुआ था। उसने रहस्यमयी अंदाज में मुझे अपनी और खींचा और मैंने टॉम का हाथ पकड़ लिया। थोड़ी देर में हम नाट्यशाला के अंदर थे।

उसने मेरी ओर देखा और मुझसे पूछा कि अगर उसके पास गौरी जैसी दिखने वाली इस लड़की के बारे में जानकारी हो तो मैं क्या करूँगा। उसे उसने यह बात बहुत गंभीरता से कही मानो उसके पास कोई ऐसी सूचना हो, जो हमें स्तब्ध कर देगा।

"हा-हा-हा, जेरी। हम इसी के बारे में बात कर रहे थे और तुम किसी सी.आई.ए. एजेंट की तरह अवतरित हो गए।"

"अब जो बात में तुम्हें बताने जा रहा हूँ, वैसे तो वह बेहद गोपनीय है। इसलिए परिसर में किसी के पास यह जानकारी नहीं होगी।"

"जेरी, अब बता भी दो, यार," उसने उसे आदेश दिया।

"वह इतिश्री है। पुणे के दंत चिकित्सा कॉलेज से पढ़ाई कर रही है। ज्यादा सटीक कहूँ तो डी.वाई.पी. डेंटल कॉलेज पुणे।" उसने हमें बताया।

मैं स्तब्ध था। स्तब्ध नहीं, मुझे झटका लगा था। या फिर झटके से भी कुछ

ज्यादा। इसलिए मैं खामोश हो गया। यह दुनिया जो किस्मत से चलती है और इसके बारे में मैंने जो कुछ भी सीखा-समझा है, यह उसका सबसे बेहतरीन उदाहरण था, किसी से कभी भी, कहीं भी और कुछ भी हो सकता है। जब आप न्यूनतम की उम्मीद करते हैं, उसी वक्त कुछ उम्मीद से ज्यादा हो जाता है। मैंने इतिश्री को अपनी यादों से लगभग भुला दिया था। इसके बारे में मैं बहुत ढूँढ़ा था। तुमने भी मेरा ही अनुसरण किया। मैं भी उससे दूर ही रहता था। जैसा कि मैंने पहले बताया था कि मैं पीड़ा से दूर ही रहता था। राम ने ऐसा इसलिए किया, क्योंकि उसे लगा, यदि मुझे पता चला कि वह अभी भी उसके संपर्क में है तो मुझे बहुत बुरा लगेगा। एक दोस्ताना मजबूरी थी। एक बात तो तय थी कि मेरे दिल में उसके लिए कोई भी द्वेष नहीं था, खासकर मैकलॉडगंज में मिली उनकी शिक्षाओं के बाद।

टॉम ने हमारे फोटोग्राफर को बुलाया। उसने उससे रैंप वॉक के वीडियो और तसवीरें निकलवाईं। हम तीनों एक जगह बैठ गए और उन तसवीरों को ध्यान से देखने लगे। उसे ध्यान से देखने के बाद यह तय हो चुका था कि वह इतिश्री ही है, जो गौरी की तरह दिख रही है, उसी की तरह बरताव कर रही है। यह एक रोमांचक आश्चर्य था और मेरे अंदर और भी अधिक जानने की जिज्ञासा जग रही थी। यह वह पल था, जब मैं स्वार्थी होना चाह रहा था। मेरे सवालों के जवाब अभी तीसरी के पास थे, वहीं दूसरी ओर अगर मैंने यह जवाब उससे नहीं लिये तो यह मुझे ताउम्र डराते रहेंगे। क्योंकि कहीं-न-कहीं मेरे ऊपर इसका गहरा प्रभाव पड़ा था।

टॉम ने इस मामले में अगुवाई करने का प्रस्ताव दिया। वह जानता था कि इस मामले में जल्दबाजी करने से कुछ हासिल नहीं होगा। मैं भी मान गया। हमने निश्चय किया कि पहले हम उसे पुणे लौटने देंगे। एक बार जब वह, वहाँ फिर से स्थापित हो जाएगी, तब टॉम जाकर उससे मिलेगा।

वह बड़ा ही भोला लग रहा था, जब उसने मुझसे कहा, "भाई, ऐसा लगता है गौरी की आत्मा इतिश्री में प्रवेश कर गई है। मुझे आश्चर्य नहीं हो रहा है। हमें उससे जल्दी मिलना चाहिए।"

"मुझे मालूम है, तुम मेरे लिए वहाँ पर हो। उम्मीद है, यह सब जल्दी सुलझ जाएगा।" मैंने गंभीर मुद्रा बनाकर उससे कहा।

3 दिन के बाद

यह खबर दोपहर के अखबार के पहले पन्ने पर थी। उसकी तसवीर के नीचे

लिखा था कि उसने मिस इंडिया प्रतियोगिता से बाहर निकल जाने का फैसला किया। एक प्रेस सम्मेलन था, उसे पिछली शाम उसने संबोधित किया था। उसने यह साफ किया कि वह मिस इंडिया प्रतियोगिता से निजी कारणों से बाहर हो रही है। मीडिया के लोग तो निश्चित ही इतिश्री से नाराज और नाखुश थे। उसने बस इतना ही बताया कि इसके पीछे कारण बहुत निजी है और उसने समिति से बात कर ली है, जो अनुबंधों का मामला देख लेंगे।

टॉम सप्ताहांत की प्रतीक्षा कर रहा था, ताकि वह उसके कॉलेज जाकर उससे मिल सके, मगर इस खबर ने उसे अंदर तक झकझोर कर रख दिया था। अभी तो यह समझ में नहीं आ रहा था कि वह इतिश्री से कैसे मिल पाएगा। आखिर पिछले 3 दिनों में ऐसा क्या हुआ? इसके पीछे जरूर कोई गंभीर कारण रहा होगा। उसे पता लगाना ही था। उसने पुणे की प्रतियोगिता समिति के लोगों से मुलाकात करने की सोची। इसमें सफलता हासिल नहीं हुई, क्योंकि प्रेस विज्ञप्ति पहले ही जारी हो चुकी थी, जिसमें सबकुछ लिखा हुआ था। इससे ज्यादा कोई भी वक्तव्य बाहर नहीं आनेवाला था। इसका मतलब यह हुआ कि टॉम को किसी से जल्द-से-जल्द मिलना पड़ेगा। उसने उसके कॉलेज से संपर्क किया और उससे मुलाकात का समय तय किया। यह इतना आसान भी नहीं था, क्योंकि इसके लिए उसे बहुत मेहनत करनी पड़ी थी। एक सच यह भी है कि यह सिर्फ और सिर्फ टॉम ही था, जो उससे बात करने का प्रयास कर सकता था।

"हाँ टॉम, बोलो क्या चाहिए तुम्हें?"

"इति, कैसी हो तुम?"

"इतिश्री…"

"माफ करना इति, मैं समझा नहीं।"

"इतिश्री…मेरा नाम है।"

"अच्छा, ठीक है। मुझे माफ कर दो, इतिश्री। देखो, मना मत करना। मैं तुमसे मिलना चाहता हूँ।"

"क्या मतलब है तुम्हारा, टॉम? तुम मुझे समझते क्या हो, टॉम? मुझे फोन करने की तुम्हारी हिम्मत कैसे हुई? तुम सोचते क्या हो? अगर नील दुःखी था तो तुमने कदम पीछे क्यों खींच लिये थे? मैंने खुद को मारने की भी कोशिश की थी। उस वक्त मुझे तुम लोगों की जरूरत थी, जब तुमने मुझे छोड़ दिया। मुझे अपराधियों सा महसूस हो रहा था। ऐसा कोई दिन नहीं गुजरा था, जिस दिन मैं रोई नहीं थी। तुम

जानते हो, मैंने उस प्रतियोगिता में हिस्सा क्यों लिया था? तुम्हें जरा सा भी अंदाजा है? तुम्हें लगता है, मैं मिस इंडिया बनना चाहती हूँ, नहीं? मैंने यह सब बस तुम लोगों को ढूँढ़ने के लिए किया था, क्योंकि मुझे मालूम था कि इंजीनियरिंग के सभी लोग वहाँ मौजूद होंगे। अगर सभी नहीं तो कुछ प्रतिभावान तो जरूर होंगे। मैं जानती थी कि तुम और नील तो वहाँ जरूर मिलोगे। मैं उसे जानती थी। इसलिए दो साल में चूक गई, मगर इस बार मुझे पक्का यकीन था। मैंने नील को बेंच पर बैठे हुए देखा था। मैं इतने सालों से तुम लोगों को ढूँढ़ रही थी···" इतना कहकर इतिश्री रोने लगी और उसने फोन रख दिया।

अगले कुछ मिनट तक टॉम को उसे दोबारा फोन करने की हिम्मत नहीं हुई। थोड़ी देर बाद टॉम ने उसे फिर से फोन करने का प्रयास किया। इस बार पूछताछ वाले बंदे ने फोन उठाया। उसने उससे प्रतीक्षा करने को कहा। फिर उसे कहा गया कि इतिश्री व्यस्त है। टॉम ने उसे कई बार फोन किया, जब तक कि रात नहीं हो गई। इतिश्री ने उससे हर बार बात करने से मना कर दिया। उसने अगले दिन फिर से प्रयास किया और फिर से अगले दिन। हर बार परिणाम एक ही था। टॉम को बहुत बुरा लग रहा था।

टॉम ने उसके माता-पिता को फोन किया। वे लोग सिलीगुड़ी जा चुके थे। शुक्र था कि नए लोगों ने उनका फोन नंबर लिखकर रखा था। इतिश्री की माँ ने फोन उठाया। इससे टॉम को थोड़ी खुशी हुई। वह जानता था कि माँ का दिल मोम सा होता है, जो आसानी से पिघल जाता है। टॉम ने उनके साथ वही किया और इस बार यह काम कर गया।

टॉम से बात करते वक्त उसकी माँ थोड़ा भावुक हो गई थी। उनके कोई बेटा नहीं था। इसीलिए जब भी इतिश्री का कोई दोस्त, जो लड़का हो उन्हें फोन करता था तो वे उसे अपना बेटा मान लेती थीं। एक पल के बाद बहुत चिंतित नजर आने लगी थीं। उन्होंने उसे बताया कि गौरी के जाने के बाद कैसे इतिश्री बिल्कुल टूट गई थीं। उन्हें यह भी डर सताने लगा था कि वह कोई गलत कदम न उठा ले। उसने गुवाहाटी जाना भी छोड़ दिया था, क्योंकि वह जगह उसे गौरी के बचपन की याद दिलाती थी। यही कारण था कि वे सिलीगुड़ी चले गए थे। उन्होंने सबकुछ पीछे छोड़ दिया था; क्योंकि उनकी बेटी उनके लिए सबकुछ थी। फिर इतिश्री ने वह कॉलेज भी छोड़ दिया और उसने डी.वाई.पी. के दंत चिकित्सा विभाग में दाखिला ले लिया था। नील से मिलने का प्रयास करने के बाद वह बिल्कुल अकेली हो गई थी। उसे ढूँढ़ने के लिए उसने बहुत प्रयास किए थे, यहाँ तक कि उसने अपने माता-पिता से

भी बात की थी। वे उसे कैसे कुछ भी बता सकते थे, जब उन्हें कुछ नहीं मालूम था।

तुम गुस्से से लाल हो गए थे और तुम्हारा मन मेरे और अपने लिए पश्चात्ताप से भर गया था। उसने मुझे फोन किया और अपना सारा गुस्सा मेरे ऊपर निकाल दिया। "आखिर कब तक मैं वह सब करता रहूँ, जो तुम्हें करना चाहिए? आखिर कब तक मैं तुम्हारा पीछा करता रहा हूँ, जब भी तुम्हारे आस-पास होना भी मेरे लिए ठीक नहीं है? जवाब दो, नील? है कोई जवाब तुम्हारे पास? मैं आज ही रात तुम्हारे पास आ रहा हूँ। मैं अभी नेट पर यह देख रहा हूँ कि आखिरी फ्लाइट में कोई सीट मिल रही है या नहीं।"

टॉम ने फोन रख दिया। टॉम ने इतिश्री को मेरी योजना के बारे में कुछ भी नहीं बताया। यही तर्कसंगत भी था।

~❋~

जब एक लड़की आपसे नाराज हो, तब निम्नलिखित में से कोई एक चीज आपके लिए काम कर सकती है। अगर ऐसा नहीं होता है तो फिर भगवान् ही आपका मालिक है। फिर भी, एक बार प्रयास करके देखिए—

(क) जब वह आप से नाराज हो या आप पर चिल्ला रही हो, तब बिल्कुल चुपचाप बैठिए।

(ख) स्थान के अनुसार उसे बैठने के लिए कुरसी दीजिए, अपनी गोद तो कभी नहीं।

(ग) बिल्कुल बेवकूफ बन जाइए, मानो सब आपकी ही गलती है, मगर आपको यह अंदाजा नहीं था कि आप यह गलती कर रहे हैं।

(घ) उसे यह एहसास दिलाएँ कि वह जीत चुकी है।

उपर्युक्त सभी चीजें तभी काम करती हैं, जब गुस्सा ज्यादा देर का न हो।

मगर इस मामले में बात सिर्फ उसके गुस्से की नहीं थी, उसके अंदर बहुत झुंझलाहट भरी थी। बहुत सारे सवाल और चिंता। जब मुझे टॉम ने बताया कि इतिश्री ने अपनी जान लेने की भी कोशिश की थी, तब मैं भी ग्लानि से भर गया था। मैंने ईश्वर से अपने लिए क्षमादान माँगा। ईश्वर का सीधा सा जवाब था कि मुझे माफी इतिश्री से माँगनी होगी। तो अब मुझे सचमुच उसे मनाना था। मुझे यह तो मालूम था कि मैं उससे झूठ नहीं बोल सकता था। उसका सामना करना आसान नहीं होगा। मगर अपने बौद्ध पाठ्यक्रम में मैंने कुछ सीखा था, जिसका प्रयोग मुझे अब करना था। हर बार जब मेरे बारे में बात हो रही हो या मेरा जिक्र भी हो रहा हो तो इसका

कोई कारण नहीं था कि मैं धौलाधार शृंखला में सीखी हुई तलहटी के बारे में बात न करूँ, मगर यह खोज हमेशा बनी रहती है। इस अवस्था में पहुँचने में समय लगता है। मेरा मानना है, इसी को निर्वाण कहते हैं।

~❋~

"आप और कितनी देर इंतजार करेंगे, सर? लगता है, वह आपसे मिलना नहीं चाहती है।" पूछताछ के पास खड़े गार्ड ने मुझसे कहा।

यह तो अपेक्षित था। मैं जानता था, मुझे उसे मनाना था। मुझे मालूम था कि यह सही तरीका नहीं था, मगर मेरे पास अब और कोई तरीका बचा भी नहीं था। मैंने उस गार्ड से कहा कि वह जाकर उसे बताए कि मुझे उससे गौरी के बारे में कुछ बात करनी थी। यह काम कर गया। इतिश्री एकदम से मेरे सामने आ गई, मानो वह कहीं नजदीक से ही मुझ पर नजर रख रही थी। मगर यह मेरा मकसद नहीं था। यह तो भावनाओं के सामान्य स्तर से नीचे जाने की बात थी। इसका सीधा मतलब था कि मुझे किसी ऐसी जगह पर जाना था, जहाँ भीड़-भाड़ कम हो। आप किसी अप्रत्याशित भावातिरेक या आँसुओं के लिए कुछ ऐसी ही तैयारी करते हैं।

"इतिश्री, कृपा करके कुछ मत कहो। प्लीज, मुझे अपने आप को समझने का बस एक मौका दो। अगर फिर भी तुम्हें यह लगे कि मैं गलत था तो फिर तुम मुझे जो चाहे सजा दे देना, मैं खुशी-खुशी मान लूँगा।"

मैंने अपने हाथ जोड़ रखे थे और मेरे आँसू मेरे गालों पर बहने लगे थे। हालाँकि वे इतिश्री के मुकाबले कम ही थे। हम दोनों के अंदर गौरी की आत्मा बस्ती थी और इसी की वजह से हम एक साथ रो रहे थे। हमें वह क्षण भी याद था, जब हम बिछड़ गए थे—अधूरी बातें, शून्य अभिप्रेरण और जीने की कोई इच्छा नहीं।

"मैं जानता हूँ कि मैं तुमसे नाराज था। जब मैंने तुम्हारे और गौरी के वह वीडियो देखे, तब मैं एक गहरे गड्ढे में जा चुका था। मैं उन्हें हर दिन देखकर रोता रहता था। मैं शायद अपने कमरे में ही मर गया होता अगर वह परिस्थिति नहीं उत्पन्न हुई होती, जहाँ मुझे यह एहसास हुआ कि मैं स्वार्थी हो रहा था और गौरी को एक वस्तु की तरह इस्तेमाल कर रहा था, तो मैं कभी हिमाचल नहीं जाता। अगर मैं उस वक्त तुमसे आकर मिलता तो मैं कभी सामान्य नहीं हो पता। तुमसे मिलकर या बस तुम्हें देखकर ही मैं उस मोड़ तक पहुँच जाता, जहाँ कि मैं पागल हो जाता। मैं शायद विनाशक बन जाता। मैं रुकना चाहता था। हाँ, यह सब मैंने उस बौद्ध पाठ्यक्रम में जाकर जाना।"

"तुम उस वक्त स्वार्थी बन गए थे। तुमने एक बार तो मेरे बारे में सोचा होता? मेरे पास तो कोई और नहीं था और उसके जीवन में तुम ही थे। तुम मुझे कैसे अकेला छोड़कर गायब हो सकते थे? मुझे कोई फर्क नहीं पड़ता, अगर तुम एक बार मुझसे मिल लेते और मुझसे यह कह देते कि अब तुम मुझसे दोबारा कभी नहीं मिलोगे, मगर तुम तो बस भाग गए और इन सब के ऊपर टॉम भी कहीं छुप गया। मैं कसम खाकर कह रही हूँ, मुझे लगा कि मैं कोई अपराधी हूँ।

"क्या तुम्हें पता है कि मैं हर काम बिल्कुल गौरी की ही तरह करती हूँ? मैं उसी की तरह चलती हूँ, उसकी की तरह बात करती हूँ। मैं भी उससे बातें करती हूँ जैसे रात में तुम करते हो। मैं भी सितारों से बात करती हूँ।"

थोड़ी देर रुकने के बाद इतिश्री ने फिर से बोलना शुरू किया, "मैं जानती हूँ कि मैं तो एक लड़की हूँ। मुझे दुनिया की सबसे घिनौनी चीजों का सामना करना है। जो आदमियों ने बनाया है, समाज ने बनाया है, मगर जो ईश्वर ने नहीं बनाया है। वह तो कुछ और ही बनाना चाहता था, मगर वह औरत बना बैठा। उसने उसी पर ध्यान दिया, इसीलिए मर्दों पर उसका ध्यान ही नहीं गया। उसने सभी शक्तियाँ औरतों में ही निहित कर दीं। मगर राज करने या हावी होने की शक्ति नहीं दी। बल्कि बरदाश्त करने की शक्ति, आत्मसात् करने की शक्ति, कभी नहीं मरने की शक्ति, हमेशा लड़ने की शक्ति और फिर भी संवेदनशील और कामुक बने रहने की शक्ति दी। तो भगवान् ने औरतों पर कुछ ज्यादा ही ध्यान दे दिया। मर्दों को उसने नियंत्रित करने की शक्ति दी, बस और नील, तुम अब वह बच्चे नहीं हो, जिसे मैं जानती हूँ। अब तुम मर्द बन चुके हो। तुम भी औरों से बिल्कुल अलग नहीं हो। तुमने मुझे नियंत्रण दिखा दिया है। तुम यहाँ तब आए, जब तुम्हारा मन किया। तुमने हमें अकेला छोड़ दिया। तुमने मुझे और गौरी को अकेला छोड़ दिया। तुम हमें छोड़ गए, जब तुम्हारा दिल किया।"

मैं उसे सुनता रहा। उसके शब्द धोखे से मेरी जान ले रहे थे, क्योंकि उनके प्रभावों के बारे में मुझे जरा सा भी अंदाजा नहीं था। मेरे लिए यह सच का सामना करनेवाला क्षण था। मेरे पास और कोई चारा नहीं था, सिवाय उससे माफी माँगते रहने के और उनसे सीख लेते रहने के। "ठीक है, तुम अपना समय लो और जब तुम्हें उचित लगे, तब तुम मुझे माफ करना। मगर एक बात बताओ...तुम्हें कैसे पता चला कि मैं सितारों से बात करता हूँ, मेरा मतलब है गौरी से, हर रात?"

"क्योंकि मेरे अंदर भी उसकी आत्मा का एक भाग है, जो तुम्हारे अंदर रहता है। क्योंकि मैं भी उसे तुम्हारी ही तरह महसूस करती हूँ। और भी बहुत कुछ।"

"तो तुमने अपना विषय बदलकर दंत चिकित्सा क्यों कर लिया?"

"मैंने फैसला किया कि मैं वही करूँगी, जो मुझे सही लगता है। मैं यही चाहती थी और फिर…"

हम तब तक बात करते रहे, जब तक कॉलेज लगभग खत्म हो चला था। समय निकल गया। यादें ताजा हो गई थीं। भूतकाल ने गहरी चोट कर दी थी। पहले तो यह बहुत ज्यादा थका देने वाला था। हर पल वह बदलते हुए भाव और इतनी तेजी से हर पल बढ़ता हुआ विवाद, जिसने इतना मर्म भरा हुआ था कि मैं यह सोचने पर मजबूर हो गया कि सारी दुनिया के इनसान एक जैसे ही होते हैं। जब हमसे कोई चीज जुड़ी होती है तो उससे अलग होने का दुःख तो होता ही है। कोई भी रातोरात संत या निष्क्रिय नहीं बन जाता। यह एक बहुत लंबी प्रक्रिया है, जिसमें आप सचमुच में वास्तविक बनकर खुद को औरों से अलग कर लेते हैं। मेरा उद्देश्य खुश रहने का था, शांत रहने का था और समाज को कुछ देने का था।

कुछ देर के बाद हमने कॉलेज की बगल वाले कॉफी शॉप में जाने का फैसला किया। उसने मुझे कुछ सी.डी. पकड़ाईं और कहा कि वह थोड़ी ही देर में वापस आएगी। वह कुछ कागजों की छायाप्रति लेने गई थी।

और इधर मैं लैपटॉप पर गौरी और इतिश्री के पुराने वीडियो देख रहा था, उसका मुझे एक वीडियो मिला, जो शायद रिकॉर्डिंग से पहले का था।

कुछ पल बीत जाने के बाद ऐसा लगने लगा कि शायद उसने किसी अवसर पर देने के लिए यह भाषण तैयार किया था।

"ठहरो, यह क्या है," मैंने अपने आप से कहा। मैं और भी ध्यान से उसे सुनने लगा। इसमें अब कोई भी संशय नहीं रह गया था कि इतिश्री बिल्कुल गौरी की तरह बात करती थी, और उसी की तरह बरताव करती थी। यह वीडियो हाल का ही था। मैंने उसके टाइमर पर एक नजर डाली, तो हाँ, इसे लगभग 2 हफ्ते पहले ही रिकॉर्ड किया गया था।

"मेरे प्यारे दर्शको, श्रोतागण और यहाँ मौजूद खूबसूरत न्यायाधीश।"

आहा! तो इसका मतलब वह अपने प्रतियोगिता के भाषण की तैयारी कर रही थी। और यह निश्चित ही मिस इंडिया प्रतियोगिता के लिए था।

उसने अपना भाषण जारी रखा, सबका धन्यवाद ज्ञापन किया और अंत में उसने कहा—

"अगर मैं आज जीत गई और मैं आशा करती हूँ कि मैं जीतूँगी, तो मैं आसमान

से एक सितारा धरती पर ले आऊँगी। वह सितारा, जो वहाँ पर बस हमारी हर इच्छा को पूरी करने के लिए बैठा है। अगर आज की रात मैं जीत गई और मैं आशा करती हूँ कि मैं ही जीतूँगा तो मैं उस सितारे से उस लड़के को माँगूँगी जिसने मेरी आत्मा का एक भाग मुझसे छीन लिया। उसकी आत्मा।

धन्यवाद।"

इन परिस्थितियों में शायद ही कभी ऐसा होता है कि आपके पास कोई टाइप होगा, प्रतिक्रिया होती है। यह तो अप्रत्याशित था। इसीलिए प्रतिक्रिया भी अप्रत्याशित ही होनी थी।

मैं टॉम के कमरे में पहुँचा और उससे पुणे घुमाने को कहा। मैंने उससे हर उस जगह ले जाने को कहा, यहाँ मैं और गौरी समय बिताया करते थे। इसमें कॉलेज की कैंटीन और पुस्तकालय भी शामिल थे। कॉलेज का परिदृश्य अब काफी बदल चुका था। वहाँ की धुँधली यादें मुझे लगातार परेशान कर रही थीं। कैंटीन का नाम बदलकर 'गौरीज कैफे' हो गया था, इसने मुझे और भी द्रवित कर दिया था। वह दिन काफी अच्छा गुजरा और मैंने अपने डर पर विजय पाना एक बार फिर से सीख लिया था। उस डर पर, जो कहीं मेरे अवचेतन मन में बैठा हुआ था। घर वापस आते वक्त हम एक पब में गए।

"तो तुमने जिंदगी के बारे में क्या सोचा है?"

"पढ़ाई खत्म करूँगा, एक नौकरी लूँगा और पूरी दुनिया का भ्रमण करूँगा। हवाना और ताशकंद मेरी सूची में सबसे ऊपर है।"

"मैं एक बार फिर तुम्हें पुराने नील की तरह देखकर बहुत खुश हूँ। कितने वर्षों के बाद हमने इतना सारा समय एक साथ बिताया है? मैं तुमसे बहुत प्यार करता हूँ, मेरे दोस्त।" उसने मुझे कसकर गले से लगा लिया और फिर हमने शराब का गिलास अभिवादन में ऊपर उठाया।

"तुम जानते हो, पिछले 3 वर्षों में मुझे आज ऐसा लगा मानो मैं अपने एकांतवास से बाहर आया हूँ। मुझे सचमुच यह एहसास हो रहा है कि अब मेरे अंदर मेरी पिछली जिंदगी और मेरी असुरक्षा की भावना के बारे में बात करने की हिम्मत आ गई है। यह मुझे और भी दृढ और वास्तविक बना रहा है। मुझे ऐसा लगता है कि जीवन के हर चरण में मैं कुछ-न-कुछ हासिल कर रहा हूँ और उस वक्त लगता है कि शायद यही आखिरी चीज है। मगर फिर से हर बार कुछ नया सीखने को मिलता है और फिर मुझे एहसास होता है कि मैंने कुछ नया हासिल कर लिया है।"

"बिल्कुल सही, मेरे भाई। आखिर जिंदगी अपने अनुभवों और दूसरी चीजों से सीखने का ही तो नाम है। और यह कभी खत्म नहीं होता।"

"अब मुझे संतोष भी होता है। उस सड़क सुरक्षा के एन.जी.ओ. से जुड़ने के बाद मुझे काफी खुशी मिली। मैं आशा करता हूँ कि मैं इसमें कुछ योगदान कर पाऊँगा, ताकि हम और भी लोगों को सड़क हादसे में खोने से बच सकें।"

"कितने उच्च विचार हैं? मुझे तुम पर गर्व है। अब अपनी जिंदगी को ठीक करने के बारे में क्या खयाल है तुम्हारा?"

"वह तो पहले ही ठीक हो चुकी है। अब और क्या बचा है?"

"क्या तुमने उसकी आँखों में कुछ दिखाई नहीं देता? वह पागलपन, जो वह तुम्हें दिखाना चाहती है। तुम्हें देखने पर जो प्रतिक्रिया देती है?"

"तुम किसकी बात कर रहे हो?"

"अरे गधे, मैं इतिश्री की बात कर रहा हूँ।"

"टॉम, तुम्हारा दिमाग खराब हो गया है क्या? लगता है, तुम पूरी तरह पागल हो चुके हो।"

"नील, तुम्हें जरा भी अंदाजा नहीं है कि तुम क्या पाने वाले हो? जरा इसके बारे में सोचो। एक लड़की जो गौरी की सबसे अच्छी सहेली है और जो तुम्हें उसकी याद दिलाती है, जो इतने दिनों तक तुम्हें पागलों की तरह ढूँढ़ती रही। जिसने प्रतियोगिता से खुद को बाहर कर लिया, क्योंकि 3 साल के बाद तुम्हें वहाँ देखकर बहुत परेशान हो गई थी। ऐसी लड़की तुम्हें कहीं नहीं मिलेगी। वह करोड़ों में एक है।"

"मगर वह गौरी नहीं है।"

"वह उसके सबसे नजदीक तो है।"

"मैं गौरी से क्या कहूँगा कि मैं उसकी सबसे अच्छी सहेली को धोखा दे रहा हूँ?"

"तुम स्वतंत्र महसूस तो करते हो, मगर तुम अभी भी एक मनोवैज्ञानिक प्रक्रिया में फँसे हुए हो। यह सच नहीं है, नील, तुम्हें वापस अपनी जिंदगी बसाता देख गौरी बहुत खुश होगी। उसे इसी बात से खुशी मिलेगी।"

"मैं जानता हूँ और बहुत अच्छी तरह जानता हूँ कि मैंने किसी के साथ अच्छा नहीं किया। मैं उस वक्त इतना स्वार्थी हो गया था, और टॉम तुम्हें तो अच्छी तरह से याद होगा, मैं किसी से भी बात नहीं कर रहा था। यह बहुत लंबा समय था और फिर वह हिमाचल और बौद्ध धर्म वाली बात हुई। मेरे और इतिश्री के बीच की दूरी

काफी बढ़ गई है। ईमानदारी से कहूँ तो मुझे लगता है कि अब वापस लौटने के लिए काफी देर हो चुकी है। मैं जानता हूँ कि मैं बेवकूफ था, जब मैंने तुमसे उसे मिलने-जुलने से मना किया था। वह बहुत बड़ी गलती थी।"

टॉम उठकर खड़ा हो गया, उसने मेरी ओर देखा, और उसके बारे में पूछा।

"मगर अब, जब तुम मुझे उसके बारे में एक प्रेमी की तरह सोचने के लिए कहते हो, तो मुझे यह उससे भी बड़ा अपराध लगता है, जो आर्या ने हमारे साथ किया था। मुझे ये शब्द मेरी जिंदगी से भी ज्यादा बरबाद लगते हैं। मैं नहीं जानता कि तुमने यह सब मुझसे क्यों कहा, मगर मुझे इससे घृणा होती है।"

टॉम हार मानने को तैयार नहीं था। वह अपनी बात से जरा भी नहीं हटा। उसके भावों से मुझे यह स्पष्ट हो चुका था। अकसर जब उसे लगता था कि उससे गलती हुई है तो वह फौरन मान लेता था, मगर यहाँ वह अपनी बात दोहराता रहा। एक ही वाक्य, कोई परिवर्तन नहीं। कोई जोड़ नहीं, कोई घटाव नहीं। उससे भागने की कोई कोशिश नहीं। वह सीधे-सीधे मेरे मुँह पर यह सब कह रहा था।

मुझे गुस्सा आने लगा था। मेरे लिए यह सब धोखे से कम नहीं था। मैंने उसके साथ किया, तब नहीं किया था, जब वह मेरे साथ थी, मैं उसके साथ यह अब नहीं करूँगा। मेरा मन ऐसा करने की गवाही नहीं दे रहा था और मुझे किसी भी दूसरी लड़की के लिए इस तरह की अनुभूति नहीं हो रही थी। बिल्कुल नहीं। कॉलेज के पिछले तीन वर्षों में ऐसा एक भी मौका नहीं आया था, जब मैंने किसी दूसरी लड़की के बारे में सोचा भी हो। हालाँकि इस पर मुझे कोई आश्चर्य भी नहीं हुआ था। तुमको भी इन सब के बारे में पूरी जानकारी थी। उसने पहले कभी मुझसे इन सब के बारे में बात नहीं की, तो फिर अभी ही क्यों? बस, इसलिए क्योंकि वह इतिश्री है, और उसकी तरह बात करती है, व्यवहार करती है। इसका मतलब यह तो नहीं कि वह गौरी हो गई।

हालाँकि गौरी के बाद वह इतिश्री ही थी, जिस पर मैंने थोड़ा ध्यान दिया था। मैं यह जानता था कि वह गौरी नहीं थी, फिर भी मैंने उसे उसके प्रतिरूप की तरह देखा था। और यह बात कि वह इतिश्री ही थी मुझे थोड़ा सुकून देती थी। पिछली शाम टॉम ने जो कुछ भी मुझसे कहा था, उसने मुझे सोचने पर मजबूर कर दिया था।

यह सब मुझे अच्छी तरह समझ में तो नहीं आ रहा था, मगर फिर भी मेरे दिमाग की घंटी बजा रहा था। इतिश्री के मन में मेरे लिए कुछ कोमल भाव तो थे और वह हम दोनों के बारे में बहुत भावुक थी। सुबह मिले उसके संदेश से यह बात स्पष्ट भी हो चुकी थी।

'नील, मुझे माफ कर देना। यह सब मेरे अंदर भरा हुआ गुस्सा था। अगर मैंने तुमसे कोई बदतमीजी की हो या कुछ ऐसा कहा हो, जो मुझे नहीं कहना चाहिए था तो मुझे इसके लिए माफ कर देना। तुम्हारे दिल्ली जाने से पहले मैं आखिरी बार तुमसे मिलना चाहती हूँ। शुक्रिया—इति।'

"हैलो, इतिश्री। सबकुछ बिल्कुल ठीक है। आज शाम को 6:00 बजे कॉफी के लिए मिलते हैं। मैं तुम्हारे कॉलेज आ जाऊँगा, फिर वहाँ से हम दोनों साथ चलेंगे।"

सच कहूँ, तो मुझे अभी तक समझ नहीं आ रहा था कि आखिर यह हो क्या रहा है? मैं इतिश्री से मिलने के लिए ज्यादा उत्साहित था या फिर यह सब गौरी की वजह से था। मैं बिल्कुल विमूढ़ था। मैंने टॉम की निद्रा का अंदाजा लिया, उसे जगा पाना संभव नहीं था। मैंने आईने के सामने खड़े होकर खुद से बात करने की अपनी पुरानी चाल एक बार फिर से चलने की सोची। मैं इसे काफी दिनों के बाद कर रहा था। आखिरी बार जब मैंने यह किया था, उस वक्त मैं कॉलेज में दाखिला लेने वाला था। मैं कॉलेज में विषय चुनने को लेकर थोड़ा असमंजस में था, मगर एक बार फिर वह पढ़ाई के लिए था। 18 वर्ष की उम्र में वह मेरे जीवन का सबसे निर्णायक क्षण था। अब 23 वर्ष की उम्र में यह एक लड़की के बारे में था, मेरा असमंजस उसके लिए मेरी ईमानदारी को लेकर था। आईने ने 'हाँ' में जवाब दिया।

इसके बाद मैंने रेडियो पर अपना सबसे पसंदीदा कार्यक्रम लगाया। इस कार्यक्रम में आर.जे. नावेद अपने श्रोताओं को संबंधों के बारे में कुछ बताने के लिए फोन करने के लिए आमंत्रित करता था।

मैं पिछले दो प्रयासों में सफल रहा था।

और मैंने तीसरी बार यह प्रयास किया।

"नमस्कार मेरे दोस्तो। लगता है, जीवन में आप किसी कठिन दौर से गुजर रहे हैं। मैं अपने कार्यक्रम में आपका स्वागत करता हूँ और आप मुझसे कुछ भी पूछ सकते हैं। और मैं अपने श्रोताओं को बता दूँ, अगर आप कुछ जानना, क्या पूछना चाहते हैं तो अभी फोन मिलाकर बात करें।"

"हैलो नावेद, मेरा नाम नील है। आशा करता हूँ, तुम मुझे पहचान रहे होगे। हम विद्यालय में साथ थे। यह एक लड़की के बारे में है, वह शायद मुझे पसंद करती है। मैं थोड़ा असमंजस में इसलिए हूँ, क्योंकि वह मेरी प्रेमिका की सबसे अच्छी सहेली है और मेरी प्रेमिका अब इस दुनिया में नहीं है। मैं आज शाम में उससे कॉफी पर मिलने वाला हूँ। मैं क्या करूँ?"

"हैलो नील, हाँ जूनियर, तुम मुझे अच्छी तरह से याद हो। सबसे पहले तो तुम्हारी प्रेमिका के बारे में सुनकर बहुत दुःख हुआ। मेरे विचार से उस लड़की को पहले अपना प्यार जताने दो, फिर तुम इसे आगे ले जाने की सोचना। तुम्हारे लिए सबसे जरूरी यह है कि तुम सचमुच उसे पसंद करो, न कि इसलिए कि तुम अपनी प्रेमिका को फिर से पाने की कोशिश कर रहे हो और बाद में तुम्हें यह जानकर दुःख होगा, बात तो बिल्कुल ही अलग है।"

नावेद के ये शब्द बिल्कुल वैसे ही थे जैसा टॉम मुझे समझा रहा था और जैसा जवाब मुझे उस आईने से मिला था।

वह शाम बहुत खूबसूरत थी। यह मार्च की शुरुआत थी। ठंडी हवाओं ने मौसम और भी सुहाना बना दिया था। मैं बाहर खुले में आकर खड़ा हो गया और आसमान की ओर देखने लगा। आज मुझे गौरी से ढेर सारी बातें करनी थीं। मैं अपने सभी जवाब एक बार फिर से सुनिश्चित कर लेना चाहता था।

"मुझे बताओ, गौरी। आजकल मुझे यह क्या हो रहा है? मैं इस तरह का बरताव क्यों कर रहा हूँ। क्या मैं तुम्हें भूलने लगा हूँ? क्या मैं तुम्हें धोखा दे रहा हूँ? मैं इतिश्री के बारे में क्यों सोच रहा हूँ, जबकि मुझे यह अच्छी तरह पता है कि वह मेरी गौरी नहीं है। मेरे साथ क्या खराबी हो गई है? कृपया मुझे बताओ। मैंने हमेशा तुम्हारी खुशी ही चाही है। मैं जानता हूँ कि मैं उससे इतिश्री होने की वजह से प्यार नहीं कर सकता हूँ। मगर मैं उसे देखकर तुम्हारे बारे में जरूर सोचता हूँ। बता भी दो!"

इसके पहले की मैं और कुछ कह पाता, मैंने देखा कि एक तारा आसमान से टूटकर गिर रहा है। वही तारा, जिससे मैं हर दिन बातें किया करता था। वह तारा, जो मेरी गौरी थी, आज आसमान से टूटकर गिर रहा था।

मेरा वह टूटता हुआ तारा तुम ही हो।

मेरी हर ख्वाहिश, मेरी हर अभिलाषा तुम ही हो।

मुझे मेरे जवाब मिल गए हैं। आज तुम आजाद हो गई हो, गौरी। मैंने तुम्हें आजाद किया। मैं हमेशा तुमसे प्यार करूँगा।

इतिश्री ने एक खूबसूरत प्रिंट वाली स्कर्ट और साटिन की शर्ट पहनी हुई थी। उस पर फूल बने हुए थे, जो उसे और भी ज्यादा आकर्षक बना रहे थे। उसका तेज पहले तो मुझे उसकी ओर आकर्षित कर रहा था। वह दमक रही थी। मैंने उसके लिए गाड़ी का दरवाजा खोल दिया। टॉम ने हाल ही में एक लंबी गाड़ी खरीदी थी

और मुझे उसकी मक्खन जैसी चाल बेहद पसंद थी।

"नील, क्या तुम चाहते हो कि मैं गाड़ी चलाऊँ?"

"भला तुम ऐसा क्यों चाहती हो?"

"मुझे मालूम है कि जब तुम और गौरी कहीं घूमने जाते थे तो गाड़ी हमेशा वही चलाती थी, इसीलिए मुझे भी यह लगा।"

मैंने गाड़ी में घुमाने की उसकी इच्छा के आगे समर्पण कर दिया। उसने एक झटके में एक्सलरेटर दबा दिया और गाड़ी पूरी गति पकड़ ली। मैं सचमुच अपनी सीट पर कूद रहा था। मैं चीखने लगा और उसे रोकने को कहा। उसने मुझे कहा कि डरने की कोई जरूरत नहीं है। मैंने उससे कहा कि मैं पहले ही एक सड़क दुर्घटना में गौरी को खो चुका हूँ और अब मैं सड़क सुरक्षा से जुड़े एक एन.जी.ओ. के लिए काम भी करता हूँ। तो मैं किसी भी हाल में उसे तेज चलाने कि अनुमति नहीं दे सकता था।

"अररे! कोई बात नहीं है नील, मैं बिल्कुल ठीक से चला रही हूँ। हाँ, थोड़ा तेज जरूर है, मगर यह मेरे नियंत्रण में है।"

"मैं अब तुम्हें नहीं खोना चाहता हूँ।"

मेरी आवाज में एक गहराई थी और मेरी आँखों में वह भाव थे, जिसे इतिश्री चूकना नहीं चाहती थी। वह वापस मेरी सीट पर गई और मैं गाड़ी चलाने लगा।

"नील, मुझे यह बताने के लिए शुक्रिया कि मैं भी तुम्हारे लिए महत्त्वपूर्ण हूँ।"

वह मेरी ओर देखती रही। हालाँकि मैं जान रहा था कि वह मुझे ही निहार रही है, मगर मैंने ऐसा जताया कि मुझे इसकी जानकारी नहीं है। इस खास परिस्थिति में इतिश्री भी नहीं जानती थी कि मेरे मन में उसके लिए थोड़ी सी जगह बन चुकी थी। अभी कुछ ही समय की बात थी, जब हम इसे और आगे ले जानेवाले थे।

मैं यह भी जानता था कि एक कॉपी के ऊपर बहुत कुछ हो सकता है और मैंने अपने आप से सोचा कि मैं कितना बड़ा मूर्ख था कि मैं आईने से बात कर रहा था और नावेद से पुष्टि करने को कह रहा था। क्या कोई ऐसी चीज होती है, जो इनसानी संबंधों को बाँधकर रखती है, खासकर तब जब बात एक लड़का और एक लड़की की हो तो हमेशा अपने दिल की सुनो। और मेरा दिल मुझसे कह रहा था कि आज मैं रुकने वाला नहीं था।

"इति, तुम सचमुच बिल्कुल गौरी की तरह दिखने लगी हो।"

"याद है, तुम हमेशा मुझसे कहा करते थे कि हम दोनों बिल्कुल एक समान बात करते हैं और दो सबसे अच्छी सहेलियाँ एक जैसा बरताव भी करने लगती हैं।

तो इस लिहाज से इसमें कुछ भी नया नहीं है। साथ में बड़े होते हुए हमने बहुत सारे काम बार-बार एक साथ किए हैं। आदतें भी समान हो जाती हैं। जो हमने उसे खो दिया था, उसके बाद में बहुत ज्यादा सजग हो गई थी। वही वक्त था, जब मैंने अपने बाल उसकी तरह बनाने शुरू कर दिए थे, उसकी तरह थोड़ा मेक-अप कर लेने से भी कोई नुकसान नहीं था। यही वह चीज थी, जिसने मुझे जीवित रखा।"

"तुमने भी बहुत कुछ झेला है। मुझे माफ कर दो, मैं तुम्हारे साथ नहीं रह पाया था।"

"हम दोनों ने बहुत कुछ झेला है, नील। फर्क सिर्फ इतना है कि जो स्थान और वस्तुएँ तुम्हें उसकी याद दिलाते थे, तुम उन सब को छोड़कर आगे निकल गए, जबकि मैं इन्हीं सारी चीजों के साथ अपना हर दिन, अपनी हर रात गुजारती रही।"

मैंने उसकी आँखों में देखा और उसके होंठों को बड़े ध्यान से निहारता रहा और वह बोलती रही। कुछ ही मिनटों के बाद उसने अचानक मेरा हाथ थाम लिया और मुझसे मेरे भविष्य की योजनाओं के बारे में पूछने लगी।

"मैं पढ़ाई करूँगा, एक नौकरी लूँगा और बस।"

"और मेरे बारे में क्या खयाल है ? क्या तुम मुझे अकेला छोड़ दोगे, फिर से एक बार ?"

उसके इस वाक्य ने मेरे दिल को गहराई में जाकर छू लिया। उस कथन ने मेरा रोम-रोम जाग्रत् कर दिया, क्योंकि आजकल मुझे ऐसे प्रेम की आदत नहीं रह गई थी। वह मेरी थी, उसी ने मुझसे यह कहा था, उस वक्त मैं बिल्कुल विमूढ़ होकर वहाँ बैठा रहा। मेरा मतलब है, मैं यह सोच रहा था कि क्या कहना चाहिए और कैसे कहना चाहिए, ताकि मैं दोबारा उसके सामने कोई बेवकूफी न कर जाऊँ। खैर, मैंने अपने पिछले जीवन में बहुत सारी गलतियाँ भी की हैं।

मैं उसके और नजदीक गया और उससे मुसकराने को कहा। वह शरमा रही थी।

"इति मुझे बताओ तुम क्या चाहती हो। मुझे सबकुछ बताओ।"

"बेहतर होगा कि मैं यह तुमसे सुनूँ, नील। मैंने काफी कुछ कह दिया है और काफी कुछ कर लिया। अभी से अगले स्तर तक ले जाना तुम्हारी जिम्मेदारी है।" उसने यह बात ऐसे भाव से कही, जिससे यह स्पष्ट हो चुका था कि अब मेरी बारी है।

"ठीक है, इति। तुम्हें अपने जीवन में पाकर मुझे बेहद खुशी होगी। मगर मैं ऐसा कुछ करूँ, उससे पहले मैं तुमसे कुछ पूछना चाहता हूँ, ताकि यह स्पष्ट हो जाए कि मेरे दिल में अब और कुछ भी नहीं है। मैं तुमसे कुछ भी छुपाना नहीं चाहता। मैं शुरू करता हूँ।"

"मैंने कब तुम्हें कुछ भी माँगने के लिए मना किया है? चलो, शुरू हो जाओ," उसने चुलबुले अंदाज में कहा।

"तुम मेरे बारे में सबकुछ जानती हो, सबकुछ। अगर मैं तुम्हें यह बताऊँ कि मैं गौरी से कितना प्यार करता था, या फिर मैं बताऊँ कि मैं हर वक्त उसके बारे में सोचता रहता था या फिर जो कि वह मेरे लिए सबकुछ थी तो शायद मैं मूर्ख ही कहलाऊँगा। मैं कभी उसे भूल नहीं पाया। अपने सपने में भी नहीं। जब टॉम ने मुझसे मेरे भविष्य की योजनाओं के बारे में पूछा, उस बीच बिल्कुल ऐसी ही बात हुई थी। अच्छा ठीक है, अब मैं और गोल-गोल नहीं घुमाऊँगा। मैं तुम्हें यह बताना चाहता हूँ कि तुममें मुझे मेरी गौरी दिखती है। यही कारण है कि मैं अपनी जिंदगी तुम्हारे साथ आगे ले जाना चाहता हूँ। मुझे बताओ, इसमें कुछ गलत है क्या?"

"बिल्कुल नहीं। हम इनसानों में अपनी परछाईं तलाशते हैं और इसी की वजह से उनसे संपर्क में रहते हैं। क्या ऐसा करने से हम स्वार्थी बन जाते हैं? इसका जवाब है नहीं। जब दो इनसान प्रेम में होते हैं तो उनका प्रेम सफल इसीलिए हो पाता है, क्योंकि वह प्रेम आत्माओं के बीच होता है, शरीरों के बीच में नहीं। यही कारण है कि अब जब गौरी हमारे बीच में नहीं है, तब भी तुम मुझसे बेहद प्रेम करते हो; क्योंकि तुम्हें उसकी आत्मा से प्रेम हो गया है। और हाँ नील, मैं तुम्हें कुछ और बताना चाहती हूँ। क्या तुम मेरे साथ आओगे?"

इतिश्री मुझे उस कॉफी की दुकान की छत पर ले गई। वहाँ 20वीं मंजिल पर खड़े होकर सारा पुणे शहर दिखाई देता था। वह किनारे पर खड़ी हो गई और मेरी आँखों में देखने लगी। उसके पास बताने के लिए कुछ था और मैं उसके दिमाग में चल रही बातों को पढ़ रहा था। मैं उसके साथ वह संपर्क स्थापित करने लगा था। हमारे बीच की तरंगें सकारात्मक हो रही थीं।

"इति, तुम क्या चाहती हो, मैं तुमसे क्या कहूँ?"

"शशश...गौरी।"

"गौरी, मतलब?"

"तुम मुझे गौरी बुलाओ।"

"तुम कहना क्या चाहती हो?"

"मैंने अपना नाम बदलने के लिए आवेदन दे दिया है। अब बाकी की जिंदगी मैं तुम्हारी गौरी बनकर गुजारना चाहती हूँ।"

उस एक पल में मेरी पूरी दुनिया ठहर गई। उसने जो कहा था, उससे मैं हिल

गया था। मैं बिल्कुल आश्चर्यचकित था। एक लड़की, जिसने अपनी सबसे अच्छी सहेली को खो दिया था, वह शायद उसके लिए उसकी बहन से भी बढ़कर थी, उसने अपने उन दोस्तों को खो दिया था, जिनके बारे में वह सोचती थी कि उसका साथ देंगे, जिसने इतने वर्षों तक मुझे हर जगह ढूँढ़ा था, जिसने गौरी को अपने ऊपर ओढ़ लिया था और अब उसने अपना नाम भी गौरी रख लिया था, वह मेरे सामने खड़ी थी। उसने तो पहले ही अपना स्तर बहुत ऊँचा कर लिया था और मुझे यह दिखा दिया कि एक निस्स्वार्थ प्रेम किसे कहते हैं?

मैं कौन हूँ? मेरी क्या हैसियत है? मुझे एहसास हुआ कि मैं कुछ भी नहीं हूँ।

"मुझे माफ कर, दो इति। मैंने अपनी जिंदगी में बस गड़बड़ ही की है। अब जब मैं तुम्हारी ओर देखता हूँ तो मुझे यह लगता है कि पिछले जन्म में मैंने जरूर कुछ अच्छे कर्म किए होंगे कि इस जन्म में तुम मुझे मिली हो।"

"और मैं तुमसे यह वादा करती हूँ नील कि आगे आनेवाले पूरे जीवन में मैं हमेशा तुम्हारे साथ रहूँगी। हम कभी भी अपने भूतकाल की चर्चा नहीं करेंगे। मैं कभी ऐसे सवाल नहीं पूछूँगी जिससे तुम्हें असहजता हो। तुम मुझे गौरी ही मानो, कोई और नहीं। मैं तुमसे यही एक वादा चाहती हूँ।"

"मैं वादा करता हूँ। मैं तुमसे बहुत प्यार करता हूँ, गौरी।"

उपसंहार

गौरी और मैं चार वर्षों के बाद वैवाहिक सूत्र में बँध गए। हम दिल्ली आ गए, जहाँ गौरी दंत चिकित्सक के तौर पर काम करती है और मैं एक अमेरिकन बहुराष्ट्रीय कंपनी में काम करता हूँ। आर्या की कोई खबर नहीं है। उड़ती-उड़ती खबर मिली थी कि वह हिंदुस्तान छोड़ चुकी है। टॉम और जेरी भी दिल्ली ही आकर बस गए हैं। सब अपनी जिंदगी खुशी-खुशी बसर कर रहे हैं।

धान्या और पॉल शादी के एक साल के बाद ही एक-दूसरे से अलग हो गए। धान्या और मैं काफी सालों तक एक-दूसरे के संपर्क में नहीं रहे, मगर जब मैं उससे मिला तो कुछ चीजों के बारे में जानकर हैरान हो गया।

एक दिन मेरे घर एक चिट्ठी आई। वह खून से लिखी हुई थी। बहुत डरावना था वह।

उसके हस्ताक्षर थे—प्रेम, इसाबेला।

□□□